KB102935

요리코를 위해

《YORIKO NO TAMENI》

Original Japanese edition published by KODANSHA LTD.
Korean translation rights arranged with KODANSHA LTD.
through JM Contents Agency Co.

요리코를 위해

노리즈키 린타로 장편소설

이기웅 옮김

차례

일러두기

1. 본문 속 볼드체는 원서에 방점이 찍힌 부분입니다.
2. 본문의 각주는 옮긴이의 주석입니다.

1

니시무라 유지의 수기

이렇게 폭풍이 몰아치는 날에는
아이들을 밖으로 내보내고 싶지 않았네.
그러나 누군가 아이들을 데려갔고
내게는 아무 말이 없었네.

「죽은 아이를 그리는 노래」*

* 프리드리히 뤼케르트의 『죽은 아이를 그리는 노래』에 실린 425편의 시 중 한 대목이며, 구스타프 말러가 그중 다섯 편을 골라 연작 가곡을 만들었다.

1989년 8월 22일

요리코가 죽었다.

요리코는 우리의 외동딸이었다. 상냥하고 현명한 딸이었다. 씩씩하고 명랑한 소녀였다.

생김새는 아내와 판박이였지만, 홍갈색 눈만은 나를 닮았다. 운동을 특별히 하지는 않았지만, 균형 잡힌 몸매는 최근 들어 부쩍 여성스러움을 더해가는 중이었다.

강한 승부욕이나 예민한 감수성은 엄마에게 물려받았을 것이다. 어릴 때부터 또래보다 훨씬 야무졌던 요리코는 다른 사람을 불편하게 하는 행동은 절대 하지 않았다. 자신을 돌아본다는 것이 얼마나 중요한지 어린 나이에도 알았던 딸이기도 했다.

가끔 고양이 브라이언을 안고 마루에 앉아서 몇 시간이고 밖을 내다보곤 했다. 뭘 하냐고 물으면 요리코는 매번 "새를 보고 있어"라고 대답했다. 휴일 오후에는 늘 애플파이를 구웠다.

내 서재에서 툭하면 멋대로 책을 들고 간 것도 요리코의 소행이었다. 그래놓고는 자기 방에 누가 들어오면 바로 얼굴을 찡그렸다. 학교에서는 꽃꽂이부에 들어갔다. 그래서 어느 날 느닷없이 온 집 안이 제철 꽃으로 만발하는 일도 드물지 않았다.

내 딸이지만 꽤 잘 자랐다고 생각했다. 우리 부부는 딸의 성장을 기쁜 마음으로 지켜봤다.

그러나 불과 열일곱이라는 나이에 요리코는 우리 손이 닿지 않는 곳으로 떠나고 말았다. 갑작스레, 아무런 예고도 없이. 시체안치소에 누운 요리코의 싸늘한 뺨의 기운은, 펜을 쥔 이 손안에 아직도 생생히 남아 있다. 그것은 납처럼 파르스름한 가차 없는 냉기였다.

요리코는 두 번 다시 우리 품에 돌아오지 않는다. 집 안이 코스모스로 가득해지는 일도, 이제 다시는 없다. 너의 홍갈색 눈동자는 영원히 그 빛을 잃고 말았다.

대체 왜?

대체 왜 우리 가족만이 이렇게 처참한 일을 당해야 하는가. 나는 납득할 수 없다. 너무나 부조리하다. 불공평하다. 어째서 이렇게 말도 안 되는 참사가 용납된단 말인가. 도대체 우리가 무슨 짓을 했길래.

14년 전 그 사고 이후 큰 불행에는 면역이 생겼다고 믿고 있었다. 그런 재앙이 다시 반복될 리 없다, 그렇게 믿어 의심치 않았기에 가까스로 다시 일어설 수 있었다.

14년 전 사고로 아내 우미에는 척수에 돌이킬 수 없는 중상을 입었다. 그 부상으로 아내는 하반신의 모든 기능을 영원히 잃었다. 잃어버린 것은 그뿐만이 아니었다. 우리는 배 속에 있던 8개월 된 아들도 함께 잃었다.

누구의 탓으로 돌릴 수 있는 사고가 아니었다. 어린 요리코가 무사하다는 사실만이 유일한 구원이었다. 요리코도 사고 현장에 함께 있었기 때문이다.

그날부터 요리코는 우리 가족의 마지막 보루가 됐다. 아내의 몸으로는 다시는 아이를 가질 수 없었다. 우리는 홀로 남은 외동딸에게 모든 애정을 쏟아부었다. 요리코만은 어떤 불행과도 조우하지 않고 행복을 거머쥘 자격이 있다며 끊임없이 자기 암시를 걸었다. 그렇지 않으면 우리가 겪은 절망은 무의미해지고 만다.

요리코는 행복한 인생을 살아갈 것이었다. 그렇게 믿지 않으면 우리는 살아갈 수 없었다. 요리코의 행복, 그 외에는 아무것도 바라지 않았다. 요리코가 흡족한 인생을 살아가는 것만이 우리 삶의 보람이었다. 그게 잘못이란 말인가?

나는 지금도 확신한다. 요리코는 누구보다 행복해질 권리를 갖고 있다고. 그건 나와 아내와, 그리고 태어나기 전에 세상을 떠난 아들의 몫이었다. 그걸 요리코의 손에서 빼앗을 자격은 누구에게도 없다.

14년 동안 우리는 그 사실을 굳게 믿어왔다. 그랬기에 다시 일어날 수 있었다.

그러나, 오늘 우리는 느닷없이 배신당했다. 가장 비열한 배신이다.

요리코가 죽었다.

이제 막 열일곱이 됐을 뿐인데.

살해당했다.

어젯밤 요리코가 집에 돌아오지 않았다. 무단외박을 한 적은 한 번도 없어서 나는 제정신이 아니었다. 하지만 우미에에게는 입을 다물고 있었다. 침대에서 몸을 뗄 수 없는 아내에게 괜한 걱정을 끼치고 싶지 않았기 때문이다. 다행히 우미에는 별달리 이상하게 여기지 않았다. 요리코가 밤에 엄마 방에 얼굴을 비치지 않았던 적이 종종 있어서였다.

아내에게 잘 자라고 한 후, 나는 아침까지 한숨도 못 자고 요리코의 귀가를 기다렸다. 아버지로서 딸을 신뢰했지만, 어쩌면 착각이었는지도 모른다. 불안은 시시각각 깊어져서 몇 번이고 경찰에 신고하려 했지만 참았다. 어쨌든 아침까지 기다리자. 그렇게 스스로를 타일렀다. 열일곱이면 이제 어른이다. 자기 앞가림은 충분히 할 수 있다. 그런 딸로 키웠다고 자부했다. 하지만 날이 밝아도 요리코는 돌아오지 않았다.

전화벨 소리에 깼다. 어느샌가 꾸벅꾸벅 존 모양이었다. 아침 8시가 지난 시각이었다. 전화를 받자 상대는 자신을 경찰이라고 밝혔다. 감정을 죽이는 데 익숙한 인간의 목소리로 느껴졌다.

"따님이 지금 댁에 있나요?"

"아뇨." 그제야 불길한 예감이 엄습했다.

"어디 있는지 아시나요?"

"아뇨. 실은 어젯밤부터 어디 있는지 모르는 상황입니다."

"역시 그렇군요. 저, 실은 조금 전 사이메이 여학원 인근 공원에서 젊은 여성의 변사체가 발견되었습니다. 이런 말씀 드리기 껄끄럽습니다만, 아무래도 댁의 따님 요리코 씨가 아닌가 싶습니다."

대꾸할 말을 잃었다. 전화기를 떨어뜨리지 않으려고 떨리는 손가락에 힘을 넣는 게 고작이었다.

“시체의 신원확인을 위해 가족분께서 서까지 와주셨으면 합니다만.”

“……알겠습니다.” 나는 겨우 대답했다. 어디로 가야 하는지 묻고 전화기를 내려놓았다.

한동안 넋을 잃고 그 자리에 우두커니 서 있었다. 귓속에서 기묘한 이명이 메아리쳤다. 요리코가 죽다니. 현기증이 났다. 열이 펄펄 끓는 혼미한 상태로 절벽에서 몸을 내던진 기분이었다.

정신 차리지 않으면 안 된다고 스스로를 다그쳤다. 하루 종일 이러고 있을 수는 없었다. 그리고 내 눈으로 확인하기 전까지는 오해일 가능성도 있었다. 오해이기를 간절히 빌었다. 하지만 마음속 어딘가에는 그 기도가 헛되리라는 예감이 자리하고 있었다.

이 일을 바로 아내에게 알릴 용기가 없었다. 좀 더 마음을 가라앉히고 나서 말하기로 결심했다.

우미에의 간병인 모리무라 씨에게 전화를 걸어서 얼른 집에 와 달라고 부탁했다. 사정을 설명하자 모리무라 씨는 “네?”라고만 되묻고 말을 잃었다. 아내에게는 이야기하지 말라고 나는 몇 번이나 모리무라 씨에게 당부했다.

우미에에게는 잠깐 볼일이 생겼다고만 말하고 집에서 나섰다. 내 손으로 운전하고 갈 기력이 없었다. 조금 나가서 택시를 잡아타고 미도리기타 서까지 갔다.

침울한 인상의 젊은 형사가 나를 시체안치소까지 안내했다. 어두침침하고 으슬으슬한 공간이었다. 안치대는 방 중앙에 오도카니 놓여 있었다. 하얀 천 밑에 누인 몸은 다름 아닌 요리코였다. 뭔가를 호소하는 듯한 얼굴이었다. 내 딸인 걸 알고도 이성을 잃지 않는 게 신기했을 정도였다.

위층 방에서 나카하라라는 중년의 형사에게 사정청취를 받았다.

딸을 발견한 사람은 사이메이 여학원 고등부(요리코도 이곳 학생이었다) 배구부원인 모양이었다. 오늘이 여름방학 연습일이라서 이른 아침 7시경 러닝을 하며 공원을 지나가다가, 산책길 옆 수풀에 사람이 쓰러져 있는 걸 발견했다고 한다. 마침 배구부원 중에 요리코와 같은 반 학생이 있어서 신원이 조속히 파악된 것이었다.

"시체 경부에 교살 흔적이 뚜렷이 남아 있었습니다." 형사가 말했다. "타살입니다."

나는 얼어붙었다. 그 말을 듣기 전까지 딸이 살해됐을 가능성을 전혀 생각해보지 않았다는 사실을 처음 깨달았다. 가까스로 가라앉았던 현기증이 다시 나를 엄습했다.

"그 외에 다른 외상은 눈에 띄지 않았습니다. 현재로서는 사망시각이 어젯밤 12시 이전이라고밖에 말씀드릴 수 없군요. 다행히 시체에 다른 폭행이 가해진 흔적은 없었습니다."

다행히, 라고? 딸이 살해당한 아버지 면전에다 어떻게 다행이라는 말을 할 수 있냐고 속으로 욕을 퍼부었다. 그런 내 마음 따위는 헤아리는 기색도 없이 형사는 설명을 이어나갔다.

"따님의 시체는 이제 사법해부에 들어갑니다. 사법해부가 끝나면 사망시각은 보다 명확해질 겁니다. 현재까지는 이런 상황입니다만, 새로운 사실이 밝혀지면 바로 알려드리겠습니다."

형사는 어제 요리코의 행방에 대해 질문했다. 오후까지는 집에 있었지만, 6시쯤 친구 집에 간다며 외출한 이후로는 알 수 없다고 대답했다. 친구 이름도 묻지 않았다. 평소와 다른 점은 느껴지지 않았다. 지금까지 무단외박을 한 적은 한 번도 없었다고 덧붙였다.

그 후 여러 절차로 시간을 뺏기는 바람에 귀가가 상당히 늦어지고 말았다.

모리무라 씨는 뭔가 도움이 될지 모른다면서 오늘 밤 머물고 가겠다고 고집했다. 그 마음씀씀이는 고마웠지만, 오늘만은 아내와 단둘이 있고 싶었다. 고맙다고 인사하고 오늘은 물러나달라고 말했다. 모리무라 씨는 내일 아침에 다시 오겠다고 하고 돌아갔다.

아내의 방에 들어서자 불안한 눈빛이 나를 맞이했다. 막연하게나마 사태를 짐작한 눈치였다. 우미에는 직감이 날카롭다.

"여보, 요리코에게 무슨 일이 생긴 거야?"

침대로 다가가서 아내의 손을 꽉 움켜잡자, 나도 모르게 눈물이 터져 말이 나오지 않았다.

우미에의 뺨을 가슴에 갖다 댔다. 그 자세로 힘껏 껴안았다.

"죽었어. 살해당했어." 그 말밖에 할 수 없었다.

"그게 무슨, 여보……."

둘 다 더는 아무 말도 할 수 없었다.

나는 아내를 부둥켜안고 울었다. 14년 전처럼 눈물이 쉼 없이 흘러나와 멈추지 않았다.

아내가 잠든 후 나는 요리코의 방으로 들어갔다. 아침까지 요리코의 방에서 시간을 보내고 싶었다.

아무도 없어야 할 방에서 기척이 느껴졌다. 브라이언이었다. 침대 밑에서 기어 나온 브라이언은 내 무릎에 몸을 비비고는 배고프다는 듯 울었다. 요리코가 없으니 챙겨줄 사람이 없었던 것이었다. 아마 어젯밤부터 아무것도 먹지 못했으리라. 나도 마찬가지였지만 허기는 느껴지지 않았다.

캣푸드 캔을 따서 주자 브라이언은 기다렸다는 듯 허겁지겁 먹기 시작했다. 요리코가 죽었다는 걸 알 리 만무하다. 요리코는, 네 주인은 이제 이 세상에 없다고 몇 번이고 고양이에게 알려줬다. 마지막에는 내 말을 알아들은 것 같았다. 요리코의 의자에 올라앉더니 브라이언은 구슬프게 울었다. 주인의 온기가 아직도 여기에 남아 있다는 듯이. 나는 문득 어떤 생각이 떠올라 펜을 쥐고 이 글을 쓰기 시작했다. 요리코를 죽인 범인을 증오한다.

8월 23일

모리무라 씨와 야지마 구니코 씨가 위로차 찾아왔다. 구니코 씨는 아내의 담당 편집자다. 덕분에 우미에도 조금은 기운을 차린 듯했다. 두 사람의 배려와 도움에는 아무리 감사를 표해도 부족하다.

특히 구니코 씨는 의욕상실로 아무 일도 손에 잡히지 않는 나를 대신해 장례 절차를 비롯한 모든 일을 처리해줬다. 구니코 씨는 우리 부부와 고등학교 시절부터 오랫동안 알고 지낸 사이라 굳이 말을 않더라도 우리의 마음을 헤아려줬다. 그게 고마웠다. 그러고 보면 14년 전 사고 후에도 구니코 씨에게 신세를 졌었다. 몸이 불편해진 아내에게 동화를 써보라고 권한 이도 구니코 씨였다. 예전부터 계속 신세를 져왔던 것이다.

모리무라 씨도 내팽개쳤던 집안일을 척척 정리해줬다. 두 사람이 없었다면 우리 부부는 어떻게 됐을까. 진심으로 감사드린다.

오후에는 연구실의 다카다 군이 전화해줬다. 기운 내세요, 저희는 언제나 교수님 편입니다, 라고 다카다 군이 말했다. 고맙네. 자네의 마음 감사히 받겠네, 라고 대답했다. 내 주위에는 이렇게 좋은 사람들만 있다는 것을 절실히 느꼈다.

저녁에는 나카하라 형사가 찾아왔다. 어제 미도리기타 서 2층에서 얘기했던 남자다. 수사 진척상황을 전하러 왔다. 나는 혼자서 그와 마주했다. 요리코를 죽인 범인을 알아내는 것만이 지금의 나를 버티게 하는 유일한 관심사였지만, 가까운 사람들에게 그런 마음을 드러내고 싶지 않았다.

적당히 인사를 주고받은 후 나카하라 형사는 바로 본론으로 들어갔다.

"우선 시체 해부 결과입니다. 사망 추정시각은 21일 오후 9시부터 11시 사이입니다. 위에는 아무것도 남아 있지 않았습니다. 피해자, 아니 따님이 저녁을 먹지 않았다는 사실을 알 수 있습니다. 사인은 교살에 의한 질식사입니다만, 안타깝게도 경부에서는 조회 가능한 지문이 검출되지 않았습니다. 손자국은 일반 성인 남성의 크기였습니다.

따님의 시체는 수풀 속에서 발견됐지만 범행현장은 다른 곳이라 추정됩니다. 아마도 범인은 산책길에서 요리코 씨를 습격하고 살해한 후, 시체를 감출 목적으로 수풀 속에 숨겼겠지요. 공교롭게도 화창한 날이 이어지며 지면이 굳는 바람에 범행현장을 특정할 수 없었습니다. 범인의 유류품도 발견되지 않아서, 물증이 빈약하다고 말씀드릴 수밖에 없군요.

지금은 인근 탐문수사에 전력을 기울이고 있습니다만, 범행 시각 역시 늦은 시간이라 목격자를 찾는 것도 쉽지 않은 상황입니다."

내가 한숨을 내쉬자, 기다렸다는 듯이 나카하라 형사의 말투가 갑자기 바뀌었다.

"그런데 5개월쯤 전에 같은 공원에서 현립 고등학교 여학생이 누군가에게 성폭행을 당하고 목까지 졸려 살해된 사건이 일어난 걸 아십니까?"

"네. 범행 장소가 딸이 다니는 학교랑 아주 가까웠고, 피해자가 딸과 같은 학년이라서 무척 걱정했던 기억이 나는군요."

"실은 그 뒤로도 여중생이 그 공원에서 괴한에게 습격을 당할 뻔한 사건이 있었습니다. 두 사건 모두 범인이 잡히지 않았지만 저희는 동일한 성범죄자의 범행이라 보고 있습니다. 이번 사건도 장소와 수법을 보건대 동일범의 소행임에 틀림없습니다."

온몸의 신경이 엉겅퀴처럼 솟아나, 그 가시를 쓸어내리는 것 같은 전율에 휩싸였다. 나는 속으로 느낀 당혹감을 그대로 입 밖으로 내뱉었다.

"하지만 아까는 딸에게 폭행을 당한 흔적이 없었다고……."

"그렇습니다. 아마 범인은 저항하는 요리코 씨를 얌전하게 만들 작정으로 목을 조르다가 의도치 않게 살해해버려 겁을 먹고 도망쳤겠죠."

"그런 말도 안 되는……."

나카하라 형사가 살짝 고개를 저은 것처럼 보였다.

"설령 요리코 씨가 저항을 하지 않았다고 해도 아마 이전 사건의 피해자처럼 살해됐을 겁니다. 상당히 위험한 상습범입니다. 그런 놈이 활개 치게 놔둔 것은 분명 저희의 잘못입니다. 특별수사반을 조직하고 성범죄자 리스트를 재차 체크하고 있습니다. 단서는 적지만 이번에야말로 범인을 반드시 잡고야 말겠습니다."

하지만 나는 나카하라 형사의 말을 순순히 받아들일 수 없었다. 머리 어딘가가 망가진 성범죄자가 아무 의미도 없이 요리코에게 손을 댔다고? 말도 안 된다. 이건 사회면 한 귀퉁이에 실리는 이름도 없는 타인이 아니라, 내 딸 요리코에게 일어난 일이다. 한 아이의 아버지로서 그런 터무니없는 말은 믿을 수가 없다. 그랬다가는 요리코도 마음 편히 세상을 떠나지 못한다.

그렇지만 노골적으로 이의를 제기하자니 망설여졌다. 조금 머뭇거린 후 에둘러 물어봤다.

"그렇지만 왜 요리코는 그런 시각에 혼자서 공원을 걷고 있었을까요. 6시에 집에서 나간 후 그때까지 어디서 뭘 하고 있었을까요?"

"……기분 전환 삼아서 밤 산책이라도 하던 게 아닐까요."

나카하라 형사의 말에는 가시가 있었다. 그 나이대 딸에게 밤 외출을 허락한 아버지의 경솔함을 은근히 비난하는 것이다. 그의 의견에 동의하지 않는 내 속내를 간파하고 반발하는 눈치였다. 수사의 난항이 예상되니 나카하라 형사도 초조한 마음이 들 수밖에 없을 터였다.

나도 순간 발끈했지만 애써 화를 억눌렀다. 싸워봐야 아무 득도 없다고 판단했기 때문이었다.

나카하라 형사가 돌아간 후 나는 다시 요리코의 방에 틀어박혀 홀로 암담한 상념에 빠져들었다.

내 잘못이었을까. 나카하라 형사가 넌지시 암시했듯 요리코의 죽음은 역시 내 경솔함에서 비롯한 걸까? 혹시 내가 그날 밤, 귀가가 늦는 딸을 걱정해서 얼른 조치를 취했더라면 요리코는 죽지 않을 수 있었을까?

겁쟁이인 나는 아내에게 이 질문을 할 수 없었다. 만약 우미에가 그렇다고 대답한다면, 나는 범인을 증오할 자격을 잃고 요리코를 죽음으로 내몬 장본인으로 유죄 선고를 받아야 한다.

허나 아무리 고민해도 그렇지 않다는 생각이 들었다.

아니, 내 책임을 회피하기 위해 변명하는 건 결코 아니다. 내 실수를 전부 부정할 마음도 없거니와 나카하라 형사의 비난을 받아들일 각오도 하고 있다.

하지만 내게 절실한 문제는 다른 데 있었다.

그건 오늘 나카하라 형사의 태도가 어딘가 석연치 않고 미적지근했기 때문이다. 그가 제시한 소견도 어딘가 딱 맞아떨어지지 않는 구석이 있었다. 결코 양심을 속이려는 아버지의 푸념 따위가 아니다. 지금의 내게 그런 자기기만은 필요없다.

내게 필요한 건 단 하나, 요리코의 죽음에 대한 진상뿐이다.

단언해도 좋다, 나카하라 형사는 뭔가 숨기고 있다.

8월 24일

이게 대체 무슨 일인가! 나는 상상치도 못한 사실을 발견했다. 지금은 그 발견을 후회할 정도다. 하지만 요리코를 죽인 남자를 찾아내기 위해서는 이 사실을 외면할 수 없다.

요리코는 임신 4개월의 몸이었다.

이 믿기 힘든 사실을 알게 된 계기는 너무나 사소한 것이었다. 어째서 갑자기 딸의 유품을 정리하겠다는 마음이 들었는지 나도 이해가 안 가지만, 나는 딸의 방을 무턱대고 휘젓고 다녔다. 자학적인 행위였다. 한없이 밀려오는 그리움에 정신을 놓을 것 같으면서도 내 손을 멈출 수가 없었다.

그러다가 책상 서랍 안에서 나온 것은 생각지도 못한 물건이었다. 나는 눈을 의심했다. 그건 병원 진찰권이었다.

무라카미 산부인과 의원

전화 (044) 852-××××

그렇게 적혀 있었다. 깔끔한 볼펜 글씨로 틀림없이 니시무라 요리코라는 딸의 이름이 적혀 있었다. 초진일은 이번 달 18일, 요리코가 살해당하기 사흘 전 날짜였다.

머리가 혼란스러워지기 시작했다. 어째서 요리코한테 산부인과 진찰권이 있단 말인가?

아무리 고민해봤자 알 수 없기에 굳게 마음먹고 그 번호로 전화를 걸었다. 하지만 몇 번을 걸어도 아무도 받지 않았다.

그 이유를 깨닫기까지 꽤 시간이 걸렸다. 오늘은 목요일이다. 일요일과 목요일, 공휴일에는 휴진한다고 진찰권 뒷면에 명기되어 있었다. 아무도 받지 않는 게 당연했다.

전화기를 내려놓고 고민에 휩싸였다. 아무리 생각해도 요리코가 산부인과 진찰권을 갖고 있었던 이유는 하나밖에 떠오르지 않았다. 상상만 해도 구역질이 치미는 가능성이었지만, 당장 그 진위를 확인하지 않으면 마음이 진정되지 않을 것 같았다. 하지만 어떻게? 그 순간, 어제 나카하라 형사의 미적지근한 태도가 생각났다.

경찰은 요리코의 시체를 해부했다. 그렇다면 나카하라 형사는 내 의문을 해결해줄 확실한 답을 갖고 있을 터였다. 그 사실을 깨닫자마자 나는 주저하지 않고 미도리기타 서로 전화를 걸어 나카하라 형사를 찾았다. 다행히 그가 서에 있어서 통화할 수 있었다.

"무슨 일이죠, 니시무라 씨?" 나카하라 형사가 말했다.

나는 단도직입적으로 물었다.

"제 딸이 임신하고 있지 않았습니까?"

나카하라 형사가 길게 탄식을 토하는 소리가 들렸다.

"……4개월이었습니다." 나카하라 형사가 그제야 인정했다. 내 직감은 정확했다. "어떻게 아셨습니까?"

"요리코의 방에서 산부인과 진찰권이 나왔습니다. 그런데, 이렇게 중요한 사실을 왜 숨겼습니까? 설명해보시죠."

나카하라 형사는 곧바로 대답하지 않았다. 대신 꾹 누른 듯한 기침 소리가 귓가에 들려왔다. 그러고는 그가 말을 꺼냈다.

"해부 결과, 저흰 피해자가 임신 중이었다는 사실을 알았습니다. 하지만 어제 말씀드린 대로 요리코 씨가 알지도 못하는 성범죄자가 무차별적으로 저지른 범행의 희생자가 됐다는 걸 안 이상, 이번 사건과 요리코 씨의 임신 사이에 관련이 없음은 애초부터 명백했습니다.

그래서 피해자의 연령을 고려하여, 또 피해자의 명예를 위해서도 임신 사실은 일절 공표하지 않고 숨기기로 결정한 겁니다."

"하지만 전 요리코의 아버지입니다. 마땅히 알 권리가 있지 않겠습니까."

"옳은 말씀이지만, 오히려 모르고 넘어갈 권리도 있지 않을까요? 이 사실이 전해지면 유족분들이 훨씬 괴로워할 게 눈에 보였습니다. 그렇다면 수사에 지장을 주지 않는 이상, 차라리 알리지 않는 편이 낫다고 판단했습니다. 저희로서는 유족에 대한 나름 최선의 배려였습니다."

"아무리 그래도……."

"아니, 어차피 이제 알게 되셨으니 어쩔 수 없군요. 이 일로 마음상하셨다면 사과드리죠.

하지만 이 말씀만은 꼭 드려야겠군요. 혹여라도 따님을 임신시킨 남자를 찾아내서 손을 보겠다는 마음은 가지시면 안 됩니다. 그런 짓을 해봐야 더 비참해질 뿐이고, 그런다고 따님이 편안히 세상을 떠나지도 않습니다. 이 일은 얼른 잊으시지요. 그리고 저희가 살인범을 잡기를 기다리고 계시면 됩니다."

그 말만 남기고 나카하라 형사는 막무가내로 전화를 끊었다.

몸속이 얼어붙은 듯 뻣뻣이 굳었다. 눈에 보이지 않는 형틀에 갇혀 온몸이 옥죄이는 것 같았다. 나는 전화기를 놓지 못한 채 방금 대화 내용을 차근차근 곱씹어봤다.

믿을 수 없었다. 내가 나서서 들이민 질문이지만, 모순적이게도 너무나 잔인한 대답이었다. 나카하라 형사의 말 중 옳은 지적도 있었다. 훨씬 더 괴로워할 게 눈에 보였다고. 아니, 그런 에두르는 말로는 부족했다. 내게는 도저히 참기 어려운 타격이었다. 어떤 의미로는 딸의 죽음 이상으로 나를 뒤흔드는 치명타였다.

나는 요리코의 몸의 변화를 전혀 알아차리지 못했다. 그런데 벌써 4개월이었다니. 매일 얼굴을 맞대고 지내면서도 자기 딸에 대해 아무것도 몰랐던 것이다. 이야말로 아버지로서 자격상실이 아닌가.

요리코는 아직 열일곱이었다. 물론 몸은 어엿한 여성이었지만,

내 딸만은 그런 난잡한 짓을 할 리 없다고 믿었다. 요즘 학생들이 아무리 성에 개방적이라고 해도 내 딸만은 그런 경향에 물들지 않았다고 믿고 있었다. 지금도 섹스는 요리코와 어울리지 않는다는 마음을 지울 수가 없다.

하지만 엄연한 사실이다. 여태껏 내가 몰랐던 딸의 이면이 불쑥 모습을 드러낸 것이다. 나 역시 남들과 똑같이 어리석고 고리타분한 아버지에 불과했을까. 하지만 그렇다고 해도, 우리 요리코가, 내 딸이……. 정말 나로서는 이해할 수 없는 일들뿐이다.

대체 어떤 남자일까? 요리코는 스스로 그놈과 몸을 섞었을까? 언제, 어디서? 배 속의 아이는 어쩔 작정이었을까? 왜 우리에게는 한마디 언급도 없었지? 우리를 안 믿어서? 그게 아니면 우리는 요리코에게 배신당한 걸까?

그러나 모두 때늦은 물음이었다. 치명적으로 늦었다. 아직 너무나 어린 딸을 잃은 후 그 딸의 임신 사실을 알게 된 아버지만큼 가여운 존재가 세상에 또 있을까. 그것도 어디 사는 누군지도 모르는 남자의 아이를 말이다.

어떻게 그리 쉽게 잊을 수 있단 말인가. 나카하라 형사의 말처럼 없던 일로 치부할 생각은 전혀 없다.

오히려 경찰의 지나치게 성급한 수사방침이 못마땅했다. 성범죄자의 범행이라고 섣불리 단정 짓고 요리코의 신변조사에 손도 대지 않는다니. 딸의 나이를 고려하면 임신 사실만으로도 충분히 살해 동기가 될 수 있다고 판단할 상식조차 없단 말인가? 게다가 상대 남자가 밝혀지지 않았다면 일단 그를 찾아내는 게 선결 과제 아닌가. 그러나 나카하라 형사의 언동을 보면 경찰은 딸의 임신을 작정하고 숨기려 한 듯했다.

내 억측일지도 모르지만, 어쩌면 누군가가 수사진에 압력을 넣은 게 아닐까. 예컨대 딸의 학교에서 예기치 않은 스캔들을 두려워해 사전에 방어막을 쳤다면?

사이메이 여학원은 전국에서도 손꼽히는 사립 명문학교다. 또한 이사장은 보수당 유력 의원의 여동생이다. 오빠의 후원회가 현내縣內에 은밀한 세력을 갖고 있고, 현정縣政에도 발언력을 발휘한다는 소문을 들었다. 내 기우라면 좋겠지만, 지금 같은 세상에서는 절대 불가능한 경우라고 단정할 수 없다. 이 점은 일단 유념해둘 필요가 있다. **경찰도 믿을 수 없다.**

우미에에게는 요리코의 임신 사실을 알리지 않기로 했다. 더 이상 아내에게 고통을 주고 싶지 않았다. 언젠가 모든 것이 마무리되고 사실을 알릴 날이 올지도 모르지만, 그때까지는 당분간 내 마음속에 묻어둬야 한다. 우미에에게 숨겨야 한다는 상황은 괴롭지만 어쩔 수 없다. 아내를 사랑하기에 필요한 거짓말이다. 아내도 분명 내 거짓말을 용서할 것이다. 그렇게 마음을 다잡고 나서도 오후 내내 슬픔에 잠긴 우미에의 눈동자를 똑바로 볼 수가 없었다.

"당신, 무슨 걱정거리라도 있어?"라고 우미에가 물었을 때는 하마터면 모든 걸 털어놓을 뻔했다. 앞으로는 단단히 조심해야겠다.

내일은 산부인과 의사와 만나볼 생각이다. 딸의 죽음과 관련한 실마리를 찾을 수 있을지도 모른다. 고독한 탐색이 되리라. 하지만 각오는 굳혔다.

어제부터 브라이언이 보이지 않는다. 어딘가로 가버린 모양이다. 딸과 이어진 고리 하나를 잃어버린 것 같아 쓸쓸하다.

8월 25일

오전에 산부인과에 전화를 해서 의사와 만날 약속을 잡았다.

의사는 요리코가 살해됐다는 걸 모르고 있었다. 조심스러운 어조로 "뉴스를 챙겨 보지를 않아서"라고 말한 후, 정중히 조문인사를 덧붙였다. 정직하게 느껴지는 그의 대답에 나는 어쩐지 안도했다.

11시에 모리무라 씨가 와서, 나는 얼른 외출하기로 했다. 점심을 먹지 않고 커피만 마시고 집에서 나왔다. 물론 행선지는 밝히지 않았다.

차로 20분쯤 달려 목적지인 병원을 찾아냈다. 사기누마 역 바로 옆이었지만 거의 발걸음을 한 적이 없는 장소라서 '무라카미 산부인과'라고 적힌 간판을 무심코 지나치고 말았다.

병원 근처에 주차하고 주변을 잠시 정처 없이 돌아다녔다. 이 일대는 주소지가 가와사키 시로 되어 있다. 동네 분위기는 내가 사는 곳과 크게 다르지 않지만, 아주 사소한 차이들에 위화감을 느꼈다. 같은 연선沿線을 따라 위치한 이웃 동네인데도 마치 생전 처음 접하는 동네에 온 기분이었다. 요리코가 일부러 이곳의 병원을 선택한 데에는 그런 이유가 있었을지도 모르겠다.

무라카미 의사는 눈매가 선해 보이는 50대 중반의 남자였다. 흐트러짐 없이 뒤로 넘긴 잿빛 머리와 흰 가운 안에 고급스러워 보이는 넥타이를 늘어뜨린 스타일이 호감을 주었다. 그리고 산부인과 의사로서 상당한 성공을 거둔 듯했다. 미도리기타 서의 나카하라 형사보다는 훨씬 신뢰감을 주는 인물이었다.

"내원했을 때는 4개월 말경이었습니다." 의사가 말했다.

"경찰에서도 그렇게 말하더군요."

"……해부가 이루어졌군요, 가엽게도."

무라카미 의사의 말에 따르면 8월 18일 오후, 요리코는 혼자 병원을 찾아왔다. 근심이 가득한 얼굴이었다고 한다. 요리코는 석 달

가까이 생리가 없다고 의사에게 털어놓았다. 진찰 결과 역시나 임신이었다. 그 소식을 전하자, 요리코는 어째서인지 안도하는 표정을 지은 모양이었다.

출산 의사를 물으니 가능하면 낳고 싶다고 대답했다고 한다. 그러나 아이 아버지에 대해서는 결코 입을 열지 않았다. 어쨌든 미성년자였기에 부모님과 잘 의논한 뒤 다시 한번 내원하라고 타이르고 돌려보냈다고 한다.

"그때 바로 집으로 연락해주셨다면, 어쩌면 우리 딸을 구할 수 있었을지도 모릅니다." 허망한 심정이 그대로 입을 통해 나오고 말았다.

"말씀하신 대로입니다. 저도 제 불찰을 인정합니다. 하지만 현실적으로는 설령 미성년자라고 해도 당사자의 의사를 존중해야 한다는 원칙이 있고, 따님의 경우는 출산 의지를 갖고 있어서 제가 구태여 주제넘은 행동을 할 수 없었습니다."

틀린 말이 아니었다. 그에게 왜 연락하지 않았냐고 책망하는 것은 너무 가혹하다. 나는 속으로 스스로를 꾸짖었다. 내 발언이야말로 일종의 책임전가에 불과하다.

"그렇다면 정확한 날짜는 언제쯤일까요? 그러니까, 그 일이 일어난 때 말입니다."

"수태 시기 말인가요?"

나는 고개를 끄덕였다.

"진단했을 당시 5월 중순에 짚이는 일이 있다고 하더군요. 확실히 대답하지는 않았지만, 생리주기로 봐서 18일 전후겠죠."

자연스럽게 상대를 배려하는 무미건조한 말투였다. 그의 친절에 기대어 하나 더 물어봤다.

"아이 아버지에 대해서는 뭔가 알 수 없었나요?"

"……쉽지 않네요."

"혈액형이라도요."

"안타깝지만 태아 혈액형까지는 알 수 없었습니다. 경찰에게 묻는 편이 빠르지 않을까요. 아마 해부 시에 검사가 이루어졌을 테니까요." 순간 쌀쌀맞다고 느꼈지만, 무라카미 의사는 진료 기록을 다시 보고 나서 덧붙였다. "배 속 아이의 발육 상태는 무척 양호했습니다."

더는 들을 게 없다고 여겨 나는 의사에게 인사하고 물러나려고 했다. 몸을 일으켰을 때 그가 뭔가 생각났는지 앗, 하며 말문을 열었다.

"그러고 보니 따님이 진단서를 끊어달라고 부탁했었습니다."

"진단서요? 임신 4개월이라고 말인가요?"

"네. 그 자리에서 한 장 써줬습니다. 어디에 쓸지는 가르쳐주지 않았지만요."

돌아가는 길에 공중전화에서 경찰에게 연락했다.

배 속의 아이를 공양하기 위해 반드시 필요하다는 거짓말로 비협조적인 나카하라 형사를 간신히 설득해 혈액형을 알아냈다. B형 남자아이였다.

말이 나온 김에 묻는다는 듯이 딸의 소지품 중에 의사 진단서가 없었냐고 물었다. 그런 물건은 나오지 않았다는 대답이 돌아왔다. 나카하라 형사가 괜한 의심을 품기 전에 내가 먼저 전화를 끊었다.

집에 돌아와 요리코의 방을 샅샅이 뒤졌다. 이번에는 목적이 분명한 탐색이었지만 진단서는 나오지 않았다. 내 확신은 더 굳어졌다.

오후 느지막이 마침내 요리코가 경찰서에서 집으로 돌아왔다. 오랫동안 혼자 얼마나 외로웠을까. 오늘 밤은 오랜만에 가족 셋이서만 보낼 것이다. 나는 아내를 위해 요리코를 아내의 방으로 옮겼다. 요리코는 납 상자처럼 무거웠다. 마지막 대면에 우미에는 다시 눈물을 보였다. 브라이언이 사라져서 아쉬울 따름이었다.

결코 임신 4개월의 몸이라고는 믿기지 않았다. 악질적인 장난에 휘말린 기분이었다. 이 모든 것이 악몽 같았다. 그러나 이 악몽에선 절대 깨어날 수 없다.

나와 우미에의 하나뿐인 딸. 저 홍갈색 눈동자. 가엾은 요리코, 죽은 우리 딸. 누구보다 사랑했던 딸이 죽어서 지금 우리 앞에 있다. 관 속에 누워 꼼짝도 안 한다.

요리코, 내 딸. 내가 알았던 요리코. 내가 몰랐던 요리코. 관 속의 싸늘한 몸은 대체 어느 쪽 요리코인가?

일련의 명제와 추론. 하나의 확신과 하나의 결의.

요리코가 굳이 진단서를 끊은 이유는 하나밖에 생각할 수 없다. 임신 4개월의 몸이라는 객관적인 증거를 누군가의 눈앞에 내밀어 그 사실을 인정받기 위해서다. 그리고 진단서가 어디에서도 발견되지 않은 이상, 분명 누군가에게 보여진 것이다. 즉 본인과 의사 외에 또 한 사람, 요리코의 임신 사실을 알고 있는 인간이 존재한다. 그가 바로 요리코를 임신시킨 장본인이다.

이건 억지스러운 주장일까? 나는 그렇게 생각하지 않는다. 전후 사정을 고려하면 가장 자연스러운 결론이다. 무엇보다 그 외의 가능성을 검토한들 지금의 나는 아무것도 얻을 수 없다.

요리코는 무라카미 의사에게 남자에 대해 아무 말도 하지 않았다. 어쩌면 남자와의 관계가 비정상적이었기에 말하고 싶지 않았던 게 아닐까? 만약 그렇다면 요리코가 그 남자에게 진단서를 내밀며 책임지라고 추궁했어도 이상하지 않다. 요리코는 어릴 적부터 궁지에 몰리면 대차게 나오는 아이였다.

그날 저녁 요리코가 외출한 건 그 일 때문이었다 —. 사흘 내내 혼자 고민하던 끝에 요리코는 상대와 정면에서 부딪치기로 가까스로 마음을 굳혔으리라. 아무에게도 말하지 않고 남자를 만나러 가서, 그 남자의 아이가 자기 배 속에 있다는 사실을 알렸다.

그 행동이 목숨을 앗아간 것이다. 그 남자는 딸의 몸을 더럽혔을 뿐만 아니라, 임신시켰다는 중압감에 겁을 먹고 목숨까지 빼앗았다. 능욕에다 살인까지.

요리코를 죽인 인물은 우발적으로 마주친 성범죄자 따위가 아니다. 범인은 요리코와 한 번은 '관계'를 맺은 특정한 남자다.

요리코, 내일은 네 장례식이란다. 나는 너라고 하는 형상과는 작별을 고해야만 한단다. 하지만 네 삶과 관계 맺은 인간의 자취는 사라지지 않았다. 나는 그 남자를 찾아내고 말겠다. 경찰은 믿지 않는다. 이 손으로 그 인간이 죗값을 치르게 하겠다.

8월 26일

요리코의 장례식이 끝났다. 가까운 가족끼리 조용히 치렀다.

고별식에는 요리코의 학교 친구들이 많이 왔다. 문상객 중엔 친척과 내 대학 동료들 사이에 섞여 나카하라 형사의 모습도 보였다. 나는 상주로서 형식적인 인사만 건네고 누구와도 거의 말을 섞지 않았지만, 요리코의 담임과는 잠깐 이야기를 나누었다. 나가이라는 이름의 여교사였다. 요리코의 학교생활이라든가 가까운 친구의 이름은 들었지만, '남자'와 관련한 언급은 전혀 없었다.

우미에는 침대에서 떨어질 수 없는 몸이라 딸의 장례식에조차 참석할 수 없었다. 안타깝지만 어쩔 수 없었다. 괜한 고통으로 마음이 어지럽혀지지 않을 수 있다는 게 아내에게는 다행한 일일지도 모르겠다. 우미에의 가슴에 더는 상처를 주고 싶지 않았다. 그래서 모리무라 씨도 아주 잠깐 얼굴을 비쳤을 뿐이었다.

혼란스러운 내 감정과는 무관하게 장례식은 순조롭게 진행됐다. 가장 바삐 움직인 사람은 실무를 맡아준 구니코 씨와 다카다 군이었다. 다카다 군은 정말 훌륭한 청년이다. 요리코에게도 다카다 군 같은 형제가 있었다면 얼마나 좋았을까 하는 생각이 새삼 들었다. 반면 나는 쇼크 상태에 빠진 환자처럼 마냥 주저앉아 있을 수밖에 없었다. 친척들이 신경 쓴답시고 위로의 말을 건넸지만, 사실은 그냥 내버려두길 바랐다. 내 심장은 통렬히 휘몰아치는 감정의 폭풍에 유린당하는 중이었다. 그중에서 특히 격렬하게 나를 몰아세우는 복수의 맹세는 슬픔과 분노로 점점 팽창하며 예리한 칼날처럼 나를 후벼 파고 있었다.

딸의 출관出棺을 지켜보는 동안 마음속 깊은 곳에서 울부짖고픈 충동이 수없이 솟구쳤다. 요리코, 반드시 네 복수를 이루고 말겠다.

하지만 이 맹세는 모든 것이 끝나기 전까지 내 가슴속에 묻어둬야만 한다. 결코 누구도 알아차려서는 안 된다. 피를 토할 듯한 필사적인 각오로 나는 스스로를 다잡았다.

나는 결심했다. 무슨 일이 있어도 요리코를 죽인 범인이 죗값을 치르게 하겠다. 나는 아무것도 두렵지 않다. 그 무엇도 이 결심을 흔들지 못한다.

정당하고도 유일한 죗값은 죽음뿐. 나는 그 남자를 기필코 죽일 것이다.

행동을 시작하기 전에 방침이 필요하다. 나 혼자서 비밀리에 표적을 특정하지 않으면 안 된다. 그렇기에 더더욱 아무 계획 없는 무모한 행동은 절대 삼가야 한다. 그러기 위해서는 격정으로부터 한 걸음 물러나서 냉정하게 사고해야 한다.

오래전에 『야수는 죽어야 한다』라는 책을 읽은 적이 있다. 계관시인 세실 데이루이스가 니콜라스 블레이크라는 필명으로 쓴 추리소설로, 사랑하는 외아들을 뺑소니로 잃은 아버지가 범인을 혼자 힘으로 찾아내 자신의 손으로 복수를 이룬다는 줄거리다.

지금 나의 처지는 그 책 속 아버지와 정말 똑같다. 허구의 이야기지만 나는 나 자신을 이 소설 속 주인공에 포개어놓고 그의 사고를 꼼꼼히 따라가야 한다. 기묘하게도 이 이야기에는 지금의 내게 용기를 불어넣고 가혹한 현실로부터 일으켜 세우는 힘의 원천이 잠재해 있다는 기분이 들었다.

소설 속 아버지는 뺑소니 현장에서 목격자를 찾지 못하자 오로지 추론만으로 사고 당시의 상황과 범인의 심리를 재현하여 범인의 속성을 논리적으로 좁혀나간다. 나도 그를 참고하여 증오해 마지않는 범인에 대해 알아낸 사실을 종이 위에 항목별로 적어보려 한다. 나아가야 할 길은 그 안에서 자연스레 떠오르리라 믿는다. 이런 경우에,

(1) 범인의 혈액형은 B형 아니면 AB형이다.

이건 당연하다. 요리코의 혈액형은 O형이다. O형 모체가 B형 아이를 임신했을 경우, 그 아버지의 혈액형은 두 종류로 국한된다. B형이거나 AB형이다.

(2) 그는 올해 5월 18일 전후로 요리코와 육체관계를 가졌다.

이 또한 자명한 사실이다. 아버지로서는 그 행위가 단 한 번 우발적으로 일어났다고 믿고 싶다.

날짜를 조금 더 명확히 좁힐 수 없을까? 나는 수첩에서 5월 페이지를 펼쳐서, 요리코의 귀가 시간이 평소보다 늦었던 날이 언제였는지 기억을 더듬어봤다.

5월　15일(월)
16일(화) 집에서 다카다와 학회 자료 검토
17일(수) 교수 모임
18일(목)
19일(금), 20일(토), 21(일) 학회 출석(시즈오카)

15, 16, 18일에는 특별히 의심 가는 일은 없었다. 17일에는 교수 모임이 끝나고 동료와 한잔하러 가서 내가 늦게 귀가했지만 요리코는 계속 집에 있었을 것이다. 7시쯤 전화했을 때 요리코와 통화한 기억도 있다. 문제는 19일과 20일 밤이다. 나는 시즈오카에서 열린 학회에 참석하기 위해 이틀간 집을 비웠다. 돌아온 것은 21일

오후였다.

이 이틀이 수상하다. 요리코는 이 기간에 꽤 자유롭게 행동했을 것이다. 모리무라 씨가 와서 같이 지냈다고 해도 아내에게 딱 붙어 있어야 했으니 딸에게까지 주의가 미쳤을 리 없다. 그렇다면 요리코로서는 바라던 기회가 온 셈이다.

이걸로 이야기의 앞뒤는 맞는다. 관계가 이뤄진 날은 5월 19일 아니면 20일이 틀림없다. 다음으로 넘어가자.

(3) 행위는 양자의 동의하에 이루어졌을 가능성이 높다. 따라서 그는 요리코에게 강한 영향력을 갖고 있다고 짐작할 수 있다.

추측이 상당히 섞여 있지만, 결코 마구잡이로 끼워 맞춘 어림짐작이 아니다. 요리코가 폭력적인 욕정과 조우하지는 않았으리라 확신한다. 진단서의 존재를 고려하면 상대가 생면부지의 괴한일 가능성은 없다. 강간이 몸과 마음 양쪽에 가한 충격을 놓쳤을 만큼 내가 둔감하지 않다고 자신했거니와, 요리코가 무라카미 의사에게 출산 의사가 있다고 밝힌 사실만 봐도 그 점은 확실하다.

딸이 먼저 관계를 요구했다고는 상상할 수 없지만, 최소한 요리코가 상대를 거부하지 않았다는 점은 인정하지 않을 수 없었다. 그렇다면 그가 딸과 동세대 인간이라고는 상정하기 어렵다. 요리코의 성격상 10대 철부지에게 몸을 맡기지는 않았을 것이다. 상대는 훨씬 연상의 남자라고 생각하는 편이 정확하리라. 어린 아가씨가 곧잘 빠지는 함정에 요리코도 발을 헛디딘 것이다.

요리코가 몸을 허락할 만큼 가깝게 어울린 연상의 남자라고 하면 용의자의 범위를 상당히 좁힐 수 있지 않을까.

(4) 그는 요리코의 임신으로 무언가 대단히 치명적인 불이익을 예감했다.

이것도 의심할 여지없는 사실이지만, 문제는 그 불이익이 어떤 성질의 것이냐는 점이다. 지난 항목의 추정을 미루어 짐작하자면, 사회적 지위의 실추라는 쪽이 유력하다. 요리코는 아직 미성년자였기에.

(5) 그는 발끈하면 자신을 제어할 수 없는 경향이 있다.

전후 상황으로 추측건대 범행이 충동적으로 일어났음은 명백하다. 교살이라는 수법이 그 사실을 뒷받침하고 있다. 요리코의 임신은 범인에게도 엄청난 충격이었음이 분명하다.

물론 그렇다고 해도 범인에게 동정의 여지가 없다는 점은 변함이 없다. 자신의 안위를 위해 아무 저항도 하지 않는 소녀에게 손을 대는 남자는 애당초 동정할 가치가 없다.

(6) 그는 공원 주변 지리에 밝다.

아직은 확신할 수 없지만, 범행현장은 공원이 아닐 것이다. 나카하라 형사가 범행현장을 특정할 수 없다는 말을 흘렸었다. 무엇보다 열일곱 먹은 소녀가 연상의 남자에게 중대한 비밀을 털어놓는 장소로 과연 공원 산책로를 선택할까?

분명 요리코는 다른 장소에서 살해됐을 것이다. 그리고 범인은 밤중에 요리코를 공원으로 옮겨서 수풀 속에 방치한 게 틀림없다. 더 말할 것도 없이 자신의 흔적을 숨기고 성범죄자의 범행으로 위장하기 위해서다. 게다가 그 주변은 밤이 깊어지면 인기척이 끊겨서 누군가에게 목격당할 위험이 상당히 낮다는 이점도 있다.

이 사실로부터 거꾸로 따져보면 범인이 공원 지리에 밝은 사람이라고 쉽사리 유추할 수 있다. 어쩌면 공원 주변에 사는 주민일지도 모른다.

조금 더 상상의 나래를 펼쳐보자. 21일 밤, 요리코가 범인의 집을 방문해 거기서 살해되었다고 가정해보자. 범인의 집이 공원 근처라면 걸어서 가기에는 지나치게 먼 거리다. 그런데 그날 요리코는 집에서 나갈 때 자전거를 두고 갔다. 그렇다면 요리코는 버스를 이용했을 것이다.

하지만 왜 요리코는 자전거를 타고 가지 않았을까? 한겨울 가장 추운 시기를 빼고 요리코는 매일 자전거로 학교를 통학했다. 굳이 버스를 탈 이유가 없다. 21일은 날도 화창해서 비가 올 걱정이 없었고, 자전거도 고장 나지 않았다.

그렇다면 요리코가 구태여 자전거를 두고 간 이유가 뭘까? 짐작 가는 이유가 딱 하나 있다.

요리코가 방문하려고 한 집이 급격한 오르막길에 있었던 것이다. 여자애가 페달을 밟고 올라가기 힘든 비탈길에 집이 위치했다고 상정하면, 요리코가 자전거를 두고 간 사실도 충분히 납득할 수 있다.

결론. 범인은 버스 노선과 가까운 고지대에 산다.

여기까지 쓰고 펜을 내려놓은 후, 나는 가장 중요한 문제를 무심코 간과했다는 사실을 깨달았다. 정말 나의 어리석음을 저주하고 싶어진다.

(7) 왜 경찰은 요리코가 임신했다는 사실을 무시하고 수사를 벌이는가?

오늘 처음 든 의문이 아니다. 처음이기는커녕 이 의문에서부터 피어난 경찰에 대한 불신이야말로 내 고독한 추적의 출발점이다.

나는 엊그제 쓴 수기에서, 이 의문을 해소할 유력한 가설 하나를 타진해보았다. 즉,

(8) 학생의 스캔들로 학교 이미지가 손상될 것을 두려워한 사이메이 여학원의 경영자가 경찰에 정치적 압력을 넣어서 불상사의 발각을 막고 있기 때문이다.

이 가설은 상당한 시사점을 준다. 가설이 맞다는 전제하에 대담한 추리를 전개해보자.

학교 측에서 두려워하는 스캔들의 실체는 요리코의 임신 이상의 스캔들이라고 생각할 수 있지 않을까? 단적으로 말하면 범인이 학교 관계자일 가능성이다. 예컨대 요리코가 다니는 학교 교사라면?

(9) 그는 사이메이 여학원 고등부 교사이다?

말도 안 되는 생각일까? 아니, 꼭 그렇다고 단정할 수 없다.

명문 여학교의 교사가 제자와 관계를 맺고 임신시킨 데다가 살해까지 했다면, 이미 그 교사 혼자 책임지고 끝날 문제가 아니다. 학교 측이 사건을 은폐하기 위해 경찰에 압력을 넣었대도 하등 이상할 게 없다. 실제로 그들은 그럴 힘을 갖고 있다. 게다가 고맙게도 익명의 성범죄자라는, 죄를 뒤집어씌우기에는 더할 나위 없는 대역까지 마련된 상황이다.

이 결론은 지금까지 범인에 대해 도출한 단서 중 제3항과 제4항을 완벽히 충족한다. 또 공원은 학교에서 엎어지면 코 닿을 위치에 있으므로 제6항과도 들어맞는다. 내 결론이 빗나가지 않았음을 시사하는 것이다.

또 하나. 요리코는 결코 요란하게 노는 10대가 아니었고, 중학교 때부터 계속 여학교를 다녔다. 당연히 이성과 마주칠 기회가 제한되어 있다. 몸을 섞을 정도로 친밀해질 가능성이 가장 높은 인물이라면 역시 학교 교사가 아니겠는가!

결심했다. 제9항의 물음표는 지우자. 가까스로 빛이 보이기 시작했다. 내일 더욱 진전이 있기를 기도한다.

8월 27일

복수의 화살은 과녁을 정했다! 요리코를 죽인 범인의 꼬리를 잡는 데 성공한 것이다. 나는 결코 신앙심이 깊은 인간은 아니지만, 지금은 요리코의 영혼이 나를 인도하고 있다는 확신을 품지 않을 수 없다.

오늘 아침 나는 전화 두 통을 걸었다. 이마이 노조미와 고노 리에. 어제 담임으로부터 알아낸 이름이었다. 둘 다 요리코와 같은 반이었고 가장 친한 친구였다고 한다.

친구들에게 딸에 대한 추억을 듣고 싶다고 부탁했다. 두 사람 다 흔쾌히 승낙해주었지만, 내 속셈은 딴 데 있었다. 오후 3시에 학교 근처 카페에서 만나기로 약속했다.

둘은 교복 차림으로 함께 카페에 들어왔다. 얼굴을 보니 낯이 익었다. 어제 고별식에서 유난히 눈을 붉히고 눈물을 쏟아내던 소녀들이었다.

나는 두 소녀의 이야기에 귀를 기울였다. 세심한 배려가 느껴지는 말투였다. 터져 나오는 눈물 때문에 몇 번이나 이야기가 중단됐다. 착한 소녀들이었다. 요리코의 죽음을 진심으로 슬퍼해줘서 나도 눈시울이 뜨거워졌다. 하지만 동시에 스스로가 부끄러웠다. 두 사람을 기만해 요리코의 비밀을 알아내려고 하기 때문이었다. 가련한 아버지를 연기하며 신중하게 타이밍을 재고 질문했다.

"요리코에게도 한 사람쯤 남들처럼 가슴 두근거리게 만드는 이성이 있었을까?"

"네." 이마이 노조미가 고개를 끄덕였다. "요리코는 히이라기 선생님이랑 친해서 저희가 자주 놀리곤 했어요."

"히이라기 선생님?" 나는 평정을 유지하려고 애썼다.

"작년 담임 선생님이에요." 고노 리에가 이어 대답했다. "영어 과목을 맡고 있는 히이라기 노부유키 선생님이요. 요리코가 1학년 때도 학급위원이라서 선생님이랑 같이 어울릴 일이 많았어요."

"히이라기 선생님은 모두의 동경의 대상이었어요. 그치만 요리코한테는 상대가 안 된다며 다들 포기했죠."

"선생님도 마음이 없지는 않았던 것 같았어요."

더 이상 파고들지 않고 화제를 바꿨다. 내 속셈을 두 사람이 알아차리지 않기를 바랐기 때문이다. 이름을 알아낸 것만으로도 충분히 목적을 달성했다.

그 후로 약 한 시간 동안 요리코에 대해 얘기하다가 그런 추억거리도 다 떨어지자, 나는 두 사람에게 긴 시간을 내줘서 고맙다고 인사했다. 저희야말로 요리코를 떠올릴 수 있어서 좋은 시간이었어요, 라고 둘은 대답했다. 나는 둘을 배웅하며 요리코에게 이렇게 좋은 친구가 있다는 사실에 감사했다.

그러나 두 사람은 요리코의 죽음의 진상에 대해 전혀 모르고 있었다.

앨범에서 작년 요리코 반 친구들 전원이 찍힌 사진을 찾아냈다. 담임교사는 요리코 바로 옆에 있었다. 서른쯤 되어 보이는 미남이었지만, 나는 그 남자의 얼굴을 본 순간 구역질이 치미는 듯한 혐오감을 누르지 못했다.

이 남자에게 화살을 겨누기 전에 하나 더 반드시 확인해야 할 사실이 있었다. 혈액형이다. 다른 조건을 모두 충족해도 혈액형이 맞지 않으면 끝이다. 문제는 어떻게 그걸 알아내느냐다. 지금 단계에서는 되도록 눈에 띄는 행동을 피하고 싶은데, 과연 상대에게 내 본심을 들키지 않고 혈액형을 알아낼 방법이 있을까?

한참을 고민한 끝에 유력한 방법이 떠올랐다.

작년 가을 요리코의 학교에서 전교생을 대상으로 단체 헌혈이 시행됐었다. 그 사실을 내가 아는 이유는 요리코도 헌혈에 참여했는데 아팠다고 말했던 걸 기억하고 있어서다. 그런 경우라면 학생뿐만 아니라 교사들도 헌혈에 동참하지 않았을까?

곧바로 히이라기의 전화번호를 알아내서 그의 집으로 전화를 걸었다.

"네, 히이라기입니다." 목이 잠긴 목소리가 들린 순간 욱신거리는 듯한 전율이 등줄기를 타고 흘렀다.

"적십자 혈액관리본부에서 전화드렸습니다." 내 목소리는 다소 떨렸을 것이다. "작년 가을 사이메이 여학원에서 진행된 단체 헌혈에 히이라기 씨도 참여하셨죠?"

"네."

예상했던 대로다. 나는 소리 내지 않고 숨을 토했다.

"실은 모레 RH 마이너스 AB형 환자가 수술을 받게 될 예정입니다만, 현재 본부에 해당 혈액이 부족하여 긴급히……."

"잠깐만요. 지금 그게 무슨 말이죠?"

"그러니까 헌혈을 부탁드리는 겁니다. 저희가 가진 기록에는 히이라기 씨 혈액형이 RH 마이너스 AB형이라고 되어 있어서요."

"무슨 말도 안 되는 소립니까. 전 B형입니다."

"정말인가요?" 나는 당황한 척했다.

"제가 왜 거짓말을 하겠어요. 뭔가 착오가 있나 보죠."

"그렇군요. 아무래도 서류를 기재할 때 실수가 있었나 봅니다. 죄송합니다." 목소리를 기억하기 전에 전화를 끊었다.

손이 땀범벅이었다. 입안은 바싹 말랐고 심장 고동도 격해진 상태였다. 하지만 내 안에는 훨씬 더 격렬하게 요동치는 무언가가 존재했다.

드디어 찾아냈다. 히이라기 노부유키, 너는 곧 죽음을 통해 깨닫게 되리라. 자신이 저지른 죄의 깊이를.

8월 28일

하룻밤이 지나 어제의 흥분이 가라앉자 그다지도 강고했던 내 확신이 너무나 취약하고 즉흥적인 아이디어의 영역에서 벗어나지 못했다는 생각이 들었다. 분명 히이라기 노부유키는 내가 그린 범인상에 들어맞는 조건을 모두 갖추고 있다. 하지만 그건 어디까지나 필요조건에 불과하다. 충분조건은 아니었다.

겁먹은 건 결코 아니다. 지금 이 순간에도 요리코를 죽인 범인에 대한 증오는 점점 커져갈 뿐이다. 하지만 복수라는 행위는 엄청나게 큰 대가를 요구한다. 죄를 증명하지 못한 인간을 죽인다는 건 절대 용납되지 않는다. 나는 피에 굶주린 살인광과는 다르다. 히이라기가 필요조건뿐만 아니라 충분조건도 충족하는 인간이라는 확신이 들 때까지 나는 아무것도 할 수 없다.

그러나 요리코가 죽은 지 벌써 일주일이나 지났다. 시간이 헛되이 흐르도록 수수방관할 수는 없다. 머릿속에 자문자답만 거듭해봐야 아무 소용없다. 일단 행동하는 게 중요하다. 그렇게 결론 내리고 히이라기 노부유키를 하루 종일 꼼꼼히 관찰하기로 했다.

히이라기의 주소는 어제 전화를 걸며 조사해뒀다. 어제는 미처 깨닫지 못했지만, 히이라기는 학교 인근에 위치한 메종 미도리기타 2층에 살고 있다. 즉 그의 집은 공원과 엎어지면 코 닿을 거리에 있다.

"나갔다 올게." 나는 우미에에게 말했다. "오늘은 늦게 올지도 모르니까 모리무라 씨한테 말 좀 해줘."

의문 어린 아내의 시선이 마음에 걸렸지만 나는 무시하고 아내의 방에서 나왔다. 시간 낭비를 하고 싶지 않았다. 벌써 8시 반이었다.

차는 두고 버스를 탔다. 21일 요리코의 발자취를 재확인하기 위해서다. 목적지에 내려 다시 걷기 시작했다. 다급히 비탈길을 오른 탓에 조금 숨이 찼지만 메종 미도리기타는 금방 찾아냈다. 내 예상대로 학교가 내려다보이는 언덕 중턱에 있었고, 아자미다이 앞 버스 정류장에서 가까웠다. 최근 이 일대에 늘고 있는 독신자용 아파트 같은 건물이었다. 어쨌든 히이라기는 독신이다.

히이라기의 집을 찾고 있는데 마침 문을 열고 나온 본인과 딱 마주칠 뻔하다가 가까스로 상황을 모면했다. 어차피 그쪽은 내 얼굴을 모른다. 이번이 첫 대면이다.

그는 조깅이라도 나가는 것 같은 옷차림으로 한 손에 스포츠백을 들고 있었다. 문을 잠그는 소리가 등 너머로 들렸다. 서두른 보람이 있었다. 아마도 운동부 고문을 맡고 있는 게 아닐까. 이제 학생들 훈련을 감독하러 가는 거겠지.

뒤쫓는 길은 편했다. 계속 내리막길이라서 사이메이 여학원까지 걸어서 10분도 걸리지 않았다. 교문까지는 차마 쫓아 들어갈 수 없었지만, 상관없었다. 히이라기는 육상부 고문이었다. 교정 펜스 밖에서도 그의 모습을 놓치지 않고 볼 수 있었다.

훈련은 12시에 끝났다. 히이라기는 학교 건물 쪽으로 돌아가고 있었다. 교문으로 앞질러 가 히이라기가 나오기를 기다렸지만, 아무리 기다려도 나타나지 않았다. 무슨 볼일이라도 있는 걸까. 남색 서지 제복을 입은 수위가 내게 눈길을 보내기 시작해서 길 건너편 자그마한 카페로 물러나기로 했다.

창 너머로 교문을 감시했다. 생각할 시간이 생긴 김에 커피를 마시며 오늘 아침의 문제를 다시 검토하기로 했지만, 예상외로 난제라서 좀처럼 그럴싸한 해결책이 떠오르지 않았다.

히이라기는 3시가 지나서 모습을 드러냈다. 놀랍게도 그는 곧장 내가 있는 카페에 들어왔다. 미행이 들켰나 싶어 가슴이 철렁했지만 그게 아니었다.

히이라기와 웨이트리스가 주고받은 짧은 대화를 통해 그가 훈련이 끝나면 항상 이 카페에 들른다는 사실을 알 수 있었다. 히이라기는 가방에서 교육 잡지를 꺼내고는 열중하기 시작했다. 나는 곁눈질로 그를 계속 관찰했다.

이 자리에서 내 정체를 밝히고 그를 추궁하고 싶은 유혹이 끊임없이 치밀었지만, 가까스로 참을 수 있었다. 설사 그랬다 한들 그가 순순히 입을 열 리 없다. 손안의 카드를 드러내서 상대에게 경계심을 불러일으켰다가는 외려 일을 그르치기 십상이다.

지금의 내게는 히이라기가 입을 열게 할 확실한 증거가 없다. 설령 불시에 허를 찔러서 꼬리를 잡는다고 해도 상대에게 충격을 가할 수 있는 위력적인 무기가 필요하다. 요리코가 진단서를 들이밀었듯이.

진단서……! 아침부터 머리를 싸매던 문제의 답이 그 순간 벼락처럼 번득였다. 사라진 요리코의 진단서를 히이라기가 봤다는 걸 증명하면 충분조건을 해결할 수 있지 않을까? 간접적으로나마 그걸 증명할 방법이 있다. 이거야말로 하늘의 계시라 할 아이디어다.

옆자리에 앉아 있는 남자가 당장이라도 자신을 궁지에 몰아넣을 교묘한 계획을 꾸미고 있다는 사실도 모르는 채, 히이라기는 물을 다 마시고 자리에서 일어났다. 커피값을 웨이트리스에게 건네고 "내일 또 봐"라고 말한 후 카페에서 나갔다. 잠깐 기다렸다가 나도 히이라기 뒤를 쫓았다.

서점과 슈퍼에 들른 히이라기가 메종 미도리기타로 돌아간 시각은 5시 반쯤이었다. 그제야 알아차렸지만, 이 아파트 건물은 지은 지 얼마 안 돼서 아직 입주하지 않은 집이 많은 모양이었다. 아래층 우편함 중에 이름 없는 곳들이 눈에 띄었다.

나는 오늘의 성과에 만족하고 귀가하기로 했다. 도중에 부동산을 세 곳 정도 들러서 필요한 정보를 모았다. 계획은 빠르게 구체성을 띠기 시작했다.

전화를 한 통 걸어야 했다. 다행히 무라카미 의사는 나를 기억하고 있었다. 무라카미 의사는 갑작스런 내 부탁을 흔쾌히 승낙했다. 내일 오전 중에 찾아가겠다고 말하고 전화를 끊었다. 그와 거의 동시에 전화벨이 울렸다.

나카하라 형사였다.

수사가 난항에 빠졌다고 변명조로 내게 보고했지만 거의 귀 기울여 듣지 않았다.

"장기전이 될 각오를 하셔야 할 것 같습니다." 나카하라 형사가 말했다. "하지만 경찰의 위신을 걸고서라도 범인은 반드시 잡고 말겠습니다."

나는 아무 대답도 않고 전화기를 내려놓았다.

나카하라 형사에게 동정심마저 느끼고 있는 스스로에게 놀랐다.

모리무라 씨가 돌아간 후 우미에가 나를 방으로 불렀다.

"요즘 아무 말 없이 외출하는 일이 잦은 것 같아. 오늘도 그랬고 말이야. 당신, 요리코 일로 뭔가 숨기는 거 아냐?"

나는 대답할 수 없었다.

"여보, 제발 무슨 말이든 해봐. 요새 당신 얼굴 보는 게 얼마나 괴로운지 알아? 얼굴은 유령처럼 음침한데 눈만 이상하게 번득여. 마치 뭔가에 홀린 짐승 같아."

우미에가 내 눈을 뚫어져라 쳐다봤다. 나는 시선을 견디지 못하고 눈을 피했다.

"설마 당신, 요리코를 위해……."

"괜한 생각이야." 나는 다급히 아내의 말을 가로막았다. 우미에의 날카로운 직감은 매번 나를 놀라게 한다.

"자신을 더는 몰아세우지 마, 여보. 요리코 일은 이제 포기할 수밖에 없어. 어쩔 수 없잖아. 우리 힘으로는 더 이상 할 수 있는 게 없어. 그게 그 애의 운명이었어." 우미에는 감정이 북받치는지 떠듬거렸다. "……그보다도 당신이 마치 딴사람처럼 변해가는 모습이 더 보기 괴로워."

"걱정하지 마." 나는 아내의 손을 꽉 잡았다. "요리코 일은 가슴 아파. 하지만 나에겐 아직 당신이 있어. 무슨 일이 일어나도 나는 나야. 괜한 걱정할 필요 없어."

"여보……."

"당신 마음을 내가 왜 모르겠어. 나도 당신 못지않게 요리코를 생각해. 당신은 내게서 당신 자신을 보고 있는 거야. 하지만 생각이 과하면 몸에 좋지 않아. 하루 종일 요리코 생각만 하다가 당신까지 어떻게 될지 몰라. 다른 데 신경을 돌리는 게 좋겠어. 슬슬 동화 집필로 돌아가는 건 어때? 그동안은 전혀 안 쓰고 있었잖아."

"응, 그럴게. 그러니까 당신도……."

나는 고개를 끄덕였다. 그리고 죄책감을 품은 채 아내의 방에서 나왔다. 조금 전에 일어난 일이다.

어제까지는 생각지도 못했던 새로운 문제가 나를 괴롭게 했다. 아내 말이다.

지금까지는 나는 딸과 나 자신밖에 생각하지 않았다. 요리코의 복수를 이루겠다는 일념으로 머리가 꽉 차서, 나머지 일들엔 백지 상태와 마찬가지였다. 생각할 시간조차 필요하지 않았다. 요리코의 복수를 마치면 응분의 대가로 삶을 정리하겠다고 각오했기 때문이다. 생을 더 이어가겠다는 몽상 따위는 이미 버렸고, 내 죗값을 치르겠다고 막연히 상정하고 있었다.

하지만 그러면 남겨진 아내는 어떻게 되지? 나를 잃고 우미에 혼자 살아갈 수 있을까? 아니, 환자인 아내에게 그런 여생은 너무나도 비참하다. 모든 짐을 우미에의 어깨에 떠넘기는 꼴이다.

이렇게나 중대한 문제를 까맣게 간과하고 있던 나라는 인간의 무신경함에 화가 났다. 이미 나는 돌이킬 수 없는 지점까지 와버렸는데. 이제 와서 발걸음을 되돌릴 수는 없지만 눈앞에 당치도 않은 장애물이 치솟아 있다. 게다가 증오의 톱니바퀴는 가차 없이 회전하고 있어서 내가 멈춰 서는 꼴을 결코 용납하지 않는다.

어째서 내게 이런 가혹한 시련이 왔는지!

아무리 늦어도 하루 이틀 내에 이 문제를 해결해야 한다.

8월 29일

어젯밤, 꿈에 요리코가 나왔다.

요리코가 수두로 심하게 열을 앓던 때의 꿈이다. 막 세 살이 됐을 무렵이니까 그 사고 이전이다. 좀처럼 열이 떨어지지 않아서 한때는 목숨마저 위험한 지경에 이르렀었다. 나와 우미에는 사흘 내내 한숨도 못 자고 요리코 곁에 딱 붙어서 간병했다. 무사히 회복했을 때는 기쁜 나머지 둘이서 온 방 안을 춤추며 돌아다녔다. 요리코는 어리둥절한 눈으로 우리를 신기한 듯 쳐다봤다. 잠에서 깬 순간 밝아오는 새벽빛을 저주하지 않을 수 없었다.

어젯밤 아내의 말이 묵직한 응어리가 되어 마음속에 맺혔지만, 나는 차질없이 계획을 수행하기 위한 준비 작업에 집중하며 하루를 보냈다. 그런 의미에서는 활동적인 하루였다. 몸을 움직여서 잠시라도 번민으로부터 멀어지고 싶었기 때문이다.

오늘 아침에는 차를 타고 나갔다. 아내에게는 괜한 걱정을 끼치기 싫어 대학에 볼일이 있다고만 말했지만, 완전히 거짓말은 아니었다.

가장 먼저 히이라기의 아파트에 들렀다. 어제와 똑같은 차림으로 학교 쪽으로 걸어가는 모습을 지켜본 후 무라카미 산부인과 병원으로 차를 몰았다.

개원 시각이 지나 있었지만 아직 환자가 한 사람도 없어서 곧바로 무라카미 의사와 만날 수 있었다.

"약속했던 겁니다"라고 말하며 무라카미 의사가 내게 봉투 한 장을 건넸다.

"번거롭게 해드려 죄송합니다."

"아뇨, 괜찮습니다. 그런데 그 후로 신문을 찾아봤는데, 따님이 무차별 범행에 희생됐다고 단정 짓는 건 너무 성급한 결론 같던데요."

"그건 경찰의 소견일 뿐입니다."

"역시 그렇군요."

무라카미 의사가 팔짱을 끼고 지그시 나를 바라봤다.

"왜 그게 필요한지 이유를 물어도 대답해주지 않으시겠죠."

"……죄송합니다."

"묻지 않는 게 낫겠네요. 그러고 보니 따님도 진단서를 어디에 쓸지 가르쳐주지 않았군요."

무라카미 의사가 내게서 시선을 거두고 책상을 손톱으로 톡톡 두드리기 시작했다. 아직 뭔가 할 말이 남은 듯한 옆얼굴이었지만, 나는 마음의 문을 닫고 질문을 거부한다는 의사를 노골적으로 보였다.

어렵사리 베풀어준 친절을 배신하는 격이라 마음이 안 좋았지만 무라카미 의사를 필요 이상 내 계획에 말려들게 할 수는 없었다. 어쩔 수 없다.

다시 한번 감사 인사를 건네고 병원을 나왔다. 봉투 안에 든 것은 요리코의 진단서였다. 무라카미 의사에게 다시 발급받은 진단서에는 특별한 조치가 취해져 있었다. 문안은 물론 날짜와 발행번호에 이르기까지, 8월 18일 오후 무라카미 의사가 요리코에게 건넨 진단서와 완전히 똑같았다.

이 두 번째 진단서야말로 내 계획을 지탱하는 주춧돌이다. 이 진단서는 히이라기 노부유키를 심판하는 더 결정적인 역할을 할 것이다.

그 후 미도리야마의 대학으로 향했다. 연구실에 얼굴을 비치기는 열흘 만이었다. 자랑스러운 일은 아니다. 그리고 연속된 부재 기간은 곧바로 갱신될 공산이 크다. 아마도 영구히 갱신되리라. 그날을 대비해서 잔무 처리를 겸해 방 정리를 해두고 싶었다.

도저히 세 시간 남짓한 시간으로 정리할 수 있는 상태가 아니었지만, 그래도 보기 흉하지 않을 정도로 수습할 수는 있었다. 진행하던 연구의 뒤처리 정도는 앞으로 다카다 군이 맡아서 해주겠지. 그렇게 생각하고 몇 가지 요점을 끼적인 편지를 다카다 군 앞으로 써서 서랍에 넣어뒀다. 연구자로서는 실격이다. 그러나 그런 것에 미련은 없었다. 돌아가기 전 차 뒷좌석에 아내를 속이기 위한 자료 몇 권을 실어놓아야 했다.

이번에는 사이메이 여학원으로 차를 돌렸다. 조금 이른가 싶었지만 그렇지 않았다. 오늘 히이라기는 어제보다 한 시간 빨리 학교에서 나왔다. 그가 카페에 들어와서 책을 펼치는 걸 확인한 뒤 학교 안으로 차를 몰았다. 다행히 수위는 어제와 다른 남자였다.

여름방학 교무실은 당직교사만 있어서 한산했다. 그게 나의 노림수였다.

딸 일로 시끄럽게 해서 면목 없습니다. 선생님들에게는 딸이 큰 신세를 졌습니다. 외동딸이 이 학교의 학생이었다는 건 저희 부부에게는 자랑이었습니다. 인사치레로 마음에도 없는 말을 늘어놓았다. 당직교사는 처음에는 귀찮아하는 기색이 역력했지만, 딸을 추억하기 위해 적은 돈이나마 학교에 기부하고 싶다는 말을 꺼내자 표정이 확 밝아졌다.

당직교사가 잠깐 자리를 비운 사이 나는 히이라기의 책상을 찾아 그의 학생 명부를 훑어봤다. 1학년 C반, 아베 미쓰요, 이토 아유미, 오모리 에미코, 기무라 마키…….

오모리 에미코라는 이름이 마음에 들었다. 보호자 이름은 오모리 다쓰오. 나이도 나와 두 살 차이밖에 나지 않는다. 적절해 보였다.

당직교사가 돌아왔을 때 나는 이미 돌아갈 채비를 시작했다. 정말 감사합니다. 담임 나가이 선생님과 반 친구들에게도 인사 전해 주십시오…….

히이라기는 아직도 카페에 있었다. 나는 차 안에서 그를 감시했다. 그의 일거수일투족을 내 눈에 새겨두고 싶었다. 감시를 하면 할수록 히이라기를 향한 복수심은 구체적으로 변해갔다.

30분쯤 지나 히이라기는 카페에서 나왔다. 나는 거리를 두고 도로 반대편에서 천천히 그를 쫓았다. 그때 마침 히이라기 노부유키라는 인간의 일면이 확연히 드러나는 아주 흥미로운 장면을 목격했다.

히이라기가 교차로 횡단보도를 건너려는 중이었다. 보도에서 두 걸음쯤 내디딘 그의 옆구리를 스치듯이 시빅이 급정차했다. 그는 가까스로 몸을 피해서 화를 면했다. 보고 있던 나조차도 식은땀이 날 정도로 위험한 순간이었다.

보행자 신호가 파란색이었으니 잘못은 시빅 쪽에 있었다. 히이라기는 불같이 화냈다. 스포츠백으로 보닛을 내리친 후 운전석으로 가서 고함을 지르기 시작했다. 소심한 인상의 운전자는 꼼짝도 하지 못했다. 히이라기가 전면유리를 주먹으로 내리치면서 일방적으로 시빅 운전자를 몰아붙였다.

신호가 바뀌고 차들이 다시 움직이기 시작했다. 히이라기는 여전히 욕설을 퍼붓고 있었지만, 뒤차가 클랙슨을 울리자 어쩔 수 없이 가방을 들고는 보도로 돌아왔다. 걸음을 돌리면서도 시빅 타이어를 두세 차례 걷어찼다.

제5항. 그는 발끈하면 자신을 제어할 수 없는 경향이 있다. 히이라기 노부유키의 목에 두른 밧줄이 한 바퀴 더 감기며 좁혀졌다.

메종 미도리기타까지 그를 미행한 후 문득 어떤 생각이 나서 액셀을 밟아 폐점 직전의 도큐 백화점으로 향했다. 나는 장난감 매장에서 수갑 두 개를 샀다. 장난감이라고는 하지만 무시할 수 없는 물건이다. 어른 한 사람의 신체를 구속하는 정도는 일도 아니었다.

집으로 돌아와서 곧바로 우미에에게 갔다.

"다녀왔어. 늦어서 미안해."

"어서 와. 손에 든 건 강의 자료야?"

"응. 오랫동안 강의에서 손을 떼고 있었잖아. 얼마 안 있으면 여름방학도 끝나고, 슬슬 나도 다시 시작해야 하지 않을까 싶어서."

아내의 얼굴에 안도감이 살짝 떠올랐다가 금세 사라졌다. 아직 반신반의하나 보다.

"여보, 내일은 집에 있을 거야? 구니코 씨가 온대."

"내일이면 괜찮아. 나갈 일 없어."

"응, 잘됐다."

아내가 불편한 손을 앞으로 내미는 것처럼 지그시 나를 쳐다봤다. 나는 우미에의 뺨을 어루만졌다.

"응? 방금 무슨 말 했어?"

"아니, 아무 말도 안 했어." 나는 대답했다.

사실은 말했다. 우미에, 당신을 사랑해, 라고.

8월도 거의 끝나간다. 9월부터는 새 학기가 시작된다.

히이라기 노부유키에 대한 의심은 이제는 거의 검정에 가까운 회색이 되었고, 행운이 몇 차례 겹친 덕분에 내 계획도 이미 초읽기 단계에 접어들었다. 필요한 준비는 대부분 끝냈다. 이 순간에도 히이라기가 새학기를 맞이하게 해서는 안 된다는 요리코의 목소리가 귓가에 들리는 것만 같았다. 그 목소리에 이끌려 마침내 여기까지 이른 것이다.

남은 것은 나의 결단뿐이다. 타협도 주저도 용납할 수 없다.

둘 중 하나다. 결코 간단한 일은 아니지만.

요리코인가, 우미에인가.

8월 30일

그렇다, 할 수밖에 없다. 내 손으로 히이라기 노부유키를 죽인다. 그리고 스스로 목숨을 끊는다. 나는 딸의 시체 앞에서 복수를 맹세했다. 어떤 이유에서든 요리코를 배신할 수 없다.

아내에게는 이렇게 가혹한 처사가 있을 수 없다. 하지만 우미에는 분명 이해해주리라 믿는다. 시간이 걸릴지 모르지만, 나를 사랑한다면 이해해줄 것이다.

물론 우미에는 슬퍼할 것이다. 정신을 잃고 몇 날 며칠 하염없이 눈물을 흘리고, 살아갈 의욕을 잃어 의식의 암흑 속을 망령처럼 헤매리라. 14년 전에도 그랬다. 아니, 이번에는 나를 원망하기까지 할지도 모른다. 하지만 어떤 절망의 심연에 빠지더라도 지금의 내 마음을 이해해줄 사람은 아내뿐이다.

우리는 모든 것을 나눠 가졌다. 기쁨도, 슬픔도, 요리코에 대한 사랑도. 우미에와 나, 나와 요리코, 요리코와 우미에……. 우리 부부에게 요리코가 얼마나 큰 존재였는지, 그리고 요리코를 잃었다는 게 얼마나 통렬한 슬픔인지 다른 사람은 절대 모른다. 과거에 괴로움을 함께 겪은 나와 우미에밖에 알 수 없다. 그러니까 우미에는 언젠가는 꼭 내 결단을 인정해줄 것이다. 그리고 나를 위해 다시 한번 살아갈 용기를 내리라.

내가 없어도 우미에는 어떻게든 살아가리라 믿는다. 우미에는 홀로 남겨지지 않을 것이다. 둘도 없는 각별한 친구인 구니코 씨가 있고, 모리무라 씨도 있다. 다카다 군 역시 아내에게 계속 신경 써줄 것이고, 무엇보다 아내는 동화 작가로 많은 독자로부터 든든한 지지를 받고 있다. 그런 사람들이 지켜준다면 아내는 자신을 추스를 수 있을 것이다. 정신적으로 다시 일어날 수만 있다면 괜찮다. 경제적인 부분은 걱정할 필요 없다.

반면 요리코는 혼자다. 어두컴컴한 방에 홀로 방치된 채 아무 말도 못하고 구원을 기다리고 있다. 지금 딸을 위해 무언가 할 수 있는 사람은 나밖에 없는데, 그런 내가 여기서 모른 척하면 요리코는 영원히 구원받지 못한다.

그건 요리코에게 너무나 잔혹하다. 살아 있는 자가 이기적인 이유로 요리코의 관에 못을 박는 길을 선택한다면, 나는 아버지라는 이름을 가질 자격이 없다. 그렇다면 이미 논의할 여지가 없는 문제 아닌가? 최소한 내게는 답이 나와 있다.

점심에 이르러 이런 결론에 다다랐다. 그러고 나니 마치 처음부터 결정된 일처럼 여겨져서 스스로도 기이했다. 가장 무거운 짐을 어깨에서 내려놓았다는 마음이 드는 동시에 뭔가 석연찮은 허탈함을 털어낼 수가 없었다.

오후에 구니코 씨가 집을 방문했을 때는 겉으로는 최소한의 침착함을 되찾았다. 나는 모리무라 씨에게 애플파이 5인분을 구워달라고 미리 부탁해놓았다.

우미에의 방에 네 사람이 모여서 차를 마시며 애플파이를 먹었다. 불과 얼마 전까지는 요리코도 가끔씩 함께하던 자리였다. 그런

데 오늘은 모두가 애써 밝은 척을 하느라 오히려 웃음과 울음이 뒤섞인 싸구려 코미디 같은 장면이 연출되고 말았다.

마지막으로 나는 접시에 남은 한조각을 다시 네 조각으로 나눠서 각자의 접시에 옮겨 담았다. 세 사람은 영성체 예식이라도 치르듯이 엄숙한 표정으로 가만히 내 행동을 지켜봤다.

잠시 후 나는 말문을 열었다.

"남겨진 사람들은 요리코 몫까지 성실하게 인생을 살아갈 의무가 있습니다. 그러니까 우리 절대 경솔한 행동은 하지 않겠다고 약속합시다."

맨 처음 구니코 씨가 고개를 크게 끄덕이자 아내와 모리무라 씨도 그제야 안도하는 표정을 지었다. 아무래도 지금까지 내가 낭떠러지에 서 있는 것처럼 위태로워 보였나 보다. 본심을 숨기는 게 의외로 어려움을 새삼 깨달았다.

"저도 내일부터 다시 글을 쓰기로 했어요, 구니코 씨. 이제부터는 요리코를 위해서라도 좋은 글을 쓸게요."

우미에가 눈물을 글썽이며 결의에 찬 어조로 말했다. 그래, 그러면 된다. 우리는 번갈아 우미에를 껴안았다. 그런 뒤 구니코 씨가 모두의 어깨를 두드리며 말했다.

"모두 힘을 모아서 요리코 몫까지 열심히 살아요."

옆에서 보면 너무나도 작위적인 광경으로 비칠지도 모르지만, 우리는 모두 한없이 진지했다. 나 역시도 그 순간만큼은 마음 깊이 숨긴 맹세를 잊었다.

"앞으로도 이렇게 모여서 요리코를 추억하면 어떨까요." 분위기가 차분해졌을 때 모리무라 씨가 제안했다.

"좋은 생각이군요." 나는 찬성했다. "그때는 다카다 군도 빼먹으면 안 되겠네요." 그렇게 말하며 속으로 그 장면을 그려보았다.

물론 그 안에 내 모습은 없었다.

내 계획은 완벽했다. 실패할 가능성은 없었다.

나는 그 계획을 '페일 세이프' 작전이라 부르기로 했다. 만에 하나 실수가 있더라도 다시 안전해진다는 의미다. 가령 히이라기 노부유키가 충분조건을 충족시키지 않는 인물이라 판명된다면 나는 그 순간 물러날 수 있다. 죄를 증명하지 못한 인간을 죽이는 불상사를 피할 수 있는 것이다.

물론 실제로 그럴 확률은 제로에 가깝다. 이제 와서 히이라기를 제외한 다른 인물을 의심할 가망 따위는 내게 부재했다. 하지만 무엇보다 중요한 점은, 이 '페일 세이프' 작전을 채택함으로써 비로소 양심에 티끌 한 점 없는 상태로 주저 없이 복수를 할 수 있다는 점이다. 나 같은 사람에게 이는 무시할 수 없는 부분이다.

살인이라는 행위에 두려움은 없지만 나는 무고한 남자에게 손을 대고도 태연하게 지낼 수 있을 정도로 두꺼운 낯짝을 지니지 못했다. 그렇기에 더더욱 절대적인 확신을 갖고 처형의 순간에 임해야 했다.

'페일 세이프' 작전은 다음과 같은 수순을 밟을 예정이다.

히이라기 반 학생의 아버지인 오모리 다쓰오의 이름을 빌려 딸의 진로 문제라는 식의 핑곗거리를 만들어 그에게 면담을 요청한다. 그렇게 하는 이유는, 대면 전까진 내가 요리코의 아버지라는 사실을 히이라기가 모르는 게 작전의 필수 불가결한 조건이기 때문이다. '페일 세이프' 작전은 기본적으로 심리적 기습공격이다.

나는 오모리 다쓰오인 척 태연히 메종 미도리기타를 방문한다. 히이라기가 나를 집 안으로 들이면 틈을 두지 않고 그에게 요리코의 진단서를 들이민다.

한순간에 승부가 결정 나리라. 무죄라면 도드라진 반응을 보일 이유가 없다. 하지만 히이라기는 틀림없이 격하게 동요할 것이다. 왜냐면 그는 21일 밤에 똑같은 진단서를 목격했을 테니까. 아마도 그는 첫 번째 진단서를 자기 손으로 파기했을 것이기에 두 번째 진단서가 눈앞에 나타나면 엄청나게 혼란스러워할 게 틀림없다. 그리고 요리코를 죽인 그날 밤의 기억이 순식간에 히이라기의 머리에 되살아난다! 어떤 인간도 그런 가책은 견디지 못한다. 그는 공포에 사로잡히리라.

그 순간이야말로 히이라기가 자신의 죄를 폭로하는 순간이다. 죄 없는 자가 무턱대고 두려움에 몸서리칠 이유가 없다. 격한 동요를 드러냄으로써 히이라기는 자기 손으로 사형집행서에 사인을 하게 된다. 나는 그 스스로의 내면이 고백하는 진실한 모습을 놓치지 않을 것이다.

동시에 히이라기도 모든 걸 알아차릴 수밖에 없다. 내 정체, 내 목적, 그리고 자신이 허망하게도 죄를 인정하고 말았음을. 이제와 부정해봤자 늦었다는 것도 깨달으리라. 체념하고 자백할지 어떨지는 알 수 없지만, 그 시점에서는 이미 자백하나 마나 달라질 게 없다.

그 후로는 사무적으로 일을 처리할 계획이다. 히이라기가 동요하는 틈을 노려 신체를 구속한다. 나이프를 들이밀고 손발에 수갑을 채우면 저항은 불가능하다. 나는 부동산에서 알아낸 메종 미도리기타의 구조도 머릿속에 입력해놓았다. 벽은 두껍고 각 방 사이의 방음도 철저하다고 했다. 도움을 구하는 목소리도 밖으로 새어나가지 않는다. 나이프를 히이라기의 몸뚱이에 확실히 쑤셔 박고 죽어가는 모습을 똑똑히 지켜본다.

나이프! 이것도 아주 중요한 소품이다. 나는 히이라기의 숨통을 끊기 위해 요리코에게 받은 페이퍼나이프를 쓰기로 결심했다. 몇 년 전 내 생일에 딸이 준 선물이다. 이 복수극의 대단원을 장식하는 데 이만큼 걸맞은 무기는 없다.

사후공작은 없다. 나는 내 범행을 숨길 마음이 없다. 경찰의 손이 미치기 전에 자살한다.

죽을 필요가 있을까 하고 몇 번이고 자문했다. 특히 우미에의 앞날을 생각하면 내게는 살아야 할 의무가 있지 않을까 하는 생각이 들기도 했다. 완전범죄의 가능성도 검토해봤다. 그 역시 전혀 불가능하다고는 말할 수 없다. 경찰이 요리코 사건의 수사방향을 바꾸지 않는 한, 내가 히이라기 노부유키를 살해할 동기를 찾지 못하리라. 그러니 잘 처신하면 내게 혐의를 두지 않을지도 모른다……. 하지만 결국 나는 최초의 결의를 바꾸지 않기로 했다. 내 손으로 나를 심판하는 것이다.

설명하기 쉽지 않지만, 이건 어떤 면에서 인간의 품성 문제라고 생각한다. 즉 내가 히이라기 노부유키라는 존재를 살인이라는 엄격한 태도로 심판하는 이상, 나 자신의 행위 또한 엄격하게 심판하지 않으면 공정하지 않다. 아무리 내 복수가 요리코와의 관계로 인해 정당화될 수 있다고 해도 독립적으로 판단하면 살인이라는 일개 범죄에 불과하다. 내가 응당한 죗값으로 히이라기에게 사형을 선고한다면 그 선고는 나에게도 똑같이 내려야 한다. 이게 정의다.

그뿐만이 아니다. 설령 경찰의 추적을 따돌린다고 해도 내가 살인자라는 사실은 바뀌지 않는다. 그 낙인을 숨기고 아내와 생활을 이어가는 삶은 도저히 감내할 수 있는 업이 아니다. 우미에에게 털어놓는 건 당치도 않다. 그런 위선적인 삶보다는 나는 죽음을 택하겠다.

14년 전 아직 이름도 갖지 못한 아들이 태어나지 못하고 죽었을 때, 아내는 영원히 신체의 자유를 잃었다. 아들의 영혼에 자신의 몸을 바친 것이다. 이번에는 내 차례다. 요리코가 죽었으니, 나는 나를 딸에게 바치자.

내일은 내 생애의 마지막 하루가 되리라.

8월 31일

드디어 오늘이다.

참 놀랍게도 지금 나는 몇 시간 후 살인을 하려는 인간이라고는 믿기지 않을 정도로 마음이 차분하다. 인간의 마음이란 신기하다. 어젯밤까지의 번민이 거짓말처럼 사라지고 자신을 정면에서 응시하게 되니.

어제의 기록, 특히 전반부를 다시 읽어보니 부끄러웠다. 제정신이 아니었던 모양이다. 그런 위선적인 언술로 자신의 결단을 정당화하려고 했다니, 한심하기 짝이 없다. 그런 짓을 해서 무슨 의미가 있단 말인가? 부러 심각한 척하며 스스로를 설득할 나이는 이미 지난 지 한참이다. 자신의 결단을 흡사 운명이라는 식으로 각색한들 아무 의미 없다.

애당초 자명한 해결책이 존재하지 않는 문제다. 나는 막다른 길까지 스스로를 몰아세운 끝에 이런 답을 선택했다. 나의 의지가 복수를 선택했다는 결론만이 중요하지, 그게 옳으냐 그르냐는 아무도 알 수 없다.

결심했다는 사실만으로 충분한데 쓸데없는 말까지 쓰고 말았다.

나는 요리코를 사랑한다. 그리고 우미에를 사랑한다. 둘에 대한 애정을 비교하기란 불가능하지만, 나는 요리코의 복수를 하기로 선택했고 그 반작용으로 우미에를 배신하게 된다. 하지만 아내를 향한 나의 사랑은 전혀 변함이 없다. 이게 다다.

허나 그런다고 내가 아내에게 용서를 구할 수 있을까? 아내는 나를 무조건적이고 완전하게 용서할 수 있을까? 지금의 내게 아직도 우미에를 믿을 권리가 남아 있을까—아내를 배신하려는 내게?

방금 히이라기 노부유키와 통화를 했다. 히이라기는 나를 오모리 에미코의 아버지라 믿고 추호도 의심하지 않았다. 내 의도대로 오늘 오후 8시에 히이라기의 집에서 만나기로 약속했다. 단번에 가면이 벗겨질 염려는 없지만, 선물 하나라도 손에 들고 있으면 더욱 의심받지 않으리라.

앞으로 몇 시간이면 내 방황도 종지부를 찍는다. 이제 나를 방해할 것은 아무것도 없다. 모든 게 내 계획대로 이루어지리라—요리코를 위해.

31일 후속

히이라기 노부유키는 죽었다. 나는 그를 엎드려 눕히고 등에서 심장이 위치하는 부분에 나이프를 쑤셔 박았다. 뼈에 닿지도 않고 손잡이 부분까지 살 속 깊이 파고들었다. 나는 숨이 끊어져가는 히이라기를 냉정히 지켜봤다.

진단서를 내민 순간 그가 보인 경악은 예상을 웃돌았다. 무슨 말을 하려는 듯 입을 반쯤 벌린 채 표정이 얼어붙었다. 얼굴에서 핏기가 사라지는 소리가 들리는 것 같았다. 그는 진단서를 손에서 떨어뜨리고 내 얼굴을 뚫어져라 쳐다봤다. 눈을 깜박이는 것마저 잊어버린 듯했다.

히이라기는 그 순간 내 눈동자 색깔을 분명 인식했으리라. 요리코와 똑같은 홍갈색 눈동자를. 동시에 그는 모든 것을 이해했다. 그의 표정을 관장하는 모든 근육이 공포로 격렬히 수축했다. 요리코가 아직 어렸을 때 가족 셋이서 놀이공원에 있는 공포의 집에 들어간 적이 있다. 그 안에서 귀신 거울에 비친 자신의 모습에 놀라 눈이 휘둥그레진 요리코를 기억한다. 히이라기의 얼굴은 그때의 요리코를 재현한 것처럼 일그러져 있었다. 어째서 그렇게 보였는지 알 수 없다. 이윽고 히이라기는 온몸에 경련이라도 인 것처럼 떨기 시작했다.

"죽일 생각은, 없었어……." 히이라기는 헐떡이며 내 앞에 무릎 꿇었다.

더 이상 주저할 이유가 없었다. 나는 히이라기를 덮쳤다. 그는 거의 반항하지 않았다. 나이프를 들이밀고 등 뒤로 넘긴 두 팔과 발목에 준비해둔 수갑을 채우자 아이처럼 얌전해졌다.

"살려줘."

그게 히이라기가 내뱉은 마지막 말이었다. 나는 똑똑히 보라는 듯이 고개를 저었다. 히이라기 노부유키라는 존재의 모든 것, 머리털부터 발톱에 이르기까지의 전부가 참기 어려울 정도로 추악했다. 자업자득이었다. 나는 연민조차 느끼지 못했다. 나이프를 고쳐 쥐었을 때 요리코의 목소리를 들은 것 같았다.

아직 그 순간으로부터 한 시간도 지나지 않았지만, 이미 막이 내려진 기분이다. 주변 정리도 마쳤다. 이제 정말 시간이 얼마 남지 않았다.

이 수기를 다 쓰면 나는 약을 먹는다. 우미에의 약상자에서 몰래 가져온 항우울제다. 요리코가 죽은 다음 날, 모리무라 씨가 우미에 주치의에게 받아온 약이다. 14년 전 사고 직후 아내는 한동안 그 약을 복용했기 때문에 지금도 비교적 용이하게 처방전을 받을 수 있다. 원래는 아내가 겪을 마음의 고통을 완화할 목적으로 내가 부탁했지만, 그와는 별도로 이런 용도가 있다는 것도 이미 알고 있었다.

우미에, 이 수기는 당신을 위해 남기는 거야. 이 수기를 쓰기 시작한 첫날 밤부터 이런 결말이 오리라고 어느 정도 예감했던 것 같아. 그래서 난 당신을 위해 모든 걸 다 써서 남겨놔야 한다고 생각했어. 여기 있는 것은 나라고 하는, 모순으로 가득 찬 인간의 총체야. 내 슬픔, 내 분노, 내 괴로움, 내 결의, 내 기만, 내 사랑, 내 죄책감, 그런 내 마음의 모든 갈등을 당신이 알아줬으면 했어. 내가 당신한테 해줄 수 있는 건 기껏해야 이 정도밖에 없었어.

당신한테 용서를 구할 자격 따윈 내게 없겠지. 당신이 내 선택을 죽을 때까지 저주한다고 해도 나는 어쩔 수 없어. 하지만 당신이 이 수기를 읽고 단 한 군데라도 내게 공감하는 구절이 있다면, 아주 조금이라도 좋으니 날 가엽게 여겨줬으면 해. 난 그걸로 충분해. 충분하고도 남을 만큼 내게는 구원이 될 거야.

우미에, 당신만은 오래오래 살아줘. 내 몫과 요리코의 몫, 태어나지 못한 아들의 몫까지. 당신을 끝까지 지켜주지 못해서 미안해. 난 못난 남편이었어.

……모든 걸 다 고백하겠다고 해놓고 하나 빠뜨린 사실이 있어. 딱 한 번, 난 당신을 길동무 삼을까 고민했어. 물론 그런 고민은 바로 접었지만, 한 번일지라도 그런 생각을 한 내가 너무나 부끄러워. 내 어리석음을 꾸짖어줘. 그만큼 당신의 남편은 죄 많은 사람이야.

자, 이걸로 끝내자. 안녕, 우미에. 나는 이제 요리코 곁으로 갈게. 난 당신과 요리코 두 사람을, 무엇과도 바꿀 수 없는 우리 가족을 사랑해.

2

여파

아이들은 한 걸음 앞서갔을 뿐이네,
집에 돌아오고 싶지 않겠지.
우리가 아이들을 쫓아가자,
햇살 찬란한 언덕에서, 이 화창한 날에.

「죽은 아이를 그리는 노래」

덥네.

모리무라 다에코는 소리 내서 말했다.

창문을 닫아 밤의 열기가 피부에 찰싹 들러붙어서 내내 떨어지지 않는 기분이다. 찬물로 샤워를 하고 얇고 편안한 옷으로 갈아입어도 이 더위는 좀처럼 가시지 않았다. 꼼짝도 하고 싶지 않은데 가만히 있을 수 없는, 그런 기분이었다.

아니, 사실은 다에코도 더위 때문이 아니라는 걸 알고 있었다. 무엇보다 에어컨이 이렇게 잘 돌아가는 방에 혼자 있는데 더울 리가 없다…….

다에코를 안절부절못하게 만드는 것은 그녀 바깥이 아니라 내면에 있었다. 더위는 자신의 마음을 외면하기 위한 구실에 불과하고, 실은 훨씬 실체가 뚜렷한 가슴속 아우성이 집요하게 다에코를 괴롭히고 있었던 것이다. 그 원인은 하나밖에 떠올릴 수 없다. 다에코도 알고 있기에 그 불길한 상념을 지금껏 도무지 무시할 수가 없었다.

또 벽시계로 눈이 간다.

오후 9시 32분, 슬슬 한 시간이 다 되어간다. 다에코는 참지 못하고 테이블 위 전화로 손을 뻗었다. 하지만 전화기를 들어 놓고도 번호를 누를 마음은 역시 들지 않았다. 무의식중에 전화기를 몇 번이나 고쳐 잡기만 했다.

괜한 노파심이 틀림없다. 다에코는 입술을 꽉 깨물고 전화기에 드리워진 손바닥 그림자를 응시했다. 별것 아닌 일로 가족인 양 나서서 쓸데없이 참견하는 여자라 낙인찍히기 싫었다.

결국 전화기를 다시 내려놓고 사놓은 잡지를 넘기기 시작했다. 하지만 활자가 전혀 눈에 들어오지 않았다. 니시무라 교수의 당황한 표정이 어른거리며 떠나지를 않았다. 고개를 젓고 시계를 보니, 9시 36분. 이게 대체 몇 번째일까? 기분 전환이라도 할 겸 텔레비전이라도 볼까 하다가 리모컨이 항상 두는 곳에 보이지 않자 의욕이 바로 사그라들었다. 마음 깊은 곳에 침잠한 불안의 그림자는 이제 더는 외면할 수 없을 만큼 길게 뻗어 있었다.

오늘 밤 교수의 거동은 어딘가 이상했다. 심상찮은 분위기라고 해야 할까…….

지난 열흘간은 요리코 일도 있고 해서 교수가 침울한 표정을 지을 때가 잦기는 했다. 하지만 결코 오늘처럼 살기등등한 표정을 드러낸 적은 없었다. 다에코는 가슴이 옥죄이는 기분이 들었다. 혹시 그게 일종의 위험신호였다면?

교수는 8시 전에 말없이 외출한 모양이었다. 8시가 지나자 집에서 교수의 모습이 보이지 않았다. 부인에게 물어봐도 무슨 용건으로 외출했는지 짐작이 안 가는지 고개만 갸웃거렸다. 아무 말도 없이 밤에 집을 비우다니, 평소의 교수답지 않았다.

8시 25분경 차고에 주차하는 소리가 들렸다. 다에코는 신경이 쓰여서 현관까지 나갔다. 살짝 열린 문틈으로 교수의 얼굴이 보였다. 다녀오셨어요, 라고 인사를 건네려다 움찔하고 말았다. 교수의 눈은 격렬한 당황의 빛으로 가득 차 있었다. 봐서는 안 될 무언가를 봐버린 느낌이었다.

"모리무라 씨." 등 뒤로 문을 닫으며 교수가 갑작스레 입을 열었다. "오늘은 이만 돌아가셔도 됩니다."

"갑자기 그렇게 말씀하셔도……."

"부탁드립니다." 교수의 목소리가 미세하게 떨리는 것 같았다. "오늘은 이만 돌아가주세요. 안 그러면……."

그렇게 말하다 교수가 갑자기 입을 다물었다. 적의마저 느껴져서 다에코는 자기도 모르게 몸을 움츠렸다.

"아, 알겠습니다. 바로 퇴근할게요."

그렇게 황급히 니시무라 가를 나오고 만 것이었다.

집에 돌아와 간신히 진정된 후에야 머리가 돌아갔고, 다에코는 점점 심각하게 걱정되기 시작했다. 정체를 알 수 없는 불길한 예감이 다에코의 마음을 뒤흔들었다. 가족도 아닌 제삼자가 멋대로 억측하고 고민할 문제가 아니라며 마음을 다잡았지만 오히려 더 불안해졌다.

늘 온화한 교수가 그렇게 쌀쌀맞은 태도를 보이다니. 다시 떠올릴 때마다 오싹해진다. 대체 밖에서 무슨 일이 있었던 걸까? 그건 마치 살인범이 범행현장을 들켜 당황한 것 같은 표정이었다.

말도 안 돼. 다에코는 바로 고개를 저었다. 아무리 비교를 해도 그렇지, 터무니없이 살인범이라니. 시곗바늘은 9시 39분을 지나고 있었다. 교수가 요리코의 죽음으로 인한 충격에서 간신히 다시 일어나려 하는데, 나라는 인간은 당치도 않은 상상이나 하고 있다니. 초침이 30초 지났다. 절대 경솔한 행동은 하지 말자고 약속한 사람을 의심하다니. 다에코는 이제 시계에서 눈을 뗄 수가 없다. 그래, 틀림없이 내 노파심일 거야. 나쁜 일 같은 건(56초, 57초, 58초) 일어날 리 없어. 9시 40분……. 근데 난 왜 이렇게 시계에 집착하고 있지? 그리고 왜 아까부터 이렇게 안절부절못하는 걸까? 그게 아니면 이건……, 혹시 육감 같은 걸까?

다에코는 반사적으로 전화기를 들었다. 이번에는 주저 없이 니시무라 가 전화번호를 눌렀다. 연결음에 이어서 호출음이 귓속에서 반복된다.

아무도 받지 않는다. 왜? 교수가 집에 없단 말인가. 아니면 교수의 신변에 무슨 일이라도…….

전화기 후크를 누르고 다른 번호를 눌렀다. 부인의 방에 설치된 전용 전화기 번호였다. 부인이 본격적으로 동화 집필에 착수하기로 결심했을 때, 작업의 편의를 고려해서 새로 별도의 선을 냈다. 이번에는 첫 호출음이 채 다 울리기도 전에 상대가 전화를 받았다.

"여보세요, 사모님? 모리무라인데요……."

"모리무라 씨? 아, 다행이다. 안 그래도 내가 전화를 걸까 하던 참이었어."

"저, 아까는 갑자기 퇴근해서 죄송했어요."

"뭘 그런 일 갖고 그래. 그보다 남편 상태가 이상해. 방금 전까지 문밖에서 전화벨이 계속 울렸는데, 그이가 전혀 받을 기미가 없어."

"그거, 제가 건 전화였어요."

"그랬구나. 그래서 내가 호출 부저를 수차례 울렸는데 아무 대답도 없어. 틀림없이 무슨 일이 생긴 거야. 하지만 나 혼자서는 아무것도 할 수 없잖아. 부탁이야, 모리무라 씨. 얼른 와줄 수 없을까? 나, 불안해서 견딜 수가 없어."

"알았어요. 곧 도착할 테니까 너무 걱정하지 마세요."

다에코는 전화를 끊자마자 서둘러 외출 준비를 마쳤다. 좀 더 빨리 전화를 걸었어야 했다고 자책하며. 되돌릴 수 없는 일이 일어나기 전에 도착할 수 있기를 바라며.

다에코가 맨션에서 스쿠터를 힘껏 밟아 7분, 니시무라 가에 도착한 시각은 10시 4분 전이었다. 교수가 혼자 있은 지 벌써 한 시간 반이나 지났다. 현관문은 교수가 잠가놓았지만, 다에코는 여벌 열쇠를 갖고 있었다.

부인의 방을 빼고 집 안은 어두컴컴했다. 전등 스위치를 켜며 다에코는 방을 연이어 둘러봤다. 서재에 교수의 모습이 보이지 않았다. 춥지도 않은데 자기도 모르게 몸이 으스스 떨렸다. 교수는 1층에 없었다.

요리코 방이다! 순간 그 생각이 머리에 번쩍여 다에코는 계단을 뛰어 올라갔다. 문은 반쯤 열린 상태였다. 다에코는 일단 멈춰 서고, 조심히 방에 들어가 불을 켰다.

처음 그 등을 본 순간, 다에코는 교수가 이미 숨을 거뒀다고 확신했다. 딸의 의자에 깊숙이 앉은 니시무라 유지는 책상에 고꾸라져 얼굴을 파묻고 있었다. 마치 책상을 끌어안은 자세처럼 보였다.

뚜껑이 열린 빈 약병 하나가 책상 위에 뒹굴고 있었다. 눈에 익은 항우울제 약병이었다. 그 옆에는 위스키 병과 빈 글라스. 쭈뼛쭈뼛 다가가자 삼킨 것을 살짝 게운 자국이 입가에 보인다. 다에코는 냄새를 맡고 교수가 약을 알코올로 넘겼다는 걸 금세 알 수 있었다. 다에코는 공황에 빠져 교수가 죽었다고 확신하면서도 간호사라는 직업 습관 때문에 반쯤 무의식적으로 맥박을 찾아 더듬었다.

손가락 끝에 희미한 맥박을 느낀 순간, 다에코는 자기도 모르게 비명을 질렀다. 아직 살아 있어!

늦지 않았다. 다에코는 하늘에라도 뛰어오를 듯한 기분이었다. 최악의 사태는 피할 수 있을지도 모른다. 얼른 적절한 응급 조치를 취하면 아직 살아날 가능성이 있다. 긴장으로 몸을 바들바들 떨며 다에코는 스스로에게 맹세했다.

절대 죽도록 내버려두지 않겠어.

다음 날 9월 1일 새벽, 니시무라 유지는 본인의 의사와는 상관없이 구사일생으로 살아났다.

첫 번째 발견자인 모리무라 다에코의 적절한 응급조치가 그를 죽음의 문턱에서 불러 세운 결정적 계기였다. 그의 몸이 구급차에 실려 병원으로 옮겨졌을 시점만 해도 상당히 위급했지만, 시간이 경과하면서 그는 회복 조짐을 보이기 시작했다.

한동안 혼수상태가 이어질지 모르지만 생명에는 지장이 없다고 최종적으로 의사가 판단한 것은 그가 음독자살을 시도하고 약 10시간 후의 일이었다.

그러나 기적적으로 목숨을 건짐과 동시에 그의 사회적 입장은 상당히 혹독한 처지에 놓이게 됐다.

전날 밤, 자살미수 소식을 듣고 현장으로 달려온 경찰은 니시무라의 서재에서 유서라 짐작되는 한 권의 노트를 발견했다. 음독에 이르기까지의 열흘을 기록한 일기라 여겼지만 끝

부분에 나오는 기술을 읽고 경찰은 기겁했다.

히이라기 노부유키는 죽었다. 나는 그를 엎드려 눕히고 등에서 심장이 위치하는 부분에 나이프를 쑤셔 박았다.

15분 후, 연락을 받은 미도리기타 서 형사들은 메종 미도리기타에서 히이라기 노부유키의 시체를 발견했다.

히이라기는 손발에 수갑이 채워지고 엎드린 자세로 죽어 있었다. 어깨 하단 깊숙이 나이프가 박혀 있었고, 나이프 날은 우심실을 관통해 있었다. 흉기가 마개 역할을 하여 외부 출혈조차 거의 없는 즉사였다. 니시무라 유지의 수기 속 기술과 한 치의 어긋남이 없는 최후였다.

흉기로부터 지문이 선명히 검출되었고, 검출 결과 니시무라 유지의 지문과 일치한다는 사실이 판명됐다. 거기에 피해자가 니시무라의 외동딸을 임신시킨 사실을 뒷받침하는 증거가 발견되면서 사건의 성격은 결정되었다. 아침부터 소집된 긴급 수사회의에서는 용의자 니시무라가 의식을 회복하는 대로 상세한 사정청취를 실시하기로 만장일치로 결의했다.

한편 니시무라 유지의 수기는 살인의 고의성을 입증하는 중요한 증거품으로 그날 중에 압수되었다. 이런 종류의 사건으로서는 이례적으로 가족을 포함한 사건 관계자에게 수기 복사본이 배부되었다.

가장 먼저 그 수기를 읽은 사람들 중에는 니시무라 요리코 살인 사건을 담당하고 있는 미도리기타 서의 나카하라 형사도 포함되어 있었다. 곤혹스러운 상황이었다. 그의 상사도 얼굴이 창백해졌다.

"터무니없는 일이 터졌어. 경찰의 체면에 손상이 가는 상황만은 어떻게든 막아야 해."

여론을 의식한 건 그들만이 아니었다. 사이메이 여학원 이사장 미즈사와 에리코도 그런 인물 중 하나였다.

그녀는 사건을 보고받은 직후, 중의원에 적을 둔 친오빠에게 직통 전화를 걸었다. 의원 역시 다른 경로를 통해 그 정보를 입수하여 동생을 위해 긴급히 자신의 참모에게 대책을 검토시킨 참이었다. 그 결과 도출된 결론은 누가 봐도 일종의 기책이라 할 방안이었다.

의원은 그 방안의 실효성에 고개를 갸웃거리면서도 중앙당 본부로 연락을 취해 지인인 모 고위 관료를 움직이게 했다. 지령은 관료를 시작으로 행정부와 경시청 중추로 신속하게 전달

되었다.

그날 오후, 경시청 내부에 위치한 좁은 사무실에서 형사과 주간 노리즈키 사다오 경시는 그 지령을 받았다. 그는 내선 전화 후크를 누르며 어이구야 하고 남몰래 중얼거렸다.

3 재조사 I

이제 태양은 찬란히 떠오르고,
어젯밤의 불행은 거짓말과 같네.
불행은 내게만 닥쳤고,
태양은 모두를 환히 비추네.

「죽은 아이를 그리는 노래」

1

"명문 여학교 독신 교사가 제자를 임신시킨 데다 발각될까 두려워서 살해. 사랑하는 딸을 잃은 아버지는 독자적으로 진상을 규명하여 복수를 이룬 후 딸의 뒤를 좇듯 자살을 기도했다……. 누구라도 동정할 만한 사건이지만, 그렇다고 해도 의심의 여지 따위는 전혀 없고 세상을 시끄럽게 만들기나 할 뿐인, 사회면에나 실릴 전형적인 범죄 아닌가요?"

"그래." 노리즈키 경시가 심드렁하게 대답했다.

"게다가 딸의 아버지는 수기를 통해 모든 사실을 고백했다면서요. 이다음은 여성주간지의 추적 리포트 영역이죠. 그런데 다른 사람도 아닌 제가 왜 이 사건의 재조사를 맡아야 된다는 거예요?"

"세심한 배려가 필요한 문제야."

"꼭 정치인 국회 문답 같은 말투군요."

"뭐, 비슷하긴 해."

경시가 이상야릇한 미소를 지었다.

린타로가 그 미소의 의미를 이해하지 못하는 사이, 경시는 아들의 어깨를 붙들고 가볍게 흔들고는 다른 한 팔을 쓱 뻗어 눈앞의 워드프로세서 전원을 껐다.

"앗! 이게 무슨 짓이에요."

린타로가 다급히 전원 스위치에서 아버지의 손을 뿌리쳤지만 이미 그의 새 원고는 칠흑과 같은 어둠 속에 빨려 들어가듯 사라지고 말았다.

화면에서 눈을 떼자, 경시는 여전히 이상야릇한 미소를 짓고 있다.

"정말 너무하시네요." 린타로는 항의했다. "전원을 끄기 전에 반드시 새 데이터를 저장해야 한다는 것쯤은 아버지도 아시잖아요?"

"새 데이터가 있다면 말이지." 경시는 조금도 미안해하는 기색이 없다. "방금 화면은 어젯밤에 내가 슬쩍 봤을 때랑 똑같던데."

"흠, 날카롭군요."

린타로가 어깨를 으쓱하고는 의자에서 일어나 아버지 앞에 섰다. 얼굴을 마주하자 린타로가 경시를 내려다보는 자세가 됐다. 하지만 지금은 린타로 쪽이 명백히 불리한 형세였다. 이 세상에 슬럼프에 빠진 추리소설 작가만큼 연약하고 가녀린 존재란 없다.

경시가 거실로 가자는 눈짓을 보냈다. 린타로는 다시 한번 워드프로세서의 한없이 캄캄한 화면에 양가감정이 담긴 시선을 던지고는 한숨을 내쉬고 아버지 뒤를 따랐다.

거실 등의자에 앉자, 경시가 차가운 캔 맥주를 건넸다. 린타로는 뚜껑을 따며 먼저 질문을 던졌다.

"솔직하게 대답해주세요. 대체 제가 뭘 찾길 원하시죠?"

경시는 잠자코 맥주를 목으로 흘려 넘기고는 양치질하는 소리를 냈다. 그러더니 불쑥 얼굴을 찡그리고 한 눈만 가늘게 뜨면서 다소 신경질적인 말투로 말했다.

"아무것도 찾을 필요 없어. 네 이름이 세상에 주는 효과만 노리는 거니까."

린타로의 눈이 휘둥그레졌다.

"뭐라고요?"

"그러니까, 이렇게 된 거라고." 노리즈키 경시는 얼굴에 웃음기 하나 없이 말했다. "내 아들은 어느샌가 매스컴의 감언이설에 떠밀려 명탐정이라는 존재로 떠받들어졌어."

"그렇게 말씀하시는 분도 편승하지 않으셨나요."

경시는 무시하고 계속 말했다.

"덕분에 무지몽매한 대중은 노리즈키 린타로라는 이름을 언론에서 본 것만으로도 즉시 이렇게 믿게 되지. 아아, 이 사건에는 뭔가 괴상망측하고 복잡한 사정이 있는 게 틀림없어. 그렇지 않으면 저 명탐정이 굳이 나설 이유가 없잖아, 하고. 물론 그런 믿음 따윈 아무 근거 없는 환상에 불과하지만 말이야."

"상당히 가혹한 평가로군요."

"하지만 이번 사건에서도 똑같은 반응이 나타나겠지. 요컨대 스캔들 봉쇄용인 거야."

경시가 손톱으로 캔을 튕겼다.

"아까 이런 사건은 여성주간지의 추적 리포트 영역이라고 했지? 딱 그거야. 지금 시나리오대로 흘러가면 사이메이 여학원의 고귀한 이미지는 밑바닥으로 추락해. 전국에서도 손꼽히는 명문 여학교로서는 치명적인 스캔들이지. 그렇게 되면 곤란한 인물도 있어. 이를테면 사이메이 여학원의 이사장. 그녀의 오빠가 누군지 알아?"

"미즈사와 도쿠이치, 교육문제 전문가로 유명한 보수당의 중견 의원이죠."

"그래." 경시는 고개를 끄덕이고는 말을 이었다. "학교는 물론, 미즈사와 의원 본인도 큰 이미지 추락으로 직결될 가능성이 있어. 그런 상황이 마뜩잖아서 이번 스캔들에 연막을 피운다는 계획이 나온 거지.

그런데 실은 이미 사태가 공연해지는 바람에 평범한 방법으로는 대중을 속일 수가 없게 됐어. 그래서 네 개입을 요구하기에 이르렀다, 이거야."

린타로가 의자 등받이에 팔꿈치를 기댔다. 이야기가 흘러가는 모양새가 영 수상쩍다. 정치권과 얽힌 권모술책의 앞잡이 노릇은 사양하고 싶다.

"그런 기대를 한다고 해도, 제가 그 사람들 구미에 맞는 새로운 사실을 발견한다는 보장이 없잖아요."

"애당초 그럴 필요가 없다고 했잖아." 경시가 쌀쌀맞게 툭 내뱉었다. "필요한 건 네가 등장함으로써 사건에 뭔가 곡절이 있다고 세상 사람들이 믿게 만드는 거지. 넌 아무것도 할 필요 없을 정도야."

"그렇게 뜻대로 될까요?"

"돼. 세상 사람들은 노리즈키 린타로라는 이름에 일종의 선입견을 갖고 있으니까, 네가 아무것도 하지 않아도 멋대로 사실을 곡해할 거야. 아니 땐 굴뚝에 연기 날 리 없다고 생각하고는 새 불씨를 찾아 나서겠지.

그러는 사이 누군가 '익명의 관계자'라고 자칭하며 시답잖은 소문을 흘릴 테고. 사이메이 여학원을 망가뜨리려는 음모가 있다느니 뭐니 하는, 멍청한 놈들이 환호할 유언비어를 말이야.

네 이름이 등장하면 모두가 고개를 끄덕이겠지. 진짜 불씨는 따로 있구나, 사이메이 여학원은 함정에 빠졌구나, 하면서. 스캔들이 무마되면서 학교 이미지도 지켜지는 거지. 그리고 네 사건 파일에는 미해결이라는 세 글자가 찍힐 테고. 이게 실제 시나리오야, 알겠어?"

"한심하군요."

"그래, 한심하기 짝이 없는 시나리오야. 하지만 두고 봐, 분명 내 말대로 될 테니까."

"그럼 제 입장은 뭐가 되죠?"

"그렇긴 하지." 진절머리 난다는 목소리로 경시가 말했다.

"아무리 그럴싸하게 꾸며도, 너 같은 건 높으신 분들의 편리한 선전도구에 불과해."

피가 울컥 머리로 치솟는 듯한 기분에 린타로는 고개를 절레절레 저었다. 경시는 새 캔을 따고 있었다.

스캔들 봉쇄용 완충장치라니! 진짜 추잡한 세상이 됐다며 린타로는 혀를 찼다. 명탐정의 명성을 여론조작의 장기말로 쓴다니, 지금껏 한 번도 상상해보지 못한 상황이었다. 아서 경, 당신이 활약하던 시대가 부럽습니다.

린타로는 정색하고 아버지에게 물었다.

"그런데 공사 구분이 엄격한 아버지가 어째서 이번 건만은 속 보이는 짓을 저한테 시키려는 거죠?"

"알지 모르겠지만, 세상엔 갖가지 정치적 압력이 존재한단다. 나도 이 나이를 먹고 나니 노후 걱정이 되지 않겠냐. 퇴직금을 쌓아둔 것도 아니고 말이야. 네 인세는 영 의지가 안 되고."

"'게쓰쇼쿠소月蝕荘' 사건 때 마지막까지 고집을 꺾지 않던 분이 하신 말이라고는 믿기지 않네요."*

---

* 노리즈키 린타로 시리즈 1편『눈밀실雪密室』에서 노리즈키 경시에게 정치적 압력이 가해지나 완강히 거부한다.

경시가 떨떠름한 표정을 짓는다.

"그게 예외적인 경우였어. 게다가 그때 그런 무모한 짓을 저지르는 바람에 그 후로 위에서 곱지 않은 눈으로 봐서 힘들어 죽겠다고. 이 기회에 점수를 따두지 않으면 언제 뒤통수 맞을지 몰라."

"어휴." 린타로는 어깨를 으쓱했다.

"그러니까 가벼운 마음으로 받아들여. 이게 딸의 아버지가 남긴 수기 복사본이야. 한번 훑어보면 사건의 개요가 머리에 들어올 거야. 그 뒤로는 네 마음대로 해. 만약 진심으로 붙어볼 마음이 생기면 경찰에서 편의를 봐줄게. 아무 의욕이 안 생기면 그 동네를 설렁설렁 산책하고 필요경비 청구서를 대충 써서 보내."

"하지만 당장 써야 할 소설 마감이 코앞이라고요."

"그런 건 개나 줘버려! 슬럼프에 빠졌을 때 용을 써봐야 아무 소용 없어. 억지로 매수만 늘린다고 좋은 글이 나올 거 같냐?"

"하지만 말이죠, 아버지……."

"내 말 들어. 너 요새 거울로 네 얼굴 본 적 있어? 마치 논리의 자기 중독이라도 일으킨 낯짝이야. 아주 안 좋은 징후지. 한

동안 머릿속에서 일 생각은 다 쫓아내고 기분 전환하는 게 어때? 그래, 그게 좋겠어."

경시는 스테이플러로 철한 문서를 린타로의 가슴팍에다 들이밀었다.

"최소한 그 수기만이라도 읽어봐. 가끔은 남이 쓴 문장을 읽어보는 것도 나쁘지 않아. 흥미진진한 글이라는 건 내가 보장하지. 읽고 나서 어떻게 할지는 네 자유야. 할 말은 다 했다. 난 먼저 자마. 잘 자라."

경시는 남의 기분 따위는 아랑곳 않고 본인 할 말을 다 마치자 아무 미련 없이 자기 방으로 가버렸다. 남겨진 린타로는 다시 한번 어휴 하며 한숨을 내쉬었다. 아버지가 저런 식으로 나온다면 무슨 말을 해봐야 소용없다.

하지만 아버지 말에도 일리는 있다. 최근 한동안 플롯이 꽉 막혀서 원고가 지지부진한 것도 사실이었다. 논리의 자기 중독이라, 이제는 노리즈키 경시마저 평론가와 비슷한 소리를 한다.

아니, 그게 아니면 평론가 말투가 사쿠라다몬* 스타일이 되

---

* 일본 경시청이 위치한 지역이라 경시청의 속칭으로 불린다.

기 시작한 걸까?

린타로는 자기 방으로 시선을 돌렸다. 그 너머에는 14인치 고해상도 모니터의 사각형 블랙홀이 린타로의 뇌수에서 모든 상상력이 쥐어짜지기를 기다리고 있다. 린타로는 몸서리를 치고는 건네받은 수기 복사본을 고쳐 들었다. 아버지 말대로 가끔은 이런 사건에 휘말리는 것도 나쁘지 않다.

김이 다 빠져버린 맥주를 마저 비우고, 린타로는 수기를 넘기기 시작했다.

“어이, 이게 어떻게 된 게냐?”

린타로는 흠칫 놀라 수기에서 고개를 들었다. 잠옷 차림의 아버지가 어느샌가 눈앞을 가로막고 서서 그를 내려다보고 있었다.

“뭐예요, 아버지. 먼저 잔다면서요.”

“뭔 소리야. 벌써 아침이라고.”

린타로는 창밖을 내다봤다. 커튼에 외광이 비치고 있다. 눈이 따끔거려서 자기도 모르게 몇 번이나 눈을 깜빡거렸다.

“……진짜네.”

“안 잤냐?”

린타로는 자기 처지를 새삼 확인하고는 말했다.

"그런 것 같네요. 이 수기를 읽다가 저도 모르게 열중하고 말았나 봐요."

"설마 그 분량을 읽는 데 하룻밤이 걸린 건 아니겠지?"

"물론이죠. 몇 차례 되풀이해 읽느라고요."

"아, 역시." 경시의 얼굴이 갑자기 환해진다. "뭔가 냄새를 맡았나 보군. 진짜배기 뭔가를 말이야."

린타로가 고개를 끄덕였다.

"사건 재조사를 받아들이기로 했습니다."

"그래? 네 반응을 보니 높으신 양반들의 의도와는 다른 결과가 나올지도 모르겠군." 경시가 살짝 고소하다는 듯이 중얼거리고는 덧붙였다.

"좋아, 커피를 내려드리지. 자세한 얘기는 그 뒤에 듣겠어. 스캔들 봉쇄? 흥, 개나 줘버려!"

2

미도리기타 서는 이치가오 국도에 면해 있었다. 서 뒤편에 아직 정비가 덜 된 강변이 위치한 탓인지, 관청 특유의 분위기와 주변 풍경이 어울리지 않는 느낌이 들었다. 린타로는 청사 1층에서 나카하라 형사와 만났다.

나카하라 형사는 어깨가 넓고 이목구비가 뚜렷한 남자로, 얇은 입술이 어딘가 모르게 무뚝뚝한 인상을 주었다. 수기 속 인물 묘사를 떠올리자 린타로는 마음이 조금 무거워졌다. 초면에 마음 편히 대화할 만한 상대는 아니었다.

특히 이번처럼 세심한 배려를 요구하는 사건일 경우에는.

서로 자기소개를 마친 후 두 사람은 자리에 앉았다. 게시판 포스터의 어두운 빛깔 외에는 눈에 띄는 것이 아무것도 없는 살풍경한 공간이었다. 나카하라 형사가 천천히 다리를 꼬고는 거만한 면접관처럼 말문을 열었다.

"이번 사건은 그쪽 같은 거물의 손을 번거롭게 할 일은 아닌 듯싶은데요."

"글쎄요." 거물이라는 말에는 노골적인 비아냥이 담겨 있었지만 린타로는 반응하지 않기로 했다. "그보다 니시무라 씨의 용태는 지금 어떤가요?"

"위험한 상태는 이미 벗어난 모양입니다만, 아직 의식은 회복되지 않았습니다. 취조는 당분간 힘들 것 같네요."

"당분간이라면?"

"아마 사나흘 정도겠죠."

"체포 영장은 나왔나요?"

"아뇨. 병세가 호전되는 대로 임의출두를 요청할 예정입니다." 불쑥 나카하라 형사가 품평하는 눈길로 린타로를 쳐다봤다. "그런데 방금 그 양반한테 존칭을 쓰셨군요. 니시무라 씨라고 말이죠. 그 남자는 살인범입니다. 지금 그런 남자를 편드는 겁니까?"

"니시무라 씨는 동정받을 만하다고 생각하는데요."

"하지만 살인범이라는 사실은 변하지 않죠. 그 양반 수기는 읽어보셨습니까?"

"예. 나카하라 형사님을 상당히 악랄하게 묘사했더군요."

반응을 엿보려고 슬쩍 덧붙여보자, 나카하라 형사의 얼굴에 균열이 일어난 것처럼 쓴웃음이 떠올랐다.

"그렇더군요. 하지만, 뭐 어쩔 수 없죠. 대범하게 받아들일 수밖에. 형사라는 직업상, 업무의 3분의 2는 남의 미움을 사는 짓이니까요. 다만 그 양반이 좀 더 제 충고를 겸허히 받아들였다면 이런 일은 없었겠죠. 그건 그렇다 치고, 범죄심리 전문가의 시각에서 그 수기는 어땠습니까?"

"정말 흥미진진하더군요. 특히 몇 군데 신경 쓰이는 기술이 있었습니다."

"몇 군데?" 나카하라 형사의 미간이 좁아지며 쭈글쭈글 접힌 옷가지처럼 세로 주름이 잡혔다. "이거 뜻밖이군요. 그렇다면 노리즈키 씨는 그 양반의 수기를 진지하게 받아들이고 있다, 이겁니까?"

린타로는 얼버무리듯 어깨를 으쓱거렸다.

"아직 검토 중입니다."

"제 입장에서 보자면 그 수기는 거짓말로 뒤덮인 토사물이나 마찬가지입니다. 오해와 망상으로 가득 차 있죠."

"아무리 그래도 그렇게 일방적으로 말씀하실 필요는 없지 않을까요."

"일이 이 지경이 됐는데 아직도 그 양반을 감싸는 겁니까. 그 양반의 억측 때문에 죄 없는 남자가 살인범이라는 누명을 뒤집어쓴 데다 목숨까지 뺏겼는데도요? 아무리 비난해도 모자라다고 생각합니다만."

린타로는 나카하라 형사를 바라봤다. 자신감에 충만한 표정은 꿈쩍도 하지 않았다. 굴곡진 얼굴이 매달릴 곳 없이 깎아지른 바위 표면처럼 느껴졌다. 린타로는 형태 없는 씁쓸한 덩어리를 삼키고는 확인차 질문을 던졌다.

"그 말은, 히이라기 노부유키가 니시무라 요리코 씨를 죽인 진범이 아니라는 건가요?"

당연하다는 듯 나카하라 형사가 고개를 끄덕였다. 고집스러운 빛이 눈동자 속에 깃들어 있었다.

"니시무라는 제 말을 전혀 귀 기울여 듣지 않았습니다. 그의 가장 큰 실수는 요리코를 임신시킨 남자가 곧 살인범이라고 아무 근거 없이 속단해버린 점입니다. 히이라기 노부유키가 아이 아버지인 건 사실입니다. 하지만 그게 다입니다. 죽어 마땅한 죄를 더 저지르지 않았죠."

린타로는 손을 들어 나카하라 형사를 제지했다.

"그렇다면 히이라기가 니시무라 요리코 씨와 관계를 맺은 남자였다는 건 확실하군요."

"네."

"그런데 그 사실을 어떻게 확인했죠?"

나카하라 형사는 일단 시선을 피하더니 고민하는 척했다. 하지만 누가 봐도 시늉임을 명백히 알 수 있는 순간적인 동작이었고, 대답은 금세 돌아왔다.

"아직 공표되지 않은 사실이 있습니다. 노리즈키 씨니까 말해주는 겁니다만, 이건 꼭 비밀을 지켜주셔야 합니다. 실은 히이라기의 방에서 첫 번째 진단서—알아듣기 편하시라고 수기 속 표현을 그대로 쓰겠습니다—가 발견됐습니다."

"방 어디에 있었던 거죠?"

"책상 서랍 속 비망록 사이에 끼워져 있는 걸 수사원이 발견했습니다. 그런 물건은 진즉에 파기해버렸어야지, 그렇게 따로 보관해뒀다니 멍청한 놈입니다. 제 깐에는 기념품 같은 걸로 여겼겠죠, 분명."

의도치 않게 방금 말투에서 나카하라 형사가 피해자에게 가진 본심이 드러났다. 그건 연민이나 동정과는 거리가 먼 감정이었다.

"그렇다면 니시무라 요리코 씨가 21일 밤에 히이라기 집을 방문했다는 것도 동시에 증명된 셈이군요."

"그렇죠." 나카하라 형사가 말했다. "그러니까 최소한 거기까지는 아버지의 추리도 틀리지 않았다고 할 순 있겠네요. 그런데 결론에서 삐끗해버린 겁니다. 요리코는 그날 밤 무사히 히이라기의 집에서 나왔으니까요."

"증거가 있나요?"

"물론이죠. 우선 첫 번째로 히이라기가 진단서를 처분하지 않았다는 점. 만약 히이라기가 살인범이었다면 당연히 제일 먼저 증거 인멸을 기도했을 테니까요.

두 번째로, 만약 메종 미도리기타에서 살인이 일어났다면 시체의 이동 문제를 무시할 수가 없습니다. 공원이 메종 미도리기타에서 아무리 가깝다고 해도 걸어서 10분 남짓 걸립니다. 아무리 한밤중이라 통행인이 적었다고 해도 시체를 짊어지고 공원까지 가는 건 위험하죠. 차를 이용했다면 문제는 달라지지만, 공교롭게도 히이라기는 운전면허증이 없습니다. 그렇다면 역시 살인은 공원 안에서 일어났다고 보는 게 합리적입니다."

그럴싸한 설명이었지만, 하나같이 정황증거에 불과하다. 히이라기의 범행을 부정하는 근거로서는 너무나 빈약했다. 게다가 니시무라 유지의 수기에는 히이라기 본인이 범행을 인정하는 발언이 똑똑히 기록되어 있다.

린타로가 그 점은 어떻게 설명하겠냐고 물었다.

"그 부분은 완전히 니시무라의 날조입니다." 나카하라 형사가 대답했다.

"날조?"

"네. 아마 니시무라는 히이라기에게 변명할 기회 같은 건 주지 않고 집 안에 들어가자마자 바로 죽여버렸을 겁니다. 그래놓고는 히이라기가 살인범이라고 확신한 탓에 듣지도 않은 말을 들었다고 믿어버린 게 아닐까요? 물론 본인은 진심으로 그런 글을 썼겠죠. 사정청취 때 완강히 그렇게 주장할 겁니다."

사전에 준비한 대답일지도 모른다. 나카하라 형사의 말투는 열의를 띠고 있긴 했지만 어딘지 모르게 무미건조했다.

"하지만 니시무라 씨는 '페일 세이프' 작전이라는 비장의 패를 갖고 있었을 텐데요."

"그거야말로 광신도의 헛소리 중에서도 제일가는 헛소리죠. 고작 임시방편에 지나지 않는 미사여구에 넘어가다니, 노리즈키 씨답지 않군요. 니시무라는 처음부터 히이라기가 살인범이 아닐 가능성 따위는 애초에 고려하지 않았습니다. '페일 세이프' 운운은 자신이 신중하고 냉정하다는 걸 보이고자 하는, 나름 공들인 제스처에 불과합니다."

나카하라 형사의 단정적인 말투가 영 마음에 들지 않았지만, 그렇다고 정면에서 반론할 생각도 없었다. 나카하라 형사만큼 편향된 사고는 가지지 않았어도 린타로 역시 '페일 세이프' 대목은 어딘가 수상쩍다고 느꼈기 때문이었다.

그런데 나카하라 형사는 그런 반응을 주눅 든 걸로 받아들인 모양이었다. 그의 태도에 오만함이 차지하는 비율이 더욱 커졌다.

"제가 니시무라에게 아이 아버지를 찾을 생각 말라고 한 이유를 아시겠습니까? 딱 이런 사태를 염려했기 때문입니다."

나카하라 형사가 순간 동의를 구하는 눈빛을 보냈다. 린타로가 무시하자 나카하라 형사는 아무 일도 없었다는 듯 그 눈빛을 거두고 발언을 계속했다.

"인간이란 종종 가까이 이웃한 누군가에게 모든 죄업을 뒤집어씌우곤 합니다. 때론 거기서부터 비극이 태어나죠. 니시무라도 자신이 의식하지 못하는 사이 진정으로 증오해야 할 적을 잃어버리고 손이 닿는 곳에서 증오의 표적을 정해버린 겁니다. 증오란 결코 이성으로 컨트롤할 수 없는 것이니까요.

전 그런 사례를 숱하게 봐왔기 때문에 잘 압니다. 그래서 그런 전철을 밟지 말라고 니시무라에게 충고한 겁니다. 뭐, 제 말투가 귀에 거슬렸는지 모르겠습니다만 그 충고를 처음부터 무시한 그 양반은 자기 분수를 모르는 인간이라고밖에 말할 수 없군요."

이렇게 나카하라 형사의 페이스에 휘말릴 수는 없다. 린타로는 다른 카드를 꺼냈다.

"히이라기가 범인이 아니라면, 누가 요리코 씨를 죽였을까요?"

"노리즈키 씨도 꽤 답답한 분이네요." 나카하라 형사가 마뜩잖다는 말투로 말했다. "처음부터 말했잖습니까. 이번 사건은 무차별 연쇄살인이라고요. 조서에도 그렇게 쓰여 있고, 니시무라에게도 몇 번이나 그렇게 말했습니다. 그런데 또 노리즈키 씨한테 설명하라니, 이젠 정말 입에서 단내가 나겠네요."

나카하라 형사의 눈이 린타로에게서 벗어나, 대각선 맞은편에 부착된 시너 중독방지를 호소하는 포스터 위에서 서성거렸다. 그 포스터에는 눈이 움푹 팬 창백한 얼굴의 소년이 그려져 있었다.

그로테스크한 과장법을 썼음에도 엄청나게 실감 나는 표정이었다. 나카하라 형사의 옆얼굴은 흡사 그 소년을 향해 말하고 있는 듯 보였다.

"그날 밤 요리코는 히이라기의 집에서 나온 후 공원에 들렀겠죠. 아마도 흥분한 마음을 진정시키기 위해서 말이죠. 그런 일이 아니라면 공원은 야심한 시각에 젊은 여성 혼자 갈 만한 장소는 아니니까요. 그만큼 요리코의 정신 상태가 정상적이지 않았다는 뜻입니다.

히이라기와의 교섭이 잘 됐는지, 또는 결렬됐는지 지금 와서 알 길은 없습니다. 하지만 이번 사건과는 관계없는 일이죠. 그 후 요리코는 새로운 사냥감을 노리던 변태의 눈에 걸려들어 공원 안에서 살해당했습니다. 이상이 저희가 내린 결론이고, 여기에 덧붙일 것은 아무것도 없습니다."

"두 사건이 우연히도 21일 밤에 겹친 것뿐이라는 말인가요?"

"그러면 안 됩니까?" 나카하라 형사가 얼른 시선을 되돌리고는 못마땅한 표정으로 말했다. "그러면 안 될 이유라도 있다는 겁니까?"

"그런 식으로 말하면 성범죄자 범행설도 애매하기는 마찬가지입니다. 근거가 빈약하기로는 히이라기 범행설과 오십보백보 아닌가요?"

나카하라 형사의 얼굴이 점점 험악해졌다.

"노리즈키 씨마저 니시무라의 오인 살인을 지지하겠다는 겁니까?"

그럴 마음은 없었지만, 한편으로 린타로는 대화를 거듭하면서 막무가내로 밀어붙이는 이 남자의 권위주의적인 태도에 혐오감을 느꼈다. 그 탓에 감정적으로 나오지 않았다고는 말할 수 없었다.

"왜 그렇게 니시무라 씨를 적대시하죠?"

"적대시하는 거 아니라고."

나카하라 형사가 의자에서 벌떡 일어나 위압적으로 린타로를 내려다봤다. 짧은 침묵. 두 사람의 시선 사이에 강한 척력이 작용하는 것 같았다.

"똑똑히 들어. 니시무라는 살인범이야." 나카하라 형사가 말했다. 목소리의 울림이 명백히 달라졌다.

"발단을 따지자면, 당신이 니시무라 씨에게 수사의 성의를 보이지 않았다는 점이 히이라기 노부유키가 살해된 요인 중 하나라고도 볼 수 있을 텐데요."

"……핑계에 불과해."

"실제로 당신의 부자연스러운 태도가 니시무라 씨의 의혹에 박차를 가해서 이런 불행한 결과를 초래했지요. 진심으로 자신에게 아무 책임이 없다고 단언할 수 있습니까?"

"무슨 말을 하고 싶은 거야?" 나카하라 형사의 목소리가 거칠어졌다. "빙빙 돌리지 말고 대놓고 말씀하시지."

"그럼 묻겠습니다. 요리코 씨가 임신했다는 사실을 공표하지 않은 진짜 이유가 뭐죠?"

"고인의 명예를 위해서야. 난 니시무라에게도 그렇게 설명했어."

"그런 설명으로 납득할 것 같습니까?"

"그럼 또 무슨 이유가 있단 말이야!"

나카하라 형사는 그제야 자신이 의자에 앉아 있지 않다는 걸 깨달은 모양이었다. 겉으로 보이는 것보다 감정이 격앙되었다는 증거다. 양 무릎이 녹슨 크랭크처럼 삐걱거렸고 이마에 땀방울이 송골송골 맺히기 시작했다.

린타로도 의자에서 일어나 같은 높이에서 나카하라 형사와 시선을 맞부딪쳤다.

"사실은 사이메이 여학원에서 압력이 들어오지 않았나요? 니시무라 씨가 수기에서 지적했듯이 말입니다."

나카하라 형사의 목이 턱 막혔다. 급소를 맞은 복서처럼 몸의 중심이 불균형하게 기울어졌다. 두 뺨에 주홍빛 반점이 점점이 떠오르더니, 이내 얼굴 전체를 뒤덮었다. 여전히 엉거주춤한 자세로, 나카하라 형사는 가까스로 머리에 떠오른 질문에 매달렸다.

"당신은 대체 어느 편이야?"

"진실의 편이죠."

감정의 균열이 나카하라 형사의 눈 속으로 치달았다.

그 갈라진 틈새로 분출하려는 무언가를 막아내려는 듯이 나카하라 형사는 천천히 몇 번이고 눈을 깜박였다. 눈을 감았다 뜰 때마다 린타로와 멀어지기라도 하는 것처럼.

그러다가 휙 몸을 틀어서 출구 쪽으로 걷기 시작했다. 시답잖은 말다툼이다, 라고 스스로에게 타이르는 듯한 발걸음이었다. 포스터 속 창백한 소년이 나카하라 형사의 등과 린타로 사이에 놓인 공간에 공허한 눈빛을 던진다. 이미 거기에는 어떤 말도 끼어들 틈이 없다.

형사의 모습이 보이지 않게 되자 린타로는 의자에 털썩 주저앉았다. 나카하라 형사를 제압했다는 만족감은 전혀 없었다.

진실의 편이라고? 입에 담은 순간 그런 답을 고른 것을 후회했다. 자신의 현재 처지는 나카하라 형사와 별 차이 없다는 걸 완전히 망각하고 있었다.

린타로는 주변의 이목을 조심하며 방에서 나갔다. 나카하라 형사라고 결코 바보일 리 없다. 니시무라 유지의 수기를 곧이곧대로 받아들이지 않았다는 점은 인정할 만하다. 하지만 무언가가 정상적인 사고를 가로막는 탓에 나카하라 형사는 사건을 올바로 직시하지 못하고 있다.

그게 뭘까. 단순한 선입관일까, 형사의 체면일까. 아니면 또

다른 무엇일까? 린타로는 그 무언가가 앞으로 자신이 나아갈 길에 그림자를 드리우지 않기를 기도했다.

3

안내데스크 앞 기둥에 기대 서 있던 남자가 린타로에게 말을 걸었다. 색깔을 살짝 넣은 안경을 쓴 조금 통통한 남자였고, 실타래를 풀어놓은 것 같은 머리에 새치가 꽤 눈에 띄었다.

"나카하라 녀석이랑 한판 붙은 모양이던데. 엄청 열 받아서 나한테까지 불똥이 튀었어."

주름투성이인 셔츠에 주름투성이인 재킷. 다림질과는 거리가 먼 생활을 영위하는 모양이었다. 싹싹한 태도로 봐서 매스컴 쪽 인간임을 금방 알 수 있었다.

"무슨 용건이죠?"

"난 『주간 리드』의 도카시라고 해." 바지 뒷주머니에서 귀퉁이가 접힌 명함을 내밀었다. "잠깐 얘기 좀 할 수 있을까, 노리즈키 씨?"

린타로는 고개를 저었다.

"죄송하지만 시간이 없네요. 지금 당장 가야 할 곳이 있어서 말이죠."

"행선지라면 내가 알 것 같은데. 내 차로 안 가겠나?" 안경 너머로 유혹하는 눈빛을 던진다.

린타로는 흥미를 느껴 도카시의 유혹을 받아들이기로 했다. 마침 엔진 이상으로 차를 수리 맡긴 사정도 있었다.

건물에서 나와 주차장으로 발걸음을 옮겼다. 차는 베이지색 스프린터였다. 린타로가 조수석 문을 닫자 도카시는 말없이 차를 출발했다.

에다 방면으로 국도를 달렸다. 차량 소통은 원만했고, 핸들을 쥔 도카시의 손에 망설임은 보이지 않았다. 행선지를 알고 있다는 말은 그 자리를 모면하려는 궁여지책만은 아니었던 모양이다.

"난 이 사건에 흥미가 있어." 도카시가 말문을 열었다. "지금도 뉴스거리로 충분한 사건이지만, 아직 뭔가 숨겨져 있다는 느낌이 들어. 그래서 취재를 시작했더니 느닷없이 미도리기타서에 노리즈키가 나타난 거야. 뭔가 있다, 하고 머리에 딱 느낌이 왔지."

"그래서요?" 린타로가 쌀쌀맞게 대꾸했다.

"자네는 스캔들을 찾아 헤매는 싸구려 기자와는 다르지. 굳이 이 사건에 관여했다면 뭔가 특별한 사정이나 직업적인 관심이 있기 때문일 거야. 그렇다면 니시무라 부녀 사건에 예상 밖의 새로운 전개가 태어날 가능성이 높다는 거지. 안 그래?"

"새로운 전개?"

"그래. 아버지의 수기와도, 경찰의 견해와도 다른 자네만의 독자적인 시각이 새로운 전개를 야기하리라고 기대하는데 말이야."

"저를 과대평가하시는군요." 린타로는 겸손을 가장하여 말을 돌리려고 했다. "전 그저 소설을 취재하러 온 거지……."

도카시가 고개를 저었다. 햇살 때문에 왼쪽 눈 주위에 옅은 렌즈 그림자가 떠다녔다.

"시치미 떼도 소용없어. 단순한 취재라면 나카하라와 그런 식으로 충돌할 이유가 없지."

"충돌이라고 할 정도로 대단하지 않았어요."

"말은 그렇게 하지만, 자네도 돌아올 때 표정이 장난 아니던데."

무심한 척하면서 꼼꼼히도 관찰하고 있었다.

"약간의 의견 차이가 있었죠."

"그 약간의 의견 차이가 뭔지 자세히 들려줬으면 좋겠군."

"감정적으로 엇갈리는 부분이 있었습니다." 린타로는 별일 아니라는 듯 목소리 톤을 낮췄다. "나카하라 형사가 성범죄자 범행설을 너무 완강히 밀어붙여서 조금 반발하긴 했어요. 그게 나카하라 형사의 심기를 건드렸나 보죠."

"그건 자네가 잘못했네. 지역 형사한테는 좀 더 저자세로 나갔어야지. 그렇지 않아도 아마추어가 끼어드는 상황이 못마땅할 텐데 말이야."

동의한다는 시늉을 하고 도카시에게 물었다.

"나카하라 형사하고는 아는 사이인가요?"

"친하다고는 말 못 해도, 생판 모르는 사이는 아니지. 능력은 있는데 융통성이 없는 남자야."

"융통성이 없는 수준이 아니던데."

린타로가 중얼거리자, 전방을 응시한 도카시의 왼쪽 입가가 미소 짓듯 벌어졌다.

"꽤 신경을 긁었나 보군. 분명 다른 일 때문에 한판 했겠지. 혹시 그 수기에 적힌 내용대로 나카하라를 비난한 거 아냐?"

굳이 부정하지 않았다.

"자네도 의외로 거친 남자군."

"아뇨. 미끼를 던졌는데 그쪽이 유난스레 반응한 거죠."

"그런 미끼를 던지다니 잔인해."

도카시가 어이없다는 표정을 짓는다. 하지만 반쯤 즐기는 것 같다.

"근데 자네 말투로 보면 마치 니시무라 유지의 수기에 잘못이나 거짓이 없고, 그의 손으로 정당한 복수를 이뤘다고 여기는 것 같은데?"

"그런 말은 안 했습니다. 다만 그럴 가능성이 아예 없진 않다고 주장했을 뿐이죠."

도카시가 어깨를 위아래로 들썩인다. 자동차 진동 때문이 아니었지만, 소리 내서 웃지는 않았다.

"일이 재밌게 돌아가는군. 자네 스폰서는 사이메이 여학원 아냐? 그런데도 자넨 중립을 표명하고 있어. 즉 경우에 따라서는 스폰서와 적대하는 상황도 무릅쓰지 않겠다는 뜻이지."

린타로가 눈썹을 치켜세우며 도카시를 노려봤다.

"그랬군. 어쩐지 일사천리로 진행된다 했네요."

"무슨 말이야?"

"너무 고약하네요, 도카시 씨. 처음부터 제가 나타날 걸 알고 미도리기타 서에서 대기했군요. 도카시 씨도 스폰서가 낀 신세라면 이거 하나는 솔직하게 말씀해주시죠. 대체 누구한테 사주 받고 절 감시하는 겁니까?"

"사주 같은 거 안 받았어." 도카시가 전면유리에서 시선을 떼지 않고 담담하게 대답했다. "아까 말했듯이 난 니시무라 요리코 사건에 처음부터 흥미가 있어서 미도리기타 서를 매일 드나들었어. 자네 얼굴을 알아본 것도 우연이라고."

"그럼 사이메이 여학원이 제 스폰서라는 건 어떻게 알았죠? 의뢰인의 이름은 아직 공개되지 않았을 텐데요. 알고 있는 사람은 몇 안 되는 관계자뿐이라고요."

"그걸로 한 점 땄다고 의기양양할지 모르겠지만, 나도 이거 죄송했습니다, 하며 머리 조아릴 마음은 없어." 도카시가 껌이라도 씹는 듯이 딱딱 끊어지는 말투로 말했다. "사이메이 여학원이 자네를 불러냈다는 걸 아무도 모른다고 생각했나? 만약 그렇다면 자넨 터무니없이 어리숙한 남자야."

"무슨 말이죠?"

"지금 상황은 일목요연하잖아. 자네의 개입을 필요로 하는 곳은 현재 정세에 불만이 있어서 뭔가 사태를 변화시키고 싶은 집단이겠지. 그런 곳이 사이메이 여학원 말고 어디 있겠어. 이 정도는 구태여 누가 가르쳐주지 않아도 짐작하고도 남아."

"일단은 그럴듯한 설명이군요. 하지만 당신이 제 다음 행선지를 알고 있었던 이유는 설명되지 않습니다."

"소문보다 훨씬 더한 회의주의자군." 도카시가 과장스럽게 목을 움츠렸다. "이 모양 이 꼴이라도 나도 저널리스트 나부랭이인 이상 머리를 조금은 쓸 줄 안다고. 담당 형사와 만나 사건 개요를 들은 후 이번 사건의 주인공을 만나러 간다, 이게 그렇게 엉뚱한 발상인가?"

린타로는 몸을 틀어 도카시의 옆얼굴을 가만히 바라봤다. 표정만으로는 발언의 진위를 판단하기 어려웠지만, 애초에 이런 상황에서 의심하지 말라는 게 과한 주문이다.

"……좋습니다, 그렇다고 치죠."

노골적으로 못 믿겠다는 말투로 대꾸하자, 도카시가 린타로를 바라보며 씩 웃는다. 자신이 한 말을 그 자리에서 취소해버리는 악동 같은 웃음이었다. 하지만 그가 일부러 그런 건지는 석연치 않았다.

도카시는 그 후로 아무 말도 하지 않고 전면유리로 시선을 돌려 전방의 차량 흐름에 집중했다. 린타로는 자동차 에어컨 루버의 방향을 바꿔서 찬 바람을 쐬었다. 밖은 바람 없는 화창한 날이었다.

신이시카와 입구 표지판이 나오는 지점에서 국도를 벗어났다. 차는 북상하여 도메이 고속도로 밑을 빠져나와 초등학교 부지 옆을 지나쳤다. 운동장에 드리워진 학교 건물의 그림자는 얼룩 하나 없이 뚜렷한 8월의 어스름을 불러 세우고 있었다.

남자끼리의 과묵한 드라이브는 취향이 아닌지 도카시가 뜬금없이 대화를 재개했다.

"사이메이 여학원 이사장하고는 이미 만났나?"

"아뇨."

"만날 예정은 있어?"

"조만간 무슨 말인가 하겠죠."

사실은 3시에 만나기로 약속했지만 일부러 말하지 않았다. 아마 도카시도 알면서 시치미를 떼고 있을 테고, 설령 모른다고 해도 굳이 가르쳐줄 필요는 없다. 루버 각도를 원래대로 돌려놓으며 어떤 여자냐고 물었다.

"엄청난 여장부지." 도카시가 입을 모으며 휴 하고 한숨을 내쉬었다. "한마디로 말하면 미즈사와 에리코는 이 지방 고귀한 사모님 모임의 총수와 같은 존재야. 우리 현의 교육부 특별위원으로 지낸 지도 10년이 넘었고, 전국 여자교육문제연합회 부의장을 2기째 역임하고 있어. 그 외에도 직함을 대자면 끝도 없지. 어설픈 정치가나 평론가보다 인망이 두터워서 발언력도

굉장해."

"요새 유행하는 마돈나의 선구자 같은 존재인가요?"*

"그렇게 생각하면 딱 맞겠군. 하지만 그 인망과 발언력의 근원을 따져보면 사이메이 여학원 이사장이라는 지위에서 나오는 거지. 그래서 이번 사건으로 학교뿐만 아니라 그녀의 공적 이미지에도 큰 손상이 간 셈이야."

도카시는 의도적으로 입을 다물어서 말의 속뜻을 음미하게 했다. 린타로는 어젯밤 노리즈키 경시에게 들은 이야기를 떠올리며 슬쩍 미끼를 던져봤다.

"그래서 좋아할 인물이 있다는 건가요?"

"그럴 만한 인간이 누군지 안 떠오르진 않아. 하지만 설명하려면 이야기가 복잡해져."

"무슨 뜻이죠?"

"너무 작위적인 냄새가 풍긴달까." 도카시는 그렇게 서론을 깔았다. 본인도 믿지 않는 풍문을 전하는 게 떨떠름하다는 말투다.

---

* 1989년 참의원 선거에 여성 최초의 정당 당수였던 사회당 도이 위원장 주도로 여성 후보들이 대거 진출하여 '마돈나 선풍', '마돈나 붐'이라는 말이 유행했었다.

하지만 이런 태도야말로 더욱 주의해야 한다. 진심으로 뭔가 하고 싶은 얘기가 있는 인간일수록 오히려 진심이 아닌 척 굴기 마련이다.

"이사장의 오빠가 중의원의 의원이라는 건 알고 있겠지. 그는 이 지역 선거구 출신인데, 지지표의 상당수가 시내 주부집단에서 나온다고 해. 이게 뭘 의미하는지 알아?"

"여동생의 이름이 미즈사와 의원의 표를 결집하는 데 상당한 공헌을 하고 있다는 뜻이군요."

"그래. 그런데 이 지역 선거구는 보수당이 그를 포함해 정원의 두 석을 차지하고 있어. 다른 한 사람인 아부라타니 다선 의원과 미즈사와 의원은 견원지간, 아니 이름 그대로 물과 기름과 같은 사이야."*

"같은 당인데도요?"

"당내 파벌 다툼에서 시작돼서 대립의 뿌리가 깊어. 거기까지 이르는 자세한 경위는 생략한다 쳐도, 지난 선거 때는 지역당이 딱 두 패거리로 나뉘어서 자기들끼리 진흙탕 싸움을 벌인 과거가 있어. 어정쩡하게 지역을 공유하면서도 꽤 지저분

* 미즈사와水沢의 水와 아부라타니油谷의 油에서 비롯한 표현.

한 방식으로 서로를 잡아먹지 못해 안달이었지.

결과적으로 둘 다 당선되기는 했지만, 아부라타니 의원의 표가 대폭 감소하고 말았어. 차점자와 불과 몇천 표 차이로 간신히 의석을 확보했으니 얼마나 망신스러웠겠나. 그런 결과를 초래한 가장 큰 원인은 아부라타니의 여자 문제가 표면에 드러난 탓이었지."

"여자 문제?"

"선거 공시일 직전에 괴문서가 돌았어. 출처는 아마 미즈사와 쪽 후원회겠지. 뭐, 시답잖은 정부情婦 소동이었지만 여동생의 입김이 들어간 부인 단체가 맹렬히 항의해서 뉴스로 번져버렸어. 결국 아부라타니 의원은 스캔들을 무마하느라 진을 빼는 통에 선거전을 제대로 치를 여유가 없었고, 그 일로 원한을 품은 아부라타니가 다음 선거를 대비해 일찍부터 설욕전에 들어갔다는 소문이 돌고 있다, 이거야."

도카시가 그 뒤는 네가 알아서 생각해라, 하는 눈빛을 던진다. 물론 딱히 머리를 열심히 굴릴 마음은 없었다.

"이번 사건 뒤에 아부라타니 의원이 있다는 말인가요? 사이메이 여학원과 이사장의 이미지를 악화시키기 위해?"

"그래. 여동생의 평판이 떨어지면 당연히 다음 선거에서 오빠의 득표수도 떨어져. 눈에는 눈, 스캔들에는 스캔들이라는 방식이지."

"하지만 너무 앞서 나간 것 같은데요? 다음 선거면 앞으로 한참 뒤의 일이에요."

"다음 선거까지 겨우 반년밖에 안 남았어." 도카시가 주지의 사실인 양 딱 잘라 말했다. "지금쯤이면 벌써 어느 진영이나 활동을 개시했을 시기야. 게다가 사이메이 여학원의 스캔들은 아부라타니에게는 전초전에 불과하겠지. 일단 후방부터 공격하는 전술인 거야."

"그렇지만 이번 사건 어디에 그런 해석을 끼워 넣을 수 있을까요? 어느 쪽 살인에도 정치적인 색채는 전혀 없고, 아버지의 행동은 개인적인 복수심에서 발현한 거죠. 굳이 떠올려볼 만한 가능성이라면 니시무라 요리코 사건이 아부라타니 지지자의 소행일 경우겠지만, 그게 과연 가능할까요?"

도카시가 짐짓 입술을 일그러뜨린다.

"그야 그렇겠지. 아무리 선거를 위해서라고 해도 맨정신에 사람을 죽일 리야 있겠나. 내가 파고드는 건 좀 더 미묘한 쪽이야."

"무슨 말인지 모르겠군요."

"자네가 모르는 사실이 있어. 니시무라 유지의 고등학교 시절 친구가 아부라타니 밑에서 홍보팀장을 맡고 있어. 광고계 출신의 다카하시라는 남자인데, 능력자로 소문난 인물이야. 그 남자가 죽은 딸에 대해 니시무라의 머리에 이상한 생각을 불어넣었을 가능성도 생각해볼 수 있지 않을까?"

"설마요."

린타로가 눈을 살짝 치켜떴다. 무슨 말을 하려는지는 알겠지만 너무 작위적이다.

"아직 증거는 없어." 도카시가 조수석 반응은 모르는 척하고 말을 이었다. "하지만 그렇게까지 억지스러운 스토리는 아닐 텐데."

처음에는 별 신빙성 없는 얘기라는 양 꺼내더니, 꽤나 열심히 팔아넘기려고 한다. 너무 애쓴다 싶을 정도였다. 이야기의 진위는 차치하더라도 도카시가 방심해서는 안 될 인물이라는 사실만은 알았다. 처음에 눈치챈 대로 사이메이 여학원의 입김이 들어간 인물이 확실하다.

반론을 하지 않자 납득했다고 여겼나 보다. 아니면 준비한 대사를 다 써먹었는지 도카시는 갑자기 침묵에 잠겼다. 하지만 이번 침묵도 그리 길지 않았다. 가로수 나뭇가지 사이로 '오히라 종합병원'이라는 간판이 보였다.

4

도카시는 병원 부지로 들어가서는 아무 설명도 없이 차를 주차장으로 돌렸다. 주차 공간은 외래 차량으로 대부분 꽉 차 있었지만, 의료기구업체의 밴이 나간 자리에 잽싸게 스프린터를 밀어 넣고 시동을 껐다.

"병실까지 따라올 작정인가요?" 린타로가 비아냥을 담아서 말했다. "친절을 베풀어서 저를 데려다주신 거라고 생각하고 있었는데요."

도카시가 안전벨트를 풀더니 느긋하게 긴장을 푼다. 하지만 차 키는 꽂아둔 채였다.

"난 여기 있을게. 어제 병실에 기어 들어가려다가 쫓겨났어. 그런 꼴을 두 번 당하고 싶진 않거든."

"그럼 외래 입구에서 내려주고 갔으면 될 텐데요."

"그러면 자네 돌아갈 길이 막막하잖아." 도카시가 린타로를 쳐다보며 턱짓을 했다. "호의로 하는 행동이야. 신경 쓰지 마. 자네가 가자는 대로 어디든 모셔다드리지."

"한참 뒤에 돌아올지도 모릅니다."

도카시가 알 바 아니라는 듯 실쭉 미소 지었다.

"기다리는 데는 익숙해."

"그럼, 느긋하게 즐기시죠."

린타로는 차에서 내렸다. 달갑잖은 친절이었지만 거절한다고 물러날 상대가 아니다. 서로 속내를 훔쳐보려고 하는 만큼 민낯을 드러내는 쪽이 불리하다. 문을 닫자 도카시는 뒷좌석에서 크로스워드 퍼즐 잡지를 꺼내 한 손에 연필을 쥐고 씨름하기 시작했다.

차에서 떠나 중앙 홀 입구로 향했다. 어디선가 매미 소리가 들려왔지만 마치 음소거 버튼을 누른 것처럼 잠잠하다. 아직 오전 11시로, 해는 그리 높지 않았다. 햇살이 세기는 했지만 땀이 날 정도는 아니었다.

유리문을 밀며 로비로 들어가자, 순간 차양이 쳐진 것처럼 시야가 어두워졌다. 두세 걸음 걸어가자 바닥에 도카시의 차와 똑같은 색깔의 리놀륨이 깔려 있다는 걸 알았다.

로비는 인기척이 뜸했고 몇 안 되는 사람들은 대부분 후줄근한 차림의 노인들이었는데, 그중에는 속옷 바람으로 바닥에 주저앉아 이쪽을 쳐다보는 여자아이도 하나 있었다. 어머니로 보이는 사람은 눈에 띄지 않았다.

린타로는 안내창구로 가서 신분을 밝히고 니시무라 유지의 병실을 물었다.

"1호 병동 2층 26호입니다." 사무 간호사가 장부에서 눈을 들었다. "바닥의 녹색 화살표를 따라가면 쉽게 찾아가실 수 있어요."

"고맙습니다." 린타로는 발걸음을 내디뎠다.

1호 병동 복도는 좌우로 문이 쭉 늘어선 고요한 공간이었다. 푸르스름한 형광등 불빛이 스투코 벽에 드리워져 깊은 밤과 같은 분위기를 자아냈고, 발밑의 리놀륨에 떨어지는 그림자가 심해어처럼 흔들거렸다. 적막한 공기에 섞인 병원 냄새가 콧속을 찌르며 떨어지지 않았다.

냄새에 익숙해지기 전에 26호실에 도착했다. 문에 '집중치료실'이라는 표지판이 보였다.

문 옆에 놓인 등받이 없는 소파에 음침한 분위기의 젊은 남자가 앉아 있었다. 양복 차림의 남자는 다리를 꼰 채 살짝 틀어 앉아 옆머리를 벽에 기대고 있다. 그가 린타로의 발소리를 듣고 감고 있던 눈을 천천히 떴다.

"뭐야?" 남자가 거만한 말투로 물었다.

아무래도 감시를 맡은 형사인 모양이다.

"니시무라 씨의 병실이 여긴가요?"

"그래. 하지만 지금은 대화를 못 해. 의식불명이야."

"알고 있습니다."

"무슨 용건이지?"

린타로는 이름과 용건을 밝혔다.

"아하." 형사가 말했다. "당신 얘긴 들었지."

그때 문밖의 실랑이 소리가 들렸는지, 병실 문이 안쪽에서 열리며 젊은 남자가 고개를 내밀었다. 피부가 하얗고 콧날이 오뚝한 남자로, 부드러운 머리칼이 이마 가운데서 갈라졌다. 체크무늬 반소매 티셔츠에 면바지 차림. 눈매가 상냥해 보이는 청년이었다.

"누구시죠?"

"노리즈키라고 합니다. 경찰과는 별개로 비공식적으로 니시무라 요리코 사건을 조사하고 있습니다."

다행히 상대는 이름만 듣고 린타로가 누군지 안 모양이었다.

"혹시 추리소설 작가인 노리즈키 린타로 씨인가요?"

"네."

"활약은 익히 들어 알고 있습니다."

그렇게 말한 후 짧은 침묵이 흘렀다. 청년은 어깨 너머로 뒤돌아봤지만, 방 안 어디로 시선을 던졌는지 린타로에게는 보이지 않았다. 다시 돌아본 얼굴에는 미묘한 표정이 떠올라 있었다.

"안에 들어가시겠어요?"

청년이 망설인 끝에 그렇게 물었다. 린타로는 고개를 끄덕이고 허락을 구하기 위해 소파에 앉은 형사를 쳐다봤다. 형사는 벽에서 머리를 떼고는 귀찮다는 듯이 말했다.

"이러고 있으면 두통이 가라앉아서 시원하거든." 그러고는 흥미 없다는 표정으로 콧방귀를 뀌었다. "당신 얘기는 들었다고 했잖아."

형사는 다시 벽에 머리를 기대고 눈을 감았다. 린타로는 어깨를 으쓱하고 병실로 들어갔다.

황량한 1인실이었다. 블라인드를 내린 창 쪽에 머리맡을 둔 침대가 하나. 40대 중반의 남자가 잠들어 있었다. 그가 니시무라 유지였다.

링거용 튜브와 인공호흡기가 맨팔과 코에 반창고로 부착되어 있었다. 상반신을 고정시킨 이유는 혹여나 환자가 움직였다가 튜브가 빠지기라도 하면 문제가 되기 때문이겠지. 이불 밑으로 뻗어 나온 코드 몇 개가 베드사이드 모니터에 연결되어 있었다.

안색은 좋지 않았지만 그제 음독자살을 기도한 남자치고는 멀쩡해 보였다. 까맣게 윤기가 흐르는 머릿결과는 어쩐지 어울리지 않는 인상이었다. 눈을 감고 있어서 수기에 나온 홍갈색 눈동자는 볼 수 없었다.

"혼수상태가 며칠 더 이어질 것 같다고 합니다." 청년이 작은 목소리로 말했다. "중독 충격으로 인한 일시적인 의식장애인데, 걱정할 필요는 없다고 하더군요."

그렇게 말하는 청년이야말로 얼굴이 환자처럼 수척했다. 간병 피로의 초기징후겠지. 청년은 자신이 아직 이름을 밝히지 않았다는 걸 알아차리고 덧붙였다.

"다카다 미쓰히로라고 합니다. 교수님 연구실에서 조수로 근무하고 있습니다."

대화 소리에 여자가 고개를 돌렸다. 여자는 침대 옆 의자에 앉아서 혼수상태인 환자를 지켜보고 있었다. 니시무라와 동년배로 보였다. 목덜미 언저리에서 짧게 친 머리에, 보트넥 서머 스웨터와 헤이즐넛색 슬랙스 차림이었다.

여자는 의자에서 일어나 린타로와 다카다에게 다가왔다. 다카라즈카 가극단*의 남자 역할 배우를 떠올리게 하는 씩씩한 거동이었다. 이목구비가 큼직해서 그런 느낌이 더 짙었다. 젊은 시절에는 남들의 이목을 끄는 미모를 자랑했으리라. 전성기를 지난 지금도 충분히 그 흔적이 느껴졌다. 하지만 다카다와 마찬가지로 표정 곳곳에 배인 수척한 빛은 숨기지 못했다.

린타로는 몸을 돌려 그녀와 마주 봤다.

"당신은 누구죠?" 그녀는 거리낌 없는 날카로운 목소리로 물었다. "형사로는 보이지 않는데."

"노리즈키라고 합니다. 요리코 씨 사건을 개인적으로 조사하고 있습니다."

여자는 가차 없는 시선을 린타로에게 던졌다.

"매스컴 관계자라면 쫓겨나기 전에 얼른 자기 발로 나가는 게 좋을 거예요."

린타로가 대답하기 전에 다카다가 그녀를 가로막듯이 손을 저으며 둘 사이에 끼어들었다.

"아니에요, 야지마 씨. 노리즈키 씨는 명성 높은 추리소설 작가이고, 실제로 사건을 해결한 적도 있는 분이에요. 어제 그 남

---

* 여성만으로 이루어진 가극단.

자하고 동급으로 취급하면 실례에요."

어제 그 남자라면 도카시를 말하는 거겠지. 공식 절차를 밟고 들어왔을 리가 없다.

다카다의 설명에 일단은 수긍하는 듯했으나 야지마 구니코의 눈빛은 여전히 매서웠다. 다카다는 자기도 모르게 린타로 쪽으로 시선을 돌렸다가, 주눅이 들었는지 두 사람 사이에서 한 걸음 물러났다.

"당신 정체는 알았어요." 이번 여자의 목소리에는 노골적인 경멸의 빛이 깃들어 있었다. "하지만 '개인적'이라는 말은 거짓말이겠죠. 어차피 사이메이 여학원의 스파이 아니에요?"

어떻게 그걸, 하고 입 밖으로 내뱉기 직전에 아까 도카시의 말이 떠올랐다.

야지마 구니코가 사이메이 여학원과 내통할 이유가 없기에, 이번이야말로 눈앞에서 바로 간파당한 것이다. 도카시 말대로 상황은 '일목요연'했다. 본인이 얼마나 불편한 처지에 놓였는지 새삼 깨닫고 린타로는 말문이 막혔다.

"거봐." 구니코가 린타로를 비난했다. "입 다물고 있는 건 인정하는 거나 마찬가지야. 학교 측 인간은 여기 있을 자격이 없어. 얼른 나가요."

"잠깐만 기다려주세요. 뭔가 오해가 있는 것 같습니다."

"누굴 바보로 아나." 그녀가 턱을 찌를 듯이 내밀며 린타로를 몰아붙였다.

"제 말 좀 들어주세요. 그쪽에서 말씀하신 것처럼 제가 사이메이 여학원의 의뢰를 받고 여기에 온 건 사실입니다. 하지만 이 사건과 사이메이 여학원이 관련된 이상, 제게도 나름대로 생각이 있습니다."

"대체 그 생각이 뭔데?"

린타로는 구니코의 눈을 지그시 쳐다봤다. 대놓고 매도당하고 있는데도 이상하게 그녀에게 화가 나지 않았다. 그보다 자신의 의도가 전달되지 않는다는 안타까움이 앞섰다. 기묘하게도 린타로는 눈앞의 열다섯 살은 족히 많을 입이 험한 여자에게 막연한 호감을 느꼈다.

"사이메이 여학원이야 어떻게 되든 제 알 바 아닙니다. 이 사건의 진실을 알고 싶다, 제 관심사는 그뿐입니다. 다른 사람의 속셈이 어떻든 전 완벽히 공명정대한 태도를 관철할 작정입니다."

"폼 잡는 소리는 집어치워. 공명정대한 진실이라면 이미 충분해. 저 사람이 폭로했으니까." 그렇게 말하며 침대 위의 남자를 위로하듯 쳐다봤다. "목숨을 걸고서 말이야."

"그 진실이 절대 틀리지 않다고 단언할 수 있을까요?"

"단언할 수 있어."

"그 말은 철회하는 게 좋을 겁니다." 자신의 목소리가 정색한 것처럼 들렸다. "전 니시무라 씨가 남긴 수기에서 이상한 점을 발견했습니다."

"입 다물어. 본인이 있어." 그녀가 눈을 부릅뜨며 경고했다. "자기 자랑이나 하려고 이런 데까지 행차한 거야? 신흥 종교 전도사 같은 말투로 혼자만의 진실을 강요하는 것뿐이잖아."

근거 없는 비난이었지만 가슴에 응어리진 불편한 부분을 건드리는 구석이 있었다. 당당하게 반박할 수가 없었다. 상대의 분노가 그 자체의 무게로 침묵의 심연 속에 가라앉기를 기다릴 수밖에 없었다.

주저하는 린타로의 모습을 눈앞에서 목도하자, 그제야 자기 말이 심했다고 여긴 모양이었다. 여자는 갑자기 태도를 누그러뜨렸다.

"……당신은 나쁜 사람 같지는 않네. 아무래도 내가 지레짐작했나 봐. 학교 스파이라고 부른 건 사과할게요."

물론 그렇다고 해서 경계를 완전히 푼 말투는 아니다. 일시적인 타협에 불과하다는 뉘앙스를 노골적으로 풍겼다. 하지만 그것만으로도 큰 양보였다.

그녀는 침대 옆으로 돌아가서 눈에 띄지도 않는 시트의 주름을 펴기 시작했다. 다카다가 병실 한구석에서 간이의자를 들고와 린타로에게 앉으라고 권했다.

린타로가 의자에 앉자 야지마 구니코가 물었다.

"정말 뭐 때문에 여길 온 거야? 니시무라 씨의 의식이 회복되지 않았다는 사실 정도는 알 거 아니에요."

"실은 야지마 씨에게 용무가 있어서 왔습니다. 여기 오면 만날 수 있을 것 같아서요."

"나?" 그녀는 깜짝 놀란 표정을 지었다.

"니시무라 씨 가족에 대해 상세한 얘기를 들려주실 수 있을까요. 니시무라 씨의 수기만 읽고서는 명확하지 않은 부분이 있어서요."

"그건 부인이나 모리무라 씨한테 물어봐야지."

일단 말은 그렇게 해본다는 자신 없는 말투였다.

"아뇨. 부인에게선 객관적인 이야기를 기대하기 힘들고, 간병인은 옛날 일까진 모를 테죠. 야지마 씨는 고등학교 때부터 니시무라 부부와 가까운 친구였다고 들었습니다. 오랫동안 두 사람과 관계를 맺어왔고, 게다가 제삼자로서 관찰이 가능한 사람. 그런 사람으로는 야지마 씨가 가장 적합하다고 판단했습니다."

"하지만 가족과 관련된 에피소드를 듣는다고 이번 사건을 이해하는 데 무슨 도움이 될까?"

"들어보지 않고서는 모를 일이죠. 어찌 됐건 니시무라 씨를 이해하는 데는 도움이 될 겁니다. 가족과 관련된 기술이 수기의 대부분을 차지하는 이상 현실적으로도 그 점을 허투루 넘어갈 수는 없어요.

저 같은 외부인은 이 수기만으로는 포착할 수 없는 가족의 속사정이 더더욱 마음에 걸립니다. 우선 그 사정을 밝혀서 니시무라 씨와 부인, 그리고 요리코 씨를 둘러싼 가족사를 머리에 넣는 것이 선결 과제라고 생각해요. 사전지식도 없이 수기의 옳고 그름을 논하는 건 내실 없는 공허한 논의가 될 겁니다. 제 생각이 잘못된 걸까요, 야지마 씨?"

그녀는 린타로의 제안을 진지하게 곱씹고 있었다. 하지만 곱씹으면 곱씹을수록 그녀의 표정에는 어쩐지 더 먹구름이 껴가는 듯 보였다.

"구체적으로 어떤 얘길 듣고 싶죠?"

"우선 두 분이 결혼하게 된 계기나 어릴 적 요리코 씨가 어땠는지, 모리무라 씨라는 간병인은 어떤 분인지 등에 대해 말씀해주시면 정말 도움이 되겠습니다. 하지만 그런 얘기들은 차치하더라도, 부인이 중상을 입었다는 14년 전 사고, 그리고 수기와는 관련 없지만 다카하시라는 니시무라 씨의 고등학교 친구, 이 두 가지 얘기는 꼭 들어두고 싶네요."

그녀의 얼굴이 갑작스레 어두워졌다. 마치 뭔가 불길한 상상이 치밀어 올라 마음 한 면을 뒤덮은 것 같았다. 좋지 않은 징조였다. 다시 입을 열었을 때 그녀의 태도는 처음 만났을 때로 돌아와 있었다.

"사양하겠어."

"제가 뭔가 거슬리는 말이라도 했나요?" 린타로가 물었다. 치사한 질문이었다. 린타로는 자신이 상대의 마음에 의심의 씨앗을 뿌렸다는 걸 알고 있었다.

"돌아가. 여긴 당신 같은 사람이 있을 곳이 아냐."

그녀는 무너진 자신의 내면을 필사적으로 일으켜 세우려는 듯했다. 그렇게 자신의 충성심을 증명하고 싶은 것이다. 그 충성심은 침대 위 남자를 향한 걸까?

"야지마 씨." 그때까지 두 사람과 거리를 둔 채 숨죽이고 대화를 지켜보던 다카다가 드디어 입을 열었다. "그러지 마시고 노리즈키 씨 얘기를 좀 들어보시죠."

"싫어." 그녀가 딱 잘라 말했다. "이 남자는 사이메이 여학원에서 보낸 사람이야. 우리한테 터무니없는 망상을 불어넣으려고 할 거야."

구니코는 벌떡 일어나더니 린타로의 코끝을 스치듯 지나쳐 문 앞까지 걸어갔다. 그러고는 문을 휙 열고 린타로에게 얼른 나가라는 손짓을 했다.

"얼른 돌아가."

지금은 거스르지 않기로 했다.

"오늘은 이만 물러나죠. 하지만 조만간 곧 다시 찾아뵙겠습니다."

상대는 흥 하고 콧방귀만 뀌었다. 허세로 보일 뿐이었다. 복도로 나가면서 린타로는 한마디 덧붙였다.

"제가 야지마 씨한테 불어넣은 건 아무것도 없어요. 그건 원래 야지마 씨 안에 있던 거죠."

문이 쾅 닫혔다.

"만만찮은 여자지?" 그 모습을 보고 있던 형사가 린타로에게 동의를 구하듯이 물었다. 말투를 보건대 형사도 야지마 구니코 때문에 꽤나 애먹은 모양이었다.

"열녀烈女라고 하죠."

"열, 녀?" 형사가 고개를 갸웃거렸다. "뭐야, 그게."

5

잡념에 빠진 형사를 뒤로 하고 린타로는 초록 화살표를 거슬러 돌아가기 시작했다. 병원 냄새가 이미 몸의 일부가 된 것 같았다. 몇 걸음 가지도 않았는데 문소리와 함께 달려오는 발소리가 들렸다.

"노리즈키 씨."

걸음을 멈추고 돌아보자, 다카다가 린타로에게 다가왔다. 린타로는 아무렇지도 않은 얼굴로 무슨 일이냐고 물었다.

"내쫓는 모양새가 돼서 정말 죄송합니다." 다카다가 두 손을 모으더니 갑자기 머리를 푹 숙였다. "야지마 씨도 악의가 있어서 그런 건 아니에요. 다만 이번 일로 너무 당황해서 신경이 조금 곤두선 상태라. 원래는 심성이 올곧고 바른, 좋은 분이에요. 혹시 마음 상하셨다면 제가 대신 사과드리겠습니다."

"안 그래도 돼." 다시 머리를 조아리려는 걸 손짓하며 말렸다. "신경 쓰지 않으니까."

"아, 다행이다."

다카다가 크게 어깻숨을 내쉬었다. 이윽고 그의 뺨에 긴장이 서렸다. 별안간 누군가가 어깨를 건드리기라도 한 것처럼 벽 쪽으로 시선을 돌리고는, 셔츠 옷깃을 잡고 단추를 채우는 시늉을 했다. 그 모습을 보고 린타로는 재촉했다.

"하고 싶은 말이 있나 보네?"

"네." 다카다가 고개를 끄덕였다. 린타로에게 시선을 돌려 이야기를 시작하기까지 심호흡 두 차례 정도의 시간이 걸렸다. "아까 교수님 수기에서 이상한 점을 찾았다고 하셨죠?"

"응, 내가 그런 말을 하긴 했지."

"실은 저도 하나 마음에 걸리는 대목이 있어서요. 아니, 그렇게 대단한 건 아니에요."

대단하지 않다면서도 다카다의 어조는 사뭇 진지했다. 그러나 이어질 말을 아무리 기다려도 좀처럼 말을 잇지 못한다.

원래 이렇게 신중한 타입일까, 아니면 일부러 그런 척해서 이쪽의 속셈을 알아내려는 걸까. 그런 의심을 한다는 것 자체가 신경과민 상태라는 증거였지만, 린타로는 만약을 위해 다카다를 시험해보기로 했다.

"나는 엊그제 쓴 수기에서, 이 의문을 해소할 유력한 가설 하나를 타진해보았다."

수기의 한 문장을 인용하자, 즉시 다카다의 눈이 신뢰의 빛을 띠었다.

"역시. 노리즈키 씨도 알아차리셨군요."

고개를 끄덕였다. 다카다는 합격이다. 잠시 시간을 내서 둘이서 이야기를 할 수 없겠냐고 물었다.

"지금은 어렵습니다." 다카다가 안타깝다는 듯이 고개를 저었다. "야지마 씨를 그냥 둘 수 없어요. 저래 보여도 어제부터 한숨도 눈을 붙이지 않았거든요."

"자네가 편할 때 봐도 상관없어."

"네……."

갑자기 다카다가 멍한 표정을 지었다. 시선은 린타로를 향하고 있지만 눈동자가 공허했다. 마치 둘 사이에 보이지 않는 오목 렌즈가 끼워져 있는 듯했다. 다카다의 내면에 자리한 막연한 예감이 서로 다투기 시작해 망설임이라는 형태로 표면에 떠오른 것 같았다.

"강요는 안 할게." 린타로가 말했다. "자네가 내키지 않으면 안 봐도 돼."

"아뇨, 그런 건 전혀 아니고요."

당황한 목소리로 다카다가 부정했다. 방금 전 머릿속에 떠오른 불길한 예감을 그렇게라도 떨쳐내려는 듯이 보였다. 그게 효과를 발휘했는지 다카다의 얼굴에 다시 각오가 섰다. 그러고는 저의가 느껴지지 않는 목소리로 덧붙였다.

"가능하다면 내일까지 기다려주시겠습니까. 저도 나름대로 생각을 정리할 시간이 필요해서요."

린타로가 눈으로 수긍했다.

"오후에는 학회지 편집회의 때문에 바쁘겠지만 회의가 끝나면 시간이 날 거예요."

"편집회의? 이런 상황에?"

"네. 사실 저도 빠지고 싶은데 교수님이 편집 발기인이라서 제가 대리로 얼굴을 비치지 않으면 다른 분들께 폐를 끼치거든요. 제가 빠지는 바람에 회의가 취소됐다는 걸 알면 교수님도 기뻐하시지 않을 테니까요."

매일의 일과를 소홀히 하지 않음으로써 사태의 끔찍함을 중화시키겠노라고 다짐하는 것 같은 말투였다. 어중간하게 붕 뜬 현재 상황에서는 어쩌면 최선의 선택일지도 모르겠다.

"회의가 언제 끝나지?"

"4시쯤이면 끝날 거예요."

"그럼 넉넉하게 5시에 만나지."

둘은 약속 장소를 정했다. 그 말을 마지막으로 둘은 대화를 마쳤다.

린타로는 서둘러 병실로 돌아가는 다카다의 뒷모습을 바라봤다. 이제는 다카다의 마음속에도 작은 의혹의 씨앗이 싹텄을 것이다. 하지만 그 의혹이 어떤 열매를 맺을지까지는 다카다는 예상하지 못하고 있지 않을까. 멀어져가는 뒷모습에서 그런 느낌을 받았다. 진실을 알았을 때 그도 야지마 구니코처럼 완고히 입을 다물어버리는 게 아닐까, 린타로는 문득 그런 생각이 들었다.

복도에서 스쳐지나가는 간호사를 불러 세워 니시무라 유지의 담당의가 누군지 물었다. 간호사는 요시오카라는 이름과 생김새를 가르쳐줬다. 수플레처럼 이마가 툭 튀어나온 사람이라고 한다. 이 시간이면 내과 의국에 있을 거라고 했다. 의국의 위치를 묻자 간호사는 방긋 미소 지으며 바닥의 은색 화살표를 가리켰다.

간호사 말대로 요시오카 의사는 의국에 있었다. 과연 하얗고 이지적인 이마가 인상적인 인물이었다. 나이는 30대 후반쯤일까. 겉보기와는 다르게 서글서글한 성격인지, 집중치료실 환자에 대해 얘기하고 싶다는 뜻을 전하자 흔쾌히 승낙하고 린타로를 병원 식당으로 데리고 갔다.

식당은 카페테리아 형식으로, 벽 한 면을 튼 창에서 안뜰 잔디밭의 초록빛이 들이비쳤다. 의사의 추천으로 햄버그스테이크 정식을 주문한 뒤 쟁반을 받아들고 빈자리를 찾았다. 마침 혼잡해지기 시작한 시각이었지만, 용케 마주 앉을 수 있는 자리를 찾아 두 사람은 함께 앉았다.

"26호실 환자라면 니시무라 유지 씨 말이군요." 요시오카 의사가 혼잣말하듯 말을 꺼냈다. "니시무라 씨가 응급실로 옮겨진 건 그제 밤이었죠. 마침 그날 제가 당직이었는데, 초진실에서 봤을 때는 상당히 위중해서 의식은 물론 동공반응도 사라진 중증의 혼수상태였습니다."

"그때가 음독하고 얼마나 지난 시점이었나요?"

"두 시간 가까이 경과한 모양이더군요. 일단 인공호흡기를 장착하고 위세척을 실시해 독물의 흡수 저지와 체외배출에 노력을 기울였죠. 급성중독치료의 성패는 얼마나 빨리 독물의 종류를 알아내느냐에 달려 있는데, 니시무라 씨의 경우는 특별히 다행인 경우였다고 말할 수 있겠네요."

"어째서죠?"

"발견자가 구급처치에 밝은 분이었고, 환자가 항우울제와 알코올을 동시에 복용한 사실을 그 자리에서 규명하여 구급대원에게 보고했으니까요. 그 덕분에 조기에 적확한 조치를 취할 수 있었습니다."

요시오카 의사는 말하는 동안에도 쉬지 않고 나이프와 포크를 놀렸다. 다진 고기를 씹으며 환자를 화제 삼는 것이 조속하고 적확한 조치이기라도 한 양. 분명 그의 행동거지에 일종의 우아함이 없다고는 말하기 힘들었다.

"현재 니시무라 씨의 용태는 어떤가요?"

"순조롭게 회복 중이죠. 오늘 아침에는 동통疼痛 자극에 대한 반사도 보이더군요. 아마 내일쯤이면 의식도 회복하지 않을까 싶네요."

"경찰에서는 앞으로 사나흘은 더 걸릴 거라고 하던데요."

"어떻게 말하냐의 문제겠죠." 요시오카 의사가 데친 채소를 접시 한편으로 밀어냈다가 문득 린타로의 시선을 알아차리고 핑계를 댔다. "환자에게는 편식하지 말고 녹황색 채소를 먹으라고 만날 떠들지만, 정작 전 완두콩만은 아무리 해도 입에 안 들어가네요."

린타로는 고개를 끄덕이며 이야기를 재촉했다.

"어떻게 말하냐의 문제라고 하시면?"

"저희가 혼수상태라고 할 때는 중증도에 따라 네 단계 중 하나로 상정하죠. 또 깨어나서 의식이 완전히 돌아오기까지 상태에 따라 몇 단계로 나뉩니다. 게다가 니시무라 씨처럼 자살을 기도한 환자의 경우 정신적 치료도 간과할 수 없죠. 제가 내일 중이라고 한 건 말 그대로 눈을 뜨는 시점을 말한 거고요, 경찰의 사정청취에 응할 수 있을 정도로 회복하려면 거기서 이삼일의 시간이 더 필요합니다."

"니시무라 씨가 의식을 회복한 후 또다시 자살을 기도할 가능성은 없을까요?"

"그건 제 전문영역 밖의 문제라서 뭐라 말씀드리기가 어렵군요. 하지만 그럴 가능성이 크다고 봅니다. 회복기 정신 치료의 최대 목적은 재자살을 저지하는 데 있죠. 의식회복에 사나흘이 걸린다고 경찰에 보고한 것도 실은 그 점을 고려해서입니다."

경찰이란 단어를 입에 담을 때마다 미간을 모으는 버릇이 있다. 말 못 할 사정이라도 있는 모양이다. 이번뿐만 아니라 전에도 환자의 이익과 충돌하는 요구를 받은 적이 있었는지도 모른다.

요시오카 의사는 그릇 가장자리에 남은 마지막 밥알을 포크로 능숙하게 떠서 입으로 가져갔다. 그런 뒤 잠깐 실례한다고 양해를 구하고 자리에서 일어나 커피서버로 가더니 종이컵 두 개를 들고 돌아왔다.

"블랙이라도 괜찮으시다면."

"고맙습니다."

"질문이 더 있나요?" 커피를 홀짝이며 요시오카 의사가 물었다. "슬슬 의국으로 돌아가야 해서요."

"그럼 마지막으로 하나만 묻겠습니다만, 어디까지나 가정임을 염두에 두고 대답해주시면 감사하겠습니다. 니시무라 씨가 위장자살을 기도했을 가능성이 있을까요?"

요시오카 의사가 눈을 치켜뜨기는 했지만, 그리 놀란 것 같지는 않았다. 씩 미소 지으며 말했다.

"그게 가장 궁금했나 보군요."

린타로가 고개를 끄덕였다. 요시오카 의사가 커피를 내려놓고 손깍지를 끼웠다.

"위장자살이라고 뭉뚱그려서 말해도, 본인이 위장이라는 걸 명료하게 자각하는 경우와 그렇지 않은 경우가 있죠. 후자는 정신과의 영역이라 저로서는 판단할 수가 없네요. 당신의 질문은 전자, 그러니까 니시무라 씨가 작위적으로 자살미수를 연출했을 가능성을 묻는 거죠?"

"그렇습니다."

"아니라고 대답하죠." 요시오카 의사가 진지한 얼굴로 단언했다. "처음 말씀드린 대로, 니시무라 씨는 상당히 위중한 상태였습니다. 약물과 알코올을 동시에 복용하면 사망률이 배가되니까요. 발견이 늦었다면 살아나지 못했을지도 모릅니다. 만약 정말로 죽을 마음이 없었다면 항우울제만 복용했겠죠. 위장의 효과로는 그걸로도 충분하니까요."

"그렇군요."

"그리고 하나 더, 조속히 발견된 것도 요행에 가까운 우연이었다고 들었어요. 그런 사정을 함께 고려하면 처음부터 누군가가 구해주리라 기대하고 위장자살을 기도했을 가능성은 제로에 가깝겠죠.

사실 작위적인 자살미수 환자는 초진실에 들어선 순간 바로 알 수 있습니다. 그런 환자를 몇 명이나 봐왔기에 아무리 의식이 없더라도 딱 느낌이 오죠. 임상적인 감이라 분류할 수 있겠습니다만, 이번엔 그런 느낌이 없었어요. 즉 니시무라 유지는 두말할 나위 없는 자살 지망자라는 거죠. 이런 제 설명으로 납득이 가실지 모르겠군요."

"잘 알겠습니다."

"그런데 왜 그런 걸 신경 쓰시죠?" 의사가 물었다.

"뭐든 일단은 의심해보지 않으면 성에 안 차는 성격이라서요." 그러고는 쓴웃음을 섞으며 덧붙였다. "방금 드린 질문은 안 들은 걸로 해주십시오. 제가 엉뚱한 생각을 입 밖에 내기를 기다려 마지않는 하이에나 같은 무리들이 있어서요."

요시오카 의사가 고개를 끄덕이고 입에 지퍼를 잠그는 시늉을 했다. 흡사 시신을 담는 보디백을 닫는 듯이.

의사와 헤어지고 린타로는 로비로 돌아갔다. 카드를 쓸 수 있는 공중전화를 찾아 니시무라의 집으로 전화를 걸자, 금세 여성의 목소리가 들려왔다.

린타로가 이름과 용건을 밝히고 곧 그쪽으로 찾아가도 되겠냐고 물었다.

"잠깐 기다려주세요."

감정을 억제하는 목소리로 대답했다. 전화기 너머로 멀어져 가는 발소리가 들린 후, 한동안 정적이 이어졌다.

정직하게 신분을 밝혀서 아까 야지마 구니코 때처럼 매몰차게 거절당하는 게 아닐까 싶어 불안해졌다. 하지만 정체를 숨기고 니시무라 우미에와 대면할 수는 없었다. 그게 최소한의 양심이었다.

아까와 같은 여자의 목소리가 전화기로 돌아왔다.

"사모님이 괜찮다고 하시네요." 부정적인 대답을 각오하긴 했어도 뜻밖이라는 느낌은 안 들었다. "여기 주소는 아시나요?"

"알고 있습니다. 그럼 20분쯤 후 찾아뵙겠습니다."

전화를 끊고 난데없이 사소한 사실 하나를 깨달았다. 지금 목소리는 수기에 등장하는 모리무라 다에코가 아니었을까. 모리무라 다에코 말고는 다른 사람을 떠올릴 수 없었지만, 목소리가 상상했던 것보다 훨씬 앳되게 들렸다.

입구로 향하려다가 도카시가 생각났다. 린타로가 나오기를 주차장에서 감시하고 있을 것이다. 망설이지 않고 발걸음을 돌려 로비에서 병동 쪽으로 되돌아가기로 했다.

식당으로 이어지는 복도 중간에 안뜰로 빠지는 문이 있었다. 밖으로 나가서 잔디밭을 가로질러 소아병동 옆으로 돌아나가자, 후문이다 싶은 곳이 나왔다. 수위실에 수위 모습이 보였지만, 린타로에게 눈길 하나 보내지 않았다. 다행이라 여기며 아무 말도 않고 수위 앞을 통과했다.

기다리는 데 익숙하다고 말한 건 도카시였다. 그렇다면 실컷 기다리시지. 대로로 나와서 린타로는 택시를 잡아타고 기사에게 니시무라 유지의 주소를 말했다.

6

니시무라 유지의 집은 시가지 북부의 한적한 고지대 주택가 한쪽에 위치했다.

집 주위에는 돌과 모래를 깔아놓았고, 농염한 초록빛 수목으로 바깥의 시선을 차단한 폐쇄적인 정원 구조가 돋보였다. 이채로운 빛을 자아내는 집이었다. 낮은 원목 담장으로 둘러싸인 정원은 화단과 수목이 꽃으로 뒤덮여서 밝고 개방적인 분위기를 내뿜고 있었다.

집 안에 환자가 살아서 그러리라. 침잠한 분위기를 애써 쫓으려는 배려의 흔적이 보였다. 하지만 지난 열흘 동안 아무도 돌보지 않았는지, 여름 잡초가 곳곳에서 우거지기 시작했다.

오후 햇살을 받아 유난히 생생한 초록빛이 코스모스 화단에서 뿜어져 나왔다. 가을에 다 같이 꽃을 피우면 장관이겠지. 허나 그 풍경을 보게 될 인물 가운데 기뻐할 사람이 과연 있을까 하고 린타로는 속으로 회의했다.

초인종을 누르자 20대 후반의 여성이 나타났다.

"노리즈키 씨군요. 기다렸어요."

아까 전화를 받은 목소리의 주인공이다. 반듯하게 풀을 먹인 면 블라우스와 가는 주름이 들어간 연보라 스커트. 약간 숫기 어린 외모에 감출 수 없는 미모를 은근히 풍기고 있었다.

"실례합니다, 혹시 모리무라 다에코 씨인가요?"

"네. 사모님 방은 저쪽이에요. 들어오세요." 다에코가 돌아서서 집안으로 향하자, 목덜미 부근에 묶은 기다란 흑발이 보였다.

뜻밖이었다. 이렇게 당사자와 만나고 나니, 수기 속 '모리무라 씨'와는 이미지가 상당히 달랐다. 린타로는 훨씬 노숙한 간호부장 타입을 상상했던 것이다.

"니시무라 씨를 간병한 지는 얼마나 되셨죠?" 구두를 벗고 꺼내준 슬리퍼를 신으며 린타로는 물었다.

"3년 2개월째네요."

"그럼 거의 가족과 마찬가지겠군요."

"그렇죠. 며느리랑 비슷할까요." 그녀는 자기만 알아먹는 농담이라는 듯이 말했다.

니시무라 우미에의 방은 볕이 잘 드는 다섯 평 정도의 서양식 방으로, 환자의 편의를 위해 인테리어에 꽤 공을 들인 공간이었다. 서쪽 벽에는 수납식 욕조를 설치하는 장치가 보였다.

현재 니시무라 우미에의 남편이 갇혀 있는 공간과 비교하면 천지 차라 할 만큼 널찍했다. 그러나 아무리 최신식 시설을 갖춰놓아도, 겨우 이만큼의 공간에서 14년간 감금되어 있어야 한다면 보통의 신경으로는 견디기 어렵지 않을까.

린타로가 방 안으로 들어갔을 때 부인은 침대 위에 올려놓은 워드프로세서 모니터에 멍하니 시선을 두고 있었다. 상반신을 일으키기 위해서인지 그녀가 몸을 기대고 있는 침대의 허리 부근이 L자로 꺾여 있었다. 자력으로는 몸을 일으킬 수 없는 모양이었다.

손님의 존재를 깨닫고 부인은 수중의 콘솔을 만지작거렸다. 나직한 모터 소리와 함께 워드프로세서가 미끄러지며 부인 앞에서 물러났다. 얼핏 봐도 침대에 그런 첨단기기가 다수 설치된 듯했다.

"전 신경 쓰지 마시고 계속 작업하시죠."

부인이 린타로를 쳐다보며 차분히 고개를 저었다.

"아니에요. 딱히 작업할 생각도 없었어요." 깊은 자성의 그림자에 상처 입은 영혼이 느껴지는 목소리였다. "여기 앉으세요."

린타로는 부인이 권한 의자에 앉아 조심스레 상대방을 관찰했다. 차분하고 기품 있는 외모였지만, 눈썹 형태와 눈의 광채에서 내면의 강인함이 드러났다. 14년간의 수인 생활도 한결같은 미모를 빼앗지 못한 모양이었다. 지금도 그녀의 표정에는 사람을 매혹하는 자장과 같은 매력이 오롯했다.

투명하게 빛나는 하얀 뺨이 살짝 상기됐고 윤기가 흐르는 머릿결은 우아하게 파도치고 있었다. 하지만 갑작스러운 손님 때문에 부러 꾸몄다는 느낌은 없었다. 이게 그녀가 일상적으로 살아가는 모습이리라.

"당신이 노리즈키 씨군요."

"이런 시기에 갑작스레 찾아와서 면목 없습니다. 예의가 아니라는 건 알고 있지만, 빨리 뵙는 편이 낫다고 판단해 실례를 무릅쓰고 방문했습니다."

"신경 쓰지 마세요." 부인은 침대 각도를 조절하며 말했다. "남편이 자살을 기도했다는 말을 들었을 때는 너무 충격을 받아서 저도 바로 뒤를 따라야겠다는 생각마저 들었어요. 하지만 그이는 살아났잖아요. 살아 있다는 것만으로도 저는 충분해요."

"하지만 남편분은 현재 상당히 어려운 입장에 놓여 있습니다."

"알아요. 그 사람은 스스로를 막다른 곳에 몰아세웠어요. 이번에는 제가 단단히 정신을 차려야 할 차례에요. 징징 짜고 있을 순 없죠."

보기보다 훨씬 강한 여성이라고 린타로는 생각했다. 회복될 가망이 없는 투병생활이 장기간 지속되면, 인간에게는 설명할 수 없는 강인함이 생겨나는 걸지도 모른다.

침묵을 메우듯이 모리무라 다에코가 카트에 차가운 보리차를 싣고 방으로 들어왔다. 부인이 고맙다고 인사하며 다에코의 손에서 직접 보리차를 받아들고는 베드사이드에 올려놓았다. 별일 아니었지만 익숙함이 느껴지는 동작이었다.

다에코가 인사를 하고 린타로와 부인 앞에서 물러났다. 문이 닫히자 새삼스럽다는 말투로 부인이 물었다.

"이상하지 않았나요? 제가 왜 당신과 만나겠다고 그리 쉽게 승낙했는지 말이에요."

린타로는 감추지 않고 시인했다.

"생각했던 대로 솔직한 분이군요."

"무슨 말씀이죠?"

“당신 이름은 전에도 들었어요. 하루 종일 침대에서 지내기란 보통 지루한 게 아니라서 시간 때우려고 추리소설을 자주 읽었거든요.”

“그럼 제 책도?”

부인이 고개를 끄덕였다.

“아직 젊어서 자신을 속이는 게 쉽지 않죠? 전 그렇게 느꼈어요. 제가 제대로 읽었다면 당신은 추리소설 작가이기 전에 인간으로서 신뢰할 만한 사람일 테죠. 그래서 남편과 딸아이 일도 안심하고 진실을 털어놓기로 마음먹었어요.”

속내를 간파당한 기분이 들어서 린타로는 망설임과 겸연쩍음을 느꼈다. 그 감각은 금세 사라졌지만 기묘한 뒷맛이 남았다.

타인의 ‘내면’에 민감한 여자다. 신체의 제약이 그런 종류의 감을 더 날카롭게 만들었으리라. 다루기 힘든 상대임은 확실했지만 여기에 온 목적을 달성해야만 한다. 재빨리 질문을 던져서 대답을 끌어내기로 했다.

“남편분의 수기는 읽어보셨나요?”

“물론이죠.” 부인이 자랑스러운 얼굴로 대답했다. “그건 절 위해 쓴 글이니까요.”

“읽고 어떠셨습니까?”

"충격이었어요."

그렇게 말하고는 부인은 입을 딱 다물었다. 이어질 말을 기다렸지만 한번 닫힌 입은 좀처럼 열리지 않았다. 린타로는 질문을 바꿔야 했다.

"불쾌한 질문일지도 모르지만 양해 바랍니다. 그 수기에서 전반적으로 어딘가 믿기 어려운 분위기가 풍긴다고 느끼지는 않으셨나요?"

"당연히 믿기 힘들 수밖에요. 그럴 수만 있다면 그 수기에 적혀 있는 사실들이 모두 거짓말이길 바랄 정도예요."

질문과는 어긋난 대답이었다.

"그렇다면 수기에서 사실이 명백히 왜곡된 부분은 없었다는 말씀인가요?"

"그럴 리가요. 그런 부분은 있을 수 없어요. 그이는 절 위해 모든 걸 써서 남긴 거예요. 그리고 남편은 죽음을 각오했어요. 숨겨야 할 게 뭐가 있겠어요. 거짓말을 적어놓을 이유가 없죠."

"하지만 경찰은 남편분이 진범이 아닌 인물에게 복수했을 가능성을 검토하고 있습니다."

"터무니없군요." 부인이 시선을 외면했다. 그런 질문에는 다시는 대답할 마음이 없다는 의사 표시였다.

린타로는 화제를 바꿨다.

"따님에 대해 물어봐도 될까요. 요리코 씨가 홀몸이 아니라는 사실을 전혀 눈치채지 못하셨나요?"

부인이 견딜 수 없다는 듯 고개를 저었다.

"몸의 변화를 신경 써서 보지 못했어요. 조금 살이 쪘나 정도밖에 생각하지 못했으니까요. 그런데 설마 임신 4개월의 몸이었다니."

어머니라면 눈치챘어야 마땅하지 않나 하고 생각했지만, 그런 말을 입에 담는 것은 삼갔다. 침대에 속박당한 오랜 세월이 타인의 육체에 대한 무관심을 심어놓았을지도 모른다. 그걸 그녀에게 지적하는 건 너무 잔인하다 여겨졌다.

"요리코 씨의 행동을 어떻게 생각하시나요? 부인도 남편분처럼 배신당했다고 느끼셨나요?"

"요리코의 행동이 경솔했던 건 사실이에요. 하지만 요리코만 탓할 수는 없어요. 그 학교에 들어간 게 애당초 문제였어요. 이런 일이 없길 바라서 명문 사이메이 여학원을 골랐던 건데."

"히이라기라는 선생은요?"

"증오해요. 우리 애를 속인 데다가 그런 짓까지……." 부인이 말문을 잃었다. "그 남자는 우리의 행복을 짓밟았어요. 그의 죽음을 전 조금도 동정하지 않아요. 남편은 올바른 일을 했어요. 죄를 묻는 것이야말로 잘못이라고 생각해요."

"만약 요리코 씨를 죽인 인물이 히이라기가 아니라면요?"

"그런 가정은 아무 의미 없어요."

부인은 그렇게 딱 잘라 말하고는 입을 굳게 다물었다. 린타로는 다시 벽에 부딪친 심정이었다. 좀 더 다른 각도에서 접근해야 할 필요가 있었다.

"남편분이 부인을 저버리듯 자살을 기도한 사실은 어떻게 받아들이시나요?"

"그이다운 방식이에요." 부인은 한 치의 동요도 보이지 않았다. "그이는 혼자서 모든 걸 짊어지고 불구덩이에 뛰어들었죠. 하지만 입장이 바뀌었다면 저도 똑같이 행동했을 거예요. 그이의 마음은 누구보다 이해해요."

"남편분을 원망하는 마음이 없다는 건가요?"

"원망이요? 전 그이를 사랑해요. 그 마음은 어떤 일이 있어도 결코 바뀌지 않아요. 제겐 그이밖에 없으니까요." 부인은 사춘기 소녀처럼 솔직하게 말했다. 그녀의 말에는 지독히 관념적인 울림이 있었다. 어쩌면 그게 그녀의 전부일지도 모른다.

"그렇다면 남편분의 행동을 모두 용서한다는 말씀이군요."

린타로는 일부러 수기 속 단어를 사용했다. 그걸 알아챘는지 부인의 눈빛이 살짝 흔들렸다.

"물론이에요."

"요리코 씨에게 질투가 나진 않나요? 남편분은 부인을 남겨두고 요리코 씨를 위해 목숨을 바치려고 했습니다."

"당신은 정말 아무것도 모르는군요." 부인이 말귀를 못 알아듣는 학생 때문에 골치 아파하는 교사 같은 표정을 지었다. "처음부터 비교 자체가 무의미해요. 제가 이런 몸이 된 후로 요리코의 존재가 저희에게 어떤 구원이 됐는지 다른 사람에게 설명하기란 절대 불가능해요. 지난 14년간의 희로애락이 모두 요리코와 연결되어 있어요. 그런 딸을 잃은 부모의 고통을 당신이 알 수 있을까요?"

"바로 그 일 말인데요, 14년 전 사고의 구체적인 경위를 듣고 싶습니다."

부인의 표정이 처음으로 굳었다.

"흔하디흔한 교통사고였어요. 5월 저녁이었죠. 실수로 차도에 뛰어들었다가 승합차에 치였어요. 당시 제가 둘째를 임신하고 있었다는 사실은 아시죠?"

"네."

"사고 충격으로 아이를 유산하고, 저는 신경에 큰 손상을 입어 이런 몸이 되었어요. 하지만 그 사고에 대해서는 더는 묻지 말아주세요. 떠올리는 것만으로도 괴로우니까요."

"죄송합니다."

린타로는 생각했다. 그 순간 그녀 내면의 가장 나이브한 부분이 영구히 정지된 것이라고. 죽은 것이 아니라, 그녀 안에서 얼어붙어버린 것이다.

그렇기에 린타로가 지금 보고 있는 여자의 얼굴에는 14년이라는 시차를 둔 각각의 표정이 오버랩될 수밖에 없었다. 갈 곳을 잃은 온갖 감정의 망령은 그 시간의 간극을 영원토록 헤매리라. 그런 면이 그녀의 언동에 일종의 모호함을 부여하는 게 아닐까.

"필요 이상으로 스스로를 가련히 여기는 여자라고 생각하시겠죠." 부인은 린타로의 침묵을 그렇게 해석했다. "이미 14년이나 지난 일인데도 말이에요."

"그렇지 않습니다."

"저는 몸의 3분의 2를 제 의지로 움직일 수 없는 처치 곤란한 신세예요. 기계장치가 달린 이 침대가 없으면 마음대로 살아갈 수도 없죠. 대소변까지 다른 사람에게 맡겨야 해요. 그런

삶이 어떤 건지 당신이 상상이나 할까요."

린타로는 고개를 저었다.

"……전 자신을 관념의 괴물이라 생각한답니다."

그녀는 자조적인 울림조차 담지 않고 말했다. 린타로는 오싹한 전율을 느껴 뭐라 대꾸할 수가 없었다. 마치 방금 전 자신의 생각을 그녀가 들여다보기라도 한 것 같았다. 보리차 유리잔 측면에 응결된 물방울이 한 줄기 물결이 되어 떨어졌다.

"그치만 전 행복한 편이에요." 그녀가 말을 이었다. "저보다 훨씬 힘든 장애로 괴로워하는 사람이 많이 있죠. 전 아직 팔을 움직일 수 있으니까요. 왼팔은 그리 자유롭게 쓰지 못하지만요."

부인이 가느다란 팔을 어정쩡하게 들어올렸다. 마치 철사에 지점토를 붙인 것 같은 가냘픈 팔이었다. 허나 그 팔에는 뭐라 형용하기 힘든 강제력이 있었다. 그 팔에서 시선을 피하는 건 용납되지 않았다.

린타로는 가까스로 입을 열었다.

"워드프로세서는 언제부터 이용하셨나요?"

"이게 네 대째니까 꽤 오래됐네요. 요새처럼 대중적으로 보급되기 전부터 사용했어요. 그 덕에 지금은 손으로 써서 집필할 생각 따윈 하지도 못하죠. 당신도 워드프로세서 파인가요?"

“네.”

“맨 처음에 썼던 게 가장 애착이 가요. 최근에 나오는 제품과 비교하면 어이없을 정도로 처리 속도가 느린데 잘도 참았다 싶지만요. 하지만 몸에 부담을 주지 않고 원고를 쓸 수 있다는 점만으로도 제게는 보물이었죠. 남편이 선물해줬어요……. 전 역시 복 받은 여자예요. 지난 14년간, 필요한 건 모두 그이가 마련해줬으니까요.”

“사랑도요?”

린타로의 질문에 부인이 희미한 미소를 지었다. 그러고는 잠깐 생각에 잠겼다가 덧붙였다.

“당신 같은 사람이 그런 말을 입에 담을 줄은 몰랐네요.”

긁어 부스럼인 말이었다. 린타로는 고개를 저으며 그녀의 자의식이 만들어낸 관념의 멍에에 빨려 들어가지 않으려고 애썼다. 아직 확인해야 할 질문이 남아 있었다.

“다카하시라는 분을 아시나요? 남편분과 고등학교 동창이라고 들었습니다만.”

“알아요.” 잠깐 틈을 두고 쌀쌀맞은 대답이 돌아왔다.

“최근 그분으로부터 남편분에게 연락이 온 적이 있었나요?”

“아뇨.” 지체 없는 대답에서 그 이름에는 전혀 관심이 없다는 속내가 전해졌다. “방금 당신한테 듣고서야 그런 사람이 있었다는 걸 기억했을 정도네요. 아주 오랫동안 소식을 주고받지 않았어요.”

“그런가요.”

별안간 부인이 린타로와 대화를 지속할 의욕을 잃어버린 듯했다. 피로 탓이라기보단 마지막 질문이 그녀의 흥미를 끌지 못했기 때문이리라. 어찌 됐건 부인은 본인이 하고픈 말을 모두 마친 상태였다. 부인은 주저 없이 콘솔로 오른손을 뻗었다.

끝이라는 신호였다. 부인이 스위치를 조작하자 침대가 천천히 수평에 이르렀다. 그녀는 베개 위치를 고치고 황혼이 드리우듯 눈을 감았다.

7

부인 방에서 나오자 모리무라 다에코가 계단 앞에 서 있었다. 니시무라 우미에와의 숨 막힐 듯한 대화 끝에 모리무라 다에코의 얼굴을 보자 왠지 마음이 놓이는 것 같았다.

“요리코 씨의 방을 볼 수 있을까요?”

“네. 방은 2층이에요.”

다에코가 앞장서서 계단을 올랐다.

"음독자살을 기도한 니시무라 씨를 최초로 발견한 사람이 모리무라 씨라고 들었습니다."

"네."

"불길한 예감이라도 느껴서 달려오신 건가요?"

"예감이라고까지 말하긴 힘들고요." 다에코가 발걸음을 멈추고 자신의 말에 맞춰 고개를 살짝 저었다. "그날 밤 아무리 봐도 평소 같지 않은 교수님의 태도가 마음에 걸려서 전화를 걸었더니 사모님이 저보고 와달라고 하셨어요."

"하지만 모리무라 씨의 적절한 응급조치 덕택에 니시무라 씨가 살아날 수 있었죠. 응급실 의사도 모리무라 씨를 칭찬하더군요."

"간호사니까요. 당연한 행동이었어요." 무미건조한 대답과는 달리 눈가에는 만족스러운 빛이 엿보였다.

죽은 딸의 방은 깨끗이 정돈되어 있었다. 아버지가 정리했으리라. 추억의 조각들을 하나하나 제자리에 끼워서 완성한 직소퍼즐 같았다. 흑백영화 속 인상적인 마지막 장면처럼, 그 그림으로부터 잃어버린 존재의 무게가 절절하게 전해졌다.

베이지색 커튼, 창가에 붙인 책상, 셰이드를 단 램프, 하얀 침대, 옷장과 장식장, 그 위에 놓인 오디오, 벽에 밀착시킨 철제 책장. 봉제인형 같은 것은 눈에 띄지 않았지만, 일반적인 10대 소녀의 방이었다.

"니시무라 씨가 이 책상에 엎드려 있었군요."

"네."

린타로는 그 장면을 재현해보았다.

"이런 느낌이었나요?"

"머리를 좀 더 왼쪽으로……, 네, 그런 느낌이었어요."

린타로는 잠시 그 자세로 가만히 있다가 갑자기 획 고개를 들었다. 다에코는 침대 옆에 무료하게 서 있었다. 의자를 돌려서 다에코와 마주봤다.

"니시무라 씨는 어떤 분인가요?"

"아내를 끔찍이 위하는 남편이죠." 다에코가 어미의 현재형에 힘주어 말했다. "그야말로 아내를 중심으로 세계가 돌아가는 듯 헌신을 다하니, 그런 사랑을 받는 사모님은 행복한 분이에요."

"요리코 씨에게는 어땠나요?"

"상냥하고 이해심 많은 아버지였어요."

"그게 다인가요?"

다에코가 순간 미간을 모았다.

"왜요?"

"니시무라 씨 수기와는 반대라는 느낌이 들어서요. 상냥하고 이해심 많은 남편. 딸을 위해서라면 뭐든지 할 수 있는 아버지. 제 머릿속에 처음 떠올린 이미지는 그랬거든요."

"그런 비교 자체가 무의미하네요." 다에코가 딱 잘라 말했다.

"아까 부인한테도 그런 말을 들었죠."

"……난 당신과 요리코 두 사람을, 무엇과도 바꿀 수 없는 우리 가족을 사랑해." 다에코가 수기의 마지막 문장을 인용했다. "아내에 대한 애정과 딸에 대한 애정은 자연스럽게 표현하는 방식이 달라질 수밖에 없죠. 그리고 아버지가 딸에게 보이는 애정은 에둘러 표현되기 마련이고요."

"그렇군요."

다에코가 손가락으로 입술 끝을 만졌다. 거기에 눈에 보이지 않는 뾰루지라도 있다는 듯이.

"하지만 린타로 씨의 말을 듣고 보니, 확실히 의외라고 생각하긴 했던 것 같네요. 교수님이 그렇게까지 요리코를 극진히 여겼는지는 몰랐거든요." 그게 그녀의 진심인 것 같았다.

"부인을 남겨두고 자살을 기도할 정도로요?"

"네. 저라면 절대 사모님을 버리지 않을 거예요." 그렇게 말하고 조심스레 덧붙였다. "하지만 정말로 사랑하니까 이별을 두려워하지 않았을지도 몰라요."

린타로는 고개를 끄덕이고 의자에서 일어났다. 철제 책장 앞에 서서 꽂혀 있는 책등의 제목을 살펴봤다.

"책을 좋아했나 보군요."

"네, 부모님 영향일 거예요. 어떤 때는 저도 이해하기 어려운 책을 보더라고요."

브론테 자매, 토마스 하디, 스탕달 등 고풍스러운 소설들이 눈에 띄었지만, 『노르웨이의 숲』이라든가 요시모토 바나나도 있었다. 만화책도 꽤 산 걸 보면 현대적인 문학소녀라 할 수 있으리라. 그중에서 가장 꺼내 보기 편한 자리를 차지한 책은 하드커버로 된 원색의 야생조류 도감, 그리고 나머지는 역시 어머니의 책이었다. 표지 끄트머리가 손때로 까매질 만큼 되풀이해 읽은 흔적이 보였다.

책장 구석에 커버를 씌워놓은 책이 몇 권 보였다. 커버를 벗겨보니, 심리학 입문이나 꿈 해석 류의 책이었다. 감수성이 예민한 시기에 한 번쯤 거쳐가는 길이지만, 숨기고 싶은 그 마음도 이해가 갔다.

꼼꼼히 채색한 페이퍼크래프트로 만든 새가 책장 칸마다 한 마리씩 놓여 있었다. 죽은 요리코가 직접 정성 들여서 만든 작품 같았다.

"이 새들은 모두 요리코 씨가 만들었나요?"

"네, 물론이죠. 새를 좋아해서 곧잘 혼자 정원에 나가 새를 보곤 했어요. 교수님 수기에 나와 있다시피요."

"직접 새를 키운 적은요?"

다에코가 고개를 가로저었다.

"키우고 싶은 마음이야 굴뚝같았겠죠. 하지만……, 아마 환자를 생각해서 참았을 거예요."

다에코의 말이 무슨 뜻인지 알 것 같았다. 새장 속에 갇힌 상처 입기 쉬운 작은 새로부터 반신불수로 침대에 속박당한 어머니의 모습이 금세 떠오른다. 종이로 만든 모형 새들은 언제 부서질지 모르는 가족의 행복을 가시적인 형태로 붙들고자 했던 소녀의 불안한 기도로도 보였다.

책장 한 칸엔 음악 테이프가 꽂혀 있었다. 수는 그리 많지 않았고 나카모리 아키나와 아라이 유미가 눈에 띄었다. 팝송은 비틀즈 앨범 두 장밖에 없는 걸 보면 열심히 듣는 편은 아닌 듯했다. 일단 음악과 관련해서는 지극히 평범한 취향의 소유자로 보였다.

그런데 그중에 어울리지 않는 테이프 하나가 있었다. 테이프 겉면에 샤프펜슬로 쓴 애교 없는 글씨체로 "조이 디비전-클로저"라고 적혀 있었다. 글씨체가 다른 테이프와 확연히 달랐다. 케이스 속이 비어서 카세트덱을 확인해보니 같은 제목이 적힌 테이프가 들어 있었다.

"이거 들어봐도 될까요?"

"그러세요."

린타로는 재생 버튼을 눌렀다.

곡이 시작됐다. 음울한 록 음악이었다. 묵중한 드럼과 베이스가 반복적인 리듬을 쪼개고 있다. 기타 소리는 현이 아니라 신경섬유를 쥐어뜯는 것 같았다. 그리고 땅을 기며 할퀴는 듯한 보컬은 노래라기보다 저주를 읊는 목소리에 가까웠다.

곡이 중간쯤에서 갑자기 끊겼다. 다에코가 오디오 전원 코드를 뽑은 것이었다. 린타로는 깜짝 놀라서 다에코를 쳐다봤다. 마치 정신 고문이라도 받은 것 같은 표정이었다.

"죄송해요." 그녀도 본인의 행동에 당황한 눈치였다. "제겐 꼭 죽은 사람의 목소리처럼 들려서, 그래서……."

"틀린 말은 아니네요. 이 보컬리스트는 이미 죽었으니까요.

이언 커티스, 그는 이 앨범을 녹음한 직후 목을 매고 죽었죠."

다에코의 눈이 휘둥그레졌다. 손에 움켜쥔 전원 코드를, 그 끝에 죽은 이의 목이 묶여 있기라도 한 것처럼 내던졌다.

"요리코는 이 방에서 늘 이런 음악을 들었던 걸까요?"

"그랬겠죠." 린타로는 카세트 케이스에 적힌 글씨를 다에코에게 보였다. "이 글씨체를 본 적이 있나요?"

"아뇨. 하지만 요리코의 글씨는 확실히 아니에요."

린타로는 고개를 끄덕이고 카세트덱에서 카세트를 꺼냈다.

"이 테이프를 잠시 빌려가도 될까요?"

"그러세요. 사모님에게는 제가 말해둘게요."

린타로에게 떠오르는 생각이 하나 있었다. '클로저'는 명반이지만 17세의 여고생이 쉽게 접할 수 있는 음악은 결코 아니다. 오히려 이 테이프는 록을 잘 아는 지인으로부터 받았다고 생각하는 편이 정확하리라. 그 인물이 니시무라 요리코와 친밀한 관계였다고 해도 이상하지 않다. 거기서부터 뭔가 실마리를 잡을 수 있지 않을까. 반쯤은 직감이었다.

물론 그가 히이라기 노부유키일 리는 없다. 히이라기가 그룹명과 앨범 타이틀을 가타카나로 썼을 리 없기 때문이다. 히이라기는 영어 교사였다.

린타로가 시선을 돌리니 다에코는 침대에 걸터앉아 있었다. 그녀에게도 눈에 보이지 않는 피로가 들러붙어 있는 모양이었다. 얼른 린타로의 질문에서 해방되기를 기다리고 있는 듯 보였다.

그러기 위해서는 질문을 재개해야만 한다.

"8월 21일 저녁, 요리코 씨가 집에서 나갔을 때 어떤 모습이었는지 기억하시나요?"

다에코가 고개를 저었다.

"몰라요. 그날은 5시 반쯤 퇴근했으니까요. 요리코가 밖에 나간 건 제가 퇴근한 후였을 거예요."

"꽤 일찍 퇴근하셨군요."

"네. 여름방학 기간에는 교수님과 요리코 모두 집에 계속 있어서 별다른 일이 없는 한 일찍 퇴근했어요."

"그렇군요. 모리무라 씨 눈에 평소 요리코 씨는 어떤 아가씨로 보였나요?"

"순수하고 현명한 아가씨였어요. 요즘 같은 세상에서는 보기 드물 정도로 착실한 아이였고요. 그런 실수를 저질렀다니 지금도 믿을 수가 없어요."

"모리무라 씨와 사이가 좋았나 보군요."

"네. 전 외동이라서요. 만약 여동생이 있었다면 틀림없이 요리코 같았을 거예요. 그래서 이번 일로 저도 혈육을 잃은 심정이에요." 이 대답은 몹시 피상적으로 들렸다.

"요리코 씨의 눈에 부모님은 어떤 분으로 비쳤을까요?"

"요리코에게 아버지는 이상형이었을 거예요. 교수님을 진심으로 흠모했어요. 그런 면에서 학교 영어 선생님에게 끌린 것도 조금은 이해가 돼요."

"무슨 뜻이죠?"

"교수님은 전공인 정치사 연구 때문에 젊었을 때 영국으로 유학을 떠난 적이 있어서 영어가 능숙하세요. 그래서 그 히이라기라는 교사에게 아버지를 투영한 게 아닐까 싶어요."

그런 식의 단정은 위험하다고 생각했지만, 입 밖에 내는 대신 고개만 끄덕이고 다음 질문으로 옮겨갔다.

"어머니는요?"

"그건 대답하기가 쉽지 않네요." 다에코가 다리를 바꿔 꼬았다. "표면적으로는 정말 사이좋은 모녀였지만, 요리코는 어머니에 대해 꽤 복잡한 감정을 가진 것 같았어요. 사춘기 여자애들이라면 누구든 조금씩은 그런 감정을 가질지 모르겠지만, 요리코의 경우는 사모님 몸이 불편하다는 점이 특별한 영향을 미쳤을 거예요."

"특별한 영향이요?"

"예. 이따금 어머니에게 부채감이라도 가진 듯이 행동할 때가 있었어요." 그렇게 말하고 다에코는 문득 주눅 든 표정을 지었다. "근데 제가 이런 얘기까지 주제넘게 떠들어도 되는 걸까요."

린타로가 질문을 바꿨다.

"모리무라 씨가 보기에 고용주인 니시무라 씨는 어떤 사람인가요?"

"마음씀씀이가 깊은 신사적인 분이에요." 트집 잡히지 않을 표현을 의도적으로 선택한 것 같은 대답이었다.

"니시무라 씨가 모리무라 씨를 경원한 적은 없었나요."

다에코의 몸이 흠칫하며 굳었다.

"왜 그런 질문을 하시죠?"

"니시무라 씨의 수기에서 모리무라 씨의 비중이 너무 낮아서 그렇습니다. 모리무라 씨에 대한 기술이 지나치게 건조하기도 하고요. 그 점에 대해 뭔가 짐작 가는 바는 없나요?"

"없어요."

거짓말이다. 하지만 그녀는 더 이상 추궁해봐야 소용없다는 의중을 거리낌 없이 드러내고 있었다.

"뭐, 됐습니다." 린타로가 말했다. "다른 질문을 드리죠. 다카다 미쓰히로라는 청년은 이 집에 자주 드나들었나요?"

"예. 교수님의 애제자니까요. 그 사람은 왜요?"

"아뇨, 아까 병원에서 만나서요. 성실해 보이는 청년이더군요. 다카다 군이 집에 오면 요리코 씨와도 자주 대화를 나누었습니까?"

"그랬죠."

"둘이 함께 있을 때 분위기는 어땠나요? 터울 있는 친남매 같았나요, 아니면 사촌 남매 같았나요?"

"아뇨, 오히려 과외선생과 학생이라고 하는 게 딱 맞을 거예요. 실제로 공부도 곧잘 봐줬던 모양이니까요."

"그렇군요."

두 사람은 잠시 아무 말 없이 생각에 잠겨 있었는데, 모리무라 다에코가 갑자기 입을 열었다.

"실은 교수님의 수기와 관련해서 딱 하나 마음에 걸리는 게 있는데요……."

이 대사는 오늘 들어 두 번째다.

"괜찮다면 말씀하세요."

"브라이언 부분이 좀."

"요리코 씨가 키우던 고양이 말이죠. 어떤 점이 마음에 걸렸나요?"

"브라이언이 집에서 보이지 않게 됐다는 건 아시죠?"

"네."

"근데 사라진 날이 이상해요."

"사라진 날?"

"교수님 수기에는 22일 밤에 이 방에서 브라이언에게 먹이를 주는 장면이 있었죠? 그게 의아해서요." 그녀는 비밀을 털어놓는 사람처럼 자연스레 목소리를 낮췄다.

"뭐가 의아한 거죠?"

"그날 교수님은 아침부터 경찰에 불려가서 하루 종일 집을 비웠어요. 전 교수님에게서 미리 사정을 듣고 계속 사모님 곁에 있었는데, 도중에 브라이언 생각이 났어요. 요리코가 어젯밤부터 돌아오지 않아서 아무도 먹이를 주지 않았겠구나, 하고요. 그래서 제가 대신 먹이를 주려고 브라이언을 찾아다녔는데, 어디에도 없었어요. 집 안 구석구석을 뒤졌어요. 물론 이 방도요."

"밖에 있던 게 아닐까요?"

"브라이언은 집 안에서만 키워서 혼자 밖에 나가는 일은 없었어요. 그런데 결국 집 안 어디에서도 찾지 못했죠."

"그 일을 나중에 니시무라 씨에게 말씀드렸나요?"

"아뇨. 교수님이 돌아오셨을 때는 요리코 일로 그런 데 신경 쓸 겨를이 없어서."

"그렇다면 브라이언은 22일에 이미 사라진 상태였다, 이건가요?" 린타로는 확인했다.

"네."

"과연 수기와는 모순되는 사실이군요."

"뭔가 도움이 됐을까요?"

린타로는 고개를 끄덕였다.

슬슬 물러날 시점이었다. 모리무라 다에코에게 그렇게 말하고 요리코의 방에서 나왔다.

다에코는 현관까지 린타로를 배웅하러 나왔다. 현관에서 린타로는 별일 아니라는 듯 다에코에게 물었다.

"여기 오시기 전에는 무슨 일을 하셨나요?"

"주부였어요." 다에코가 나지막이 대답했다. "스무 살 즈음에 결혼했고 4년 전에 이혼했어요. 아이가 없어서 다행이었죠. 간호사 면허증을 갖고 있어서 이 일을 하게 됐어요. 전 지금 생활에 만족해요."

"괜한 걸 물었군요. 죄송합니다. 그럼 다음에 또 뵙겠습니다. 부인에게도 인사 전해주세요." 그렇게 말하고 린타로는 고개를 숙였다.

현관을 나서자, 눈에 익은 베이지색 스프린터가 도로에 세워져 있었다. 도카시가 차에 기대 서 있었다. 린타로를 발견하곤 손짓을 했다.

8

"자네도 참 못된 친구군." 도카시가 히죽히죽 웃으며 린타로를 쳐다봤다. 빈틈없는 눈매다. "바람맞는 데 익숙하다고 한 기억은 없는데 말이야."

린타로는 상대하지 않고 그냥 가버릴까 하다가, 갑자기 마음을 바꿨다. 고지대 주택가에서는 택시 잡기가 만만찮다. 길을 가로질러서 도카시 코앞까지 다가갔다.

"아까 어디든 데려다준다고 했죠? 그 제안은 아직도 유효한가요?"

"그야 물론이지."

"그럼 아자미다이의 메종 미도리기타까지 태워주시죠."

"처음부터 그렇게 말하면 좋잖아." 회심의 미소가 만면에 떠올랐다. "여기 올 때도 쓸데없이 택시비를 안 써도 됐는데 말야."

그럴 리 없다. 이러나저러나 어차피 청구서는 같은 곳으로 날아가게 되어 있다. 하지만 린타로는 잠자코 조수석에 올라탔다.

도카시가 출발했다. 굴곡진 언덕을 타고 내려가 남쪽의 넓은 도로를 달렸다. 청명한 하늘에 전신주가 음표 없는 악보처럼 펼쳐졌고, 집적회로처럼 빼곡히 세워진 단지들이 창 뒤로 줄지어 흘러갔다.

"뭐 수확이라도 있었어?" 도카시가 곧바로 속을 떠보기 시작했다. "니시무라의 집에 꽤 오래 머무른 모양인데."

"그랬죠." 수긍은 했지만 대답해줄 마음은 털끝만치도 없었다. 린타로는 빌려온 조이 디비전 카세트를 꺼냈다. "음악 틀어도 될까요?"

"무슨 노래인데?"

"요리코 씨가 들었다는 곡이에요."

린타로가 카스테레오에 카세트를 밀어 넣고 재생 버튼을 눌렀다. 이언 커티스의 목소리가 차 안에 울려 퍼지자, 도카시가 대놓고 미간을 찡그렸다.

"요새 여고생은 이런 음악을 듣나?"

"그렇다네요"라고만 대답하고 목적지에 도착할 때까지 더는 말을 섞지 않았다.

어차피 길지 않은 드라이브다. 모토이시카와 교차로에서 좌회전하여 실외 양궁클럽을 옆에 끼고 왼쪽으로 꺾었다. 덴엔도시 선과 마주치는 도로까지 직진하다 우회전하여 급경사 길을 오르자, 임대 맨션이 늘어선 아자미다이 주택가가 나타났다.

메종 미도리기타는 수기에 나온 대로 사이메이 여학원 부지를 내려다보는 고지대 중턱에 위치한 독신자용 아파트였다. 지은 지 비교적 얼마 안 된 건물이었지만, 벽돌색으로 칠한 외벽이나 발코니의 형태는 그리 세련된 인상을 주지는 않았다.

린타로는 도카시를 차에 남겨두고 건물로 다가갔다. 관리인실의 위치를 확인하고 1층 끄트머리에 있는 크림색 문을 두드렸다.

"누구십니까?"

얼굴을 내민 사람은 마 재질의 낡은 알로하 셔츠를 너저분하게 걸친 40대 초반의 남자였다. 눈에는 약간 사시 조짐이 보였고, 담뱃진으로 이가 누랬다.

이름과 사정을 밝히고 히이라기 노부유키의 방을 보여달라고 부탁하자, 관리인이 실눈을 뜨며 말했다.

"이름을 한 번 더 말해주겠나?"

이름을 다시 말하자 관리인이 고개를 저었다.

"미안하지만 아까 경찰에서 전화가 왔네. 당신 얘길 하더라고. 노리즈키라는 남자가 와도 절대 방을 보여주지 말라고 말이지. 경찰이 그러니 나라고 별수 있겠어? 게다가 무턱대고 이 근처에서 얼씬거리면 이쪽도 불편하네. 미안하지만 돌아가주게나."

분명 나카하라 형사의 짓이다. 미도리기타 서에서 한바탕한 후 곧바로 손을 쓴 게 틀림없다. 거기까지 미처 신경 쓰지 못한 자신도 어리석었지만, 나카하라 형사의 반응도 결코 정상은 아니다. 그만큼 아픈 데를 찔렸다는 뜻이겠지.

"나카하라의 성질을 건드리면 골치 아파." 어쩔 수 없이 차로 돌아오자, 도카시가 그렇게 평했다. "근데 방을 본다고 뭐 달라지는 것도 없잖아. 아니, 뭔가 찾아낼 게 있긴 해?"

"아뇨."

"그럼 포기해야겠네. 그보다 니시무라 요리코가 살해당한 공원에 가보지 않을래? 여기서 가까워."

유턴하여 경사로를 내려가서 역으로 이어지는 길을 방금 온 쪽으로 가로질렀다. 콘크리트 용수로를 따라 인가가 뜸한 구역을 조금 달리자 초록으로 둘러싸인 공원이 나왔다. 차를 타면 금방이었고, 걸어도 10분쯤 걸릴 거리였다.

아이 무릎 높이의 콘크리트 담이 오각형 부지 외곽을 둘러싸고 있었고, 그 안쪽을 따라서 울타리가 쳐져 있었다. 그런 식으로 도로와 구분해놓았다.

린타로와 도카시는 차에서 내려 공원으로 걸어 들어갔다. 머리 위로 우거진 칠엽수 잎에 햇살이 스며, 산책로는 환한 초록빛으로 물들어 있었다. 도카시는 이미 재킷을 벗었다.

"시체가 발견된 장소는 어디죠?"

린타로의 질문에 도카시가 턱을 쓱 내밀어 산책로 옆 관목 수풀 사이를 가리켰다. 유리병에 꽂힌 싱그러운 꽃이 지면에 세워져 있었다. 학교 친구가 두고 간 꽃인 듯했다.

린타로는 웅크려 앉아 주위를 둘러봤지만, 니시무라 요리코의 죽음을 알리는 흔적은 그 꽃밖에 눈에 띄지 않았다. 당연할지도 모른다. 사건이 일어나고 2주가 지났다. 벌써 새 학기도 시작됐다.

누군가의 말소리가 바람을 타고 들려와 린타로가 고개를 돌리자, 소녀 셋이 자전거를 타고 바로 앞 도로를 지나가고 있었다. 흰색 블라우스와 체크무늬 주름치마, 사이메이 여학원의 교복이었다.

소녀들을 바라보며 도카시가 말문을 열었다.

"5분쯤 걸어가면 사이메이 여학교가 나와. 여긴 정식 통학로는 아니지만 학생들한테는 익숙한 모양이야. 부 활동의 아침 러닝에 이용될 정도니까 말이야."

"확실히 시끌벅적하다고는 할 수 없군요."

"지금 시간대는 그렇지. 주변에 주택가도 있어서 치안이 나쁜 지역은 아니지만, 밤이 되면 이 일대만 인기척이 뚝 끊겨. 지상의 에어포켓* 같은 곳이라고 할까. 뭔가 숨은 사연 같은 게 있을지도 몰라. 기묘한 장소야."

린타로는 도로에서 공원 안으로 시선을 돌렸다. 화창한 날이 이어져 새하얗게 마른 모래 지면이 어쩐지 천박해 보였다. 방수防銹 도료를 칠한 그네와 낮은 철봉, 모래사장 옆에는 등나무 시렁을 만들다 말았는지 콘크리트 기둥이 로마 유적의 폐허처럼 서 있다.

---

* 비행 중인 비행기가 함정에 빠지듯이 하강하는 구역.

고등학생으로 보이는 손발이 호리호리한 소년이 고개를 떨구고 콘크리트 벤치에 앉아 있다. 추억의 밴드 슬라이&더 패밀리 스톤의 앨범 재킷을 프린트한 검정 티셔츠를 입었다.

소년이 불쑥 고개를 들었다가 린타로와 눈이 마주쳤다. 어딘가에서 본 것 같은 눈매다. 불현듯 생각났다. 미도리기타 서에서 본 포스터 속 창백한 얼굴의 소년과 눈매가 똑같았다. 얼굴이 닮아서가 아니라 시선이 공허하다는 공통점이 있었다.

소년은 나쁜 짓을 하다가 현장을 목격당한 것처럼 눈을 피하더니, 일어나서 고개를 돌려 모래사장에 침을 뱉었다. 그러고는 무릎이 찢어진 청바지 주머니에 손을 찌르고 오른쪽으로 획 돌아 어딘가로 모습을 감췄다.

"어쩌면 저 녀석이 이번 사건의 범인일지도 모르지."

도카시가 터무니없는 소리를 했다. 린타로가 어깨를 으쓱하고 도카시 곁을 떠나 소년이 앉아 있던 벤치로 걸음을 옮겼다.

2시 반이었다. 연신 시끄럽게 울어대던 매미 울음소리가 뚝 그치자 공원 전체가 적막에 휩싸였다. 린타로는 다리를 꼬고 벤치에 앉아 산책로로 시선을 돌렸다. 방금 그 소년은 이 공원이 니시무라 요리코의 시체가 발견된 장소라는 걸 알고 온 게 아닐까. 근거는 전혀 없지만 그런 느낌이 들었다.

도카시가 콜라 캔을 양손에 들고 린타로 옆에 와서 앉았다.

"이건 내가 사지." 그렇게 말하며 콜라 캔을 건넨다. 본인 것은 다이어트 콜라였다. 린타로는 캔을 따서 목을 적셨다.

"지금까지 이 공원에서 일어난 범죄에 대해 알려주실 수 있나요?"

"그야 기꺼이." 도카시가 콜라를 마시고 트림을 했다. "첫 사건이 일어난 때는 3월 말로, 피해자는 현립 고등학교에 다니는 16세 소녀였어. 마침 봄방학이라 친구 집에 갔다가 돌아오면서 이 공원 옆을 지나갔던 모양이야. 오후 9시를 지난 시각에 친구 집에서 나왔다는 건 밝혀졌어. 늦어도 15분 후에는 공원에 도착했겠지. 다음 날 아침 일찍 조깅을 하다가 공원에 들른 주부가 수풀 속에서 튀어나온 피해자의 다리를 발견했어. 시체에는 폭행당한 흔적이 있었고, AB형의 정액이 검출됐어."

"사인은?"

"교살이야. 하지만 그 전에 머리를 포함해서 몇 군데 가격당한 흔적이 있었어. 아마도 범인은 길에서 소녀를 덮쳐 기절시킨 후 산책로로 끌고 왔겠지. 시체엔 지면에 끌린 자국도 있었어. 산책로에서 소녀를 범한 후 목을 졸라서 죽인 거야."

"행위 후에 죽였다는 점은 확실한가요?"

"그래. 부검 결과로 증명됐어. 질에서 생활반응이 나타난 모양이야. 범인은 시체로 만족하는 류의 변태는 아니라는 거지."

"정액 외에 범인과 관련된 다른 실마리는 안 나왔나요?"

"체모 몇 가닥, 그게 다야. 거동이 수상한 자를 목격했다는 증언은 일절 없었어. 경찰은 지역 성범죄자 리스트를 훑었지만 성과는 없었다는군."

도카시는 콜라를 다 비우고는 캔을 우그러뜨려 쓰레기통에 던졌다. 캔은 정확히 들어가서 빈 캔이 건조한 소리를 내며 쓰레기통 안으로 들어갔다.

"다음 사건이 일어난 때는요?" 린타로가 물었다.

"6월 중순이었어. 여중생이 습격을 당했는데 다행히 미수에 그쳐 화를 피했어."

"어떤 상황이었죠?"

"학원에서 돌아오는 길이었는데 평소보다 늦은 모양이야. 시각은 9시 반경이었어. 저녁부터 날이 우중충했고 그 시간 즈음에는 비가 내리기 시작했어. 습격을 당한 소녀는 우산을 쓰고 자전거를 몰고 있어서 대로를 피해 용수로에 붙어서 달렸다는군.

이 공원에 들어섰을 때쯤에 울타리 뒤에서 시커먼 무언가가 튀어나와서 자전거 앞을 가로막았어. 깜짝 놀라서 브레이크를 밟았더니 남자가 달려든 거야. 소녀는 우산 때문에 균형을 잃고 자전거와 함께 쓰러지고 말았어. 하지만 다행인 건 소녀가 치한방지용 부저를 가지고 다녔다는 사실이야. 쓰러지는 찰나에 스위치를 누르자 경보음이 요란하게 울렸어. 남자가 그 소리에 움찔한 사이 소녀는 자전거를 다시 일으켜 세우고는 그 자리에서 도망치기 위해 정신없이 페달을 밟았다고 해. 그 후 비에 쫄딱 젖은 채로 달리던 소녀를 순찰 중이던 순사가 보호하면서 사건이 알려졌지."

"소녀는 남자의 얼굴을 못 봤나요?"

"경찰도 그 점을 기대하고 몇 번이나 소녀에게 물어봤는데, 만족스러운 대답을 얻지 못했어. 어둠 속에서 순간적으로 일어난 일인 데다가 정신없는 상황에서 남자의 얼굴을 확인할 겨를이 있었겠어? 게다가 범인은 검정 나일론 비옷을 입고 후드로 얼굴을 푹 뒤집어썼다더군. 바지를 입은 놈이었대. 상대가 자기보다 키가 큰 남자라는 걸 기억한 것만 해도 어디야. 결국 그 이상의 실마리는 하나도 얻지 못했지."

"경찰의 대응은 어땠죠?"

"3월 사건과의 관련성에 주목해서 성범죄자 리스트를 재검

토하고 주변 탐문에 공을 들였어. 하지만 그때도 눈에 띄는 성과는 없었지. 그리고 8월 21일, 경찰의 무능함을 비웃기라도 하듯 니시무라 요리코 사건이 일어난 거야. 그 뒤의 일은 자네가 아는 대로고."

린타로는 벤치에서 일어나 콜라 캔을 쓰레기통에 버렸다. 도카시는 벤치에서 꼼짝도 하지 않았다. 린타로는 가만히 서서 물었다.

"경찰은 성범죄자 범행설을 얼마나 확신하나요? 지금 들은 얘기만 가지고는 세 사건이 동일범에 의해 일어났다고 볼 증거가 없는 것 같은데요."

"왜 없어. 동일한 장소, 오후 9시 이후라는 범행 시각, 그리고 첫 사건과 니시무라 요리코 사건은 교살이라는 범행 방식도 공통돼."

"하지만 니시무라 요리코 씨는 성폭행을 당하지 않았죠."

"반항을 못하게 하려다가 실수로 죽이고 말았겠지. 시체를 범하는 행위를 꺼리는 게 뭐가 이상해?"

린타로는 어깨를 으쓱했다. 도카시의 말이 이어졌다.

"또 하나 중요한 사실은 세 사건 사이의 시간적 간격이 2개월 반으로 일치한다는 점이야. 더 말할 나위 없이 성범죄자는 주기적으로 동일한 범행을 반복하는 경향이 있지. 이 정도로 증거가 갖춰져 있는데 뭐가 불만이야?"

"정황증거일 뿐이니까요."

"모든 일이 자네가 쓰는 소설처럼 진행되지는 않아." 도카시가 갑자기 벤치에서 일어나더니 린타로에게 다가와 친한 척 어깨에 손을 얹었다. "……지금까지의 말은 모두 나카하라의 주장이지. 나라고 경찰의 말을 곧이곧대로 받아들이진 않아."

린타로는 어깨를 돌리며 차분히 도카시의 손을 뿌리쳤다. 그러고는 곧바로 차로 걸어갔다.

도카시가 뒤를 따랐다.

"어디로 갈 거야?"

"도카시 씨도 아시잖아요."

"무슨 말이야." 도카시가 차 문을 열며 여전히 시치미를 뗐다.

"이제 3시 다 됐어요."

린타로는 스프린터 조수석에 몸을 실었다. 도카시는 안전벨트를 매고 시동을 걸었지만 좀처럼 출발하려고 하지 않았다.

"사이메이 여학원 이사장과 3시에 학교에서 만나기로 했다고 아까 병원으로 가는 길에 제가 말하지 않았나요?"

"아니." 도카시가 안경 너머로 이쪽의 진의를 꿰뚫어보는 듯한 시선을 날렸다. "그런 말은 못 들었어."

"그랬나요? 제가 착각했나 보네요."

착각이 아니었다. 도카시가 꼬리를 드러내지 않을까 하고 미끼를 던져본 것이었다. 하지만 걸려들지 않았다.

"어쨌든 사이메이 여학원으로 모셔다드리면 되지?"

그렇게 확인하고 나서야 도카시는 출발했다. 어느새 귀에 익었는지 조이 디비전의 멜로디를 흥얼거리고 있다. 빈말로도 훌륭하다고는 할 수 없는 실력이었지만.

9

정문에서 학교 구내로 들어가려고 하자, 감색 서지 제복을 입은 초로의 수위가 신호를 보내서 차를 세웠다. 고압적인 태도로 통행증을 보여달라고 했다.

린타로가 신분을 밝히고 이사장과 약속이 있다고 말하자 수상쩍은 눈길로 차 안을 훑어봤다. 성인잡지 따위를 팔러 온 세일즈맨은 아닌지 의심하는 눈빛이었다. 수위실에 들어가 내선으로 문의하더니, 이쪽으로 돌아왔을 때는 딴사람으로 변해 싹싹한 미소를 짓고 있었다.

"이거 실례 많았습니다." 수위가 말했다. "이사장님은 고등부 본관에 계십니다. 이 길로 쭉 가서 막다른 곳에서 좌회전하시면 됩니다. 시계탑이 있는 건물이니까 금방 찾으실 겁니다."

요컨대 스스로를 왕궁의 호위병쯤으로 여기고 있겠지. 태도가 이렇게까지 돌변한 걸 보면 이사장과의 직접 대면이 보통 일은 아닌 모양이었다.

앞으로 가자, 금방 시계탑과 4층 건물인 본관이 보였다. 시계탑은 대리석 원기둥 일부를 빗변에 맞춰서 수직으로 깎은 형태로, 평평한 면이 이쪽을 향하고 있었다. 시계라고 해도 숫자판은 없었고 L자로 꺾인 은색 침이 태양광을 맞아 반짝반짝 빛났다.

시계탑 바로 밑부분이 현관 포치였는데, 자동차 진입로가 나 있었다. 자동차 진입로 중앙에 설치된 타원형의 연못 분수는 세 줄기로 물을 내뿜고 있었다. 도카시는 아무 거리낌 없이 하얀 선으로 구획된 직사각형 공간에 차를 세웠다.

린타로가 차에서 내리자 도카시도 따라서 아스팔트에 발을 내디뎠다. 이번에는 따라올 작정인 모양이었다.

"크로스워드 퍼즐은 어떡하고요?"

"병원 주차장에서 다 풀어버렸어."

꽤 끈덕진 남자다. 둘은 나란히 포치로 들어갔다.

현관에서 직원에게 방문 의사를 알리고 잠시 기다리니 글렌 체크 양복을 입은 남자가 나타났다. 그레고리 펙의 보급판이라고 할 외모였다. 고등부 교장이라는 그의 이름은 우쓰미였다.

남자는 도카시에게 별실에서 기다리라고 지시하고 린타로만 엘리베이터로 안내했다. 방금 두 사람의 태도로 보건대, 서로 생판 모르는 사이는 아니라고 린타로는 판단했다.

엘리베이터는 4층에서 멈췄다. 시계탑 꼭대기에서부터 3분의 1쯤에 위치한 높이가 아닐까. 대리석 풍의 타일이 깔린 복도가 나왔고, 표면에 아름다운 나뭇결이 아로새겨진 두꺼운 문으로 이어졌다. 우쓰미가 노크를 하자 안에서 명료한 목소리의 여성이 응답했다.

"들어오세요."

우쓰미가 문을 열었고 린타로는 그 뒤를 따라 들어갔다. 영국 귀족의 서재 같은 방이었는데, 넓은 벽 대부분이 책장으로 메워져 있었다. 조금 위압감마저 들었다.

50대 중반의 여성이 마호가니 책상에 자세를 갖추고 앉아서 서류를 훑어보는 중이었다. 옷깃 없이 딱 붙는 옅은 황갈색 정장을 입었고 독서용 안경을 썼다.

"이사장님." 우쓰미가 여성에게 말했다. "노리즈키 씨를 데리고 왔습니다." 손님 앞에서 위엄을 잃지 않을 마지노선까지 자신을 낮춘 말투였다.

여성이 처음으로 서류에서 고개를 들어 안경을 벗고 이쪽을 쳐다봤다. 생김새는 일견 온화해 보였지만, 깊게 새겨진 무수한 잔주름을 보면 겉보기와는 다른 사람임을 알 수 있다. 먹물을 묻힌 붓처럼 위는 하얗고 끝으로 갈수록 까매지는 머리카락은 설명할 수 없는 압도감을 풍겼다.

"수고하셨어요, 우쓰미 씨." 여성이 말했다. 기계 음성 같은 사무적인 목소리였다. "우쓰미 씨는 이제 그만 나가보세요."

그런 취급에 익숙한지 우쓰미는 꾸벅 인사를 하고 방에서 물러났다.

이사장이 린타로에게 소파를 권했다. 팔걸이 가죽 소파로 방주인의 인상과는 다르게 착석감이 좋았다. 이사장은 서류에 날인하고 기결함에 집어넣고는, 다시 린타로를 쳐다봤다.

"미도리기타 서에서 떵떵 큰소리쳤다지요?" 이사장이 느닷없이 그런 말을 꺼냈다. "진실의 편이라니, 참으로 훌륭한 신조로군요."

"벌써 보고받으셨나요? 그렇다는 건 나카하라 형사는 처음부터 이사장님을 위해 한몫하고 있었다는 뜻이군요."

"품위 없는 말은 삼가세요. 지금 당신의 입장이 뭔지 모르고 하는 소리예요?"

"다들 저한테 그렇게 묻더군요. 하지만 제 입장을 결정하는 건 저밖에 없지요."

여성이 미소를 지었다. 공공연한 우월감을 드러낸 싸늘한 미소였다.

"뭐, 됐어요. 당장은 원하는 대로 맘껏 즐겨요. 어차피 당신은 내 폰*에 불과하니까."

"국면이 바뀌면 폰이 퀸이 될 수 있다는 걸 잊지 마시죠."**

저도 모르게 그런 대사가 나왔다. 이사장은 얼굴에서 웃음을 지우고 고개를 저었다.

"선문답이나 하며 시간을 낭비하려고 당신을 부른 게 아니에요. 본론으로 들어가죠. 우리의 기본 입장을 확실히 해두죠."

우리, 라고 말하는 목소리에는 보이지 않는 자력이 감돌았다. 그 자장으로 린타로를 오롯이 끌어당기겠다는 듯이.

---

* 체스에서 장기의 졸에 해당하는 말.

** 체스에서 폰이 체스판의 위아래 양 끝에 도달하면 어떤 말로든지 바꿔 쓸 수 있다.

"여기서 내가 거듭 말하지 않더라도 사건의 경위와 현황은 다 알고 있겠죠?"

"네. 물론 제가 맡은 역할의 특수성도 잘 알고 있습니다."

선수를 친 건데 노골적인 비아냥으로 들렸는지, 이사장이 얼굴을 살짝 찡그렸다.

"그래요? 나카하라와 각을 세운 사람이 그렇게 말하니 믿기지가 않네요."

"알고 있는 것과 복종하는 것은 별개니까요."

"내 생각과는 다르군요." 이사장의 눈가에 깊은 수렁이 팬 듯 주름이 생겼다. "이번 사건 재조사를 받아들인 이상, 당신이 그 역할을 소홀히 해선 안 되겠죠?"

"왜 그렇죠?"

"저에게, 아니 사이메이 여학원에게 이번 사건은 흑과 백, 어느 한쪽의 결과밖에 있을 수 없으니까요. 그리고 그 수기의 내용이 사실이라고 생각했다면 당신은 이 사건을 받아들이지 않았겠죠. 의뢰를 거절하지 않았으니 당신은 우리 편 인간이고, 수기에 적힌 사실을 결코 인정해서는 안 돼요."

"이상한 말씀이군요. 이사장님처럼 모든 일을 도식적으로 판단하는 건 무모합니다. 흑백논리에 갇힐수록 진실과 멀어지지요."

"그런 회색분자의 비겁한 말장난은 나한텐 안 통해요." 이사장은 단호한 어조로 린타로의 입을 다물게 만들었다. "소설가가 전지전능한 시점으로 등장인물을 내려다보는 것과는 달라요. 당사자에게는 흑백의 판가름만이 진실의 증명이에요. 그리고 오늘 아침부터 당신은 이 사건에 완전히 발을 담갔어요. 이미 어엿한 당사자라고요. 이도 저도 아닌 어중간한 언동은 모두의 미움을 살 뿐이에요."

이사장의 발언은 난폭한 극단론에 불과했지만, 정면에서 노골적으로 들이밀자 묘하게 말려드는 것 같았다. 이럴 때는 논점을 바꾸는 것이 최선의 방책이다.

"수기를 절대 인정하지 말라고 하셨죠. 하지만 그건 불가능한 요구입니다. 니시무라 요리코를 임신시킨 사람이 이사장님의 학교 교사라는 건 부정할 수 없는 사실이니까요. 그러니 이사장님이 말하는 진실이 뭐든 간에, 최소한 그 지점까지는 후퇴하셔야 합니다."

"그건 안 돼요."

"어째서죠? 이미 경찰에서도 그 사실은 확인했습니다. 이사장님이 모를 리가 없을 텐데요."

이사장의 입술에 미소가 떠올랐다. 그 화제가 나오기만을 기다렸다는 표정이었다.

"히이라기 선생의 방에서 발견됐다는 진단서 말이죠? 그건 경찰의 지레짐작에 불과해요. 종잇조각 한 장이 무슨 증거가 된다고."

"그 진단서가 히이라기 선생의 방에서 발견된 사실은 어떻게 설명하시겠습니까?"

"그 아이가 문제를 일으키고 고민하던 끝에 히이라기 선생을 의논 상대로 골랐겠죠. 작년 담임이었고 신뢰하는 사람이었으니까. 선생은 그 아이가 가지고 온 진단서를 맡아뒀을 뿐 배 속 아이하고는 아무 상관이 없어요. 사이메이 여학원의 교사가 학생과 관계를 맺다니, 결코 있을 수 없는 일이죠."

"그리 설득력 있는 말은 아니군요. 히이라기 선생 말고 아이의 아버지일 가능성이 있는 사람이 있다면 이야기는 달라지겠습니다만."

이사장이 으쓱 추켜올리듯이 등을 피고는 몸의 중심을 왼쪽으로 이동하더니 어깨에서 힘을 뺐다. 대화가 그녀의 의도대로 진행되고 있음을 암시하는 몸짓이었다.

"짚이는 데가 있어요." 이사장이 자신만만한 어조로 말했다.

"당신을 부른 건 그 일 때문이기도 해요. 내가 터무니없는 흰소리를 지껄이는 게 아니라는 증거를 이제 보여드리죠."

이사장의 왼손이 분홍색 뱀처럼 쭉 뻗더니 탁상에서 인터폰 스위치를 눌렀다. 그녀가 의기양양한 목소리로 명령했다.

"두 사람을 내 방으로 데리고 와요."

응답을 듣고 이사장은 스위치에서 손을 뗀 후 린타로에게 시선을 돌렸다. 짧은 침묵이 흐르는 동안 린타로는 이사장의 시선을 강하게 의식했다.

돌연 그 시선이 끈적하게 바뀌었다. 거리낌 없이 남자의 육체를 품평하는, 싱글 여성의 뜨거운 눈빛이었다. 그녀가 숨을 들이마시자 블라우스 너머로 가슴이 부풀어 오르는 게 느껴졌다. 린타로는 그녀의 허기가 충족되지 않았음을 알아차렸다.

동시에 니시무라 우미에의 가냘픈 왼팔이 뇌리에 되살아났다. 생각해보면 너무나도 대조적인 두 사람이었다. 한쪽은 관념이라는 인공정원에 스스로를 속박했고, 다른 한쪽은 권력이라는 바위 속에 자신의 육체를 이식하려고 한다. 이만큼 서로 동떨어진 존재도 없으리라.

그럼에도 둘 사이에는 부정할 수 없는 공통점 하나가 있음을 린타로는 깨달았다. 타자를 자신의 내면으로 끌어들이려는 자의식의 강력한 자장이…….

노크 소리가 사고의 흐름을 가로막았다. 이사장은 앉음새를 바로잡고 들어오라고 말했다. 문이 열리고 세 명의 여자가 들어왔다.

먼저 들어온 사람은 화장이 옅은 서른 즈음의 왜소한 여성이었는데, 하얀 옷깃이 달린 남색 원피스를 입고 있었다. 따라 들어온 두 사람은 교복 차림의 여학생으로, 한 학생은 안경을 썼다. 여기로 불려오기 전까지 별실에서 대기하고 있었는지 두 사람 다 표정 끝자락에 지루함을 걸치고 있었다.

이사장이 남색 원피스 여성을 2학년 B반 담임인 나가이 선생이라고 소개했다. 수기에 등장하는 이름이었다. 그녀가 린타로에게 다가와 인사했다.

"니시무라 요리코는 저희 반 학생이었습니다." 나가이 선생이 말했다. "똑똑하고 성실한 학생이었는데, 이런 불상사를 일으키리라고는 상상도 못 했습니다."

국어책을 읽는 것 같은 억양 없는 말투였다. 대사와 동작만 프로그램된 로봇처럼 느껴졌다. 할 말을 마친 그녀는 두 학생을 돌아보며 앞으로 나오라는 눈짓을 보냈다.

앞으로 나온 두 학생은 긴장한 얼굴로 린타로가 아닌 이사장과 여교사의 얼굴을 번갈아 쳐다봤다. 이사장이 헛기침을 하자 전류에 감전된 듯 몸을 움츠렸다가 차려 자세를 취했다. 그러고는 린타로를 똑바로 바라봤지만, 눈에 감정이 깃들어 있지 않았다. 나가이 선생이 두 학생에게 자기소개를 하라고 말했다.

"이마이 노조미입니다."

오른쪽에 서 있는 양 갈래로 머리를 딴 소녀가 먼저 자신을 소개했다. 선입관 때문일까, 목소리가 살짝 들뜬 것처럼 들렸다.

"고노 리에입니다." 왼쪽의 단발머리 소녀가 말했다. 안경을 쓰고 있었는데, 먼저 말한 소녀보다 야무진 인상이었다.

"둘 다 저희 반 학생이고, 니시무라 요리코와는 가장 친하게 지냈던 친구들입니다." 나가이 선생이 덧붙였다.

이름이 귀에 익은 이유는 나가이 선생과 마찬가지로 수기에 등장했기 때문이었다. 니시무라 유지가 히이라기 노부유키의 이름을 캐냈던 같은 반 친구다.

둘 다 너무 긴장한 것 같아서 린타로는 소리 내지 않고 입 모양으로 쉬어 라고 사인을 보냈다. 이마이 노조미는 눈치채지 못한 듯했지만, 고노 리에는 알아먹은 모양이었다. 안경 속 눈동자가 반짝거리며 입가에 자그마한 보조개가 생겼다. 하지만 어렵사리 풀린 그녀의 표정은 이사장의 목소리에 다시 바짝 긴장이 서렸다.

"아이의 아버지와 관련해서 짚이는 데가 있다고 한 건 사건이 벌어진 뒤에 이 두 학생으로부터 사정을 들었기 때문이에요. 경찰도 모르는 새로운 사실이 밝혀졌어요. 죽은 그 아이에게 몰래 사귀던 남자친구가 있었다는 사실이요."

이사장은 말을 중단하고는 어깨너머로 나가이 선생에게 신호를 보냈다.

"이마이." 나가이 선생이 제자의 어깨에 손을 얹고 뒤춤에 칼을 숨겨둔 사람처럼 간드러진 목소리로 말했다. "어제 이사장님께 했던 이야기를 다시 말해주지 않겠니?"

이마이 노조미의 몸이 뻣뻣해졌고, 채소를 억지로 삼키는 아이처럼 목을 위아래로 움직였다.

"요리코는 작년부터 현립 고등학교의 남학생과 자주 만났던 모양이에요. 본인이 그렇게 말하는 걸 몇 번이나 들었어요."

거짓말 같진 않았지만 어딘가 모르게 겉도는 말투였다. 자기 목소리로 말하고 있다는 실감이 본인에게도 없는 듯했다. 어깨에 놓인 손으로 조종당하고 있는 것처럼도 보였다.

"그 남학생의 이름이 뭐지?"

"마쓰다 다쿠야예요. 요리코와는 초등학교 동창이라고 들었어요."

나가이 선생이 손을 떼고 질문 상대를 바꿨다.

"고노, 넌 요리코와 같은 초등학교 출신이잖아. 마쓰다 다쿠야라는 남학생을 아니?"

"네."

"두 사람이 남몰래 교제했다는 게 사실이니?"

고노 리에의 눈에 한순간 반항의 빛이 떠올랐다가 곧바로 사라졌다.

"……네."

대답하고 나서 이를 악무는 게 보였다. 처음부터 자기 생각과는 무관한 대답을 강요받은 모양이었다. 하고 싶은 말이 더 있는 게 틀림없다. 하지만 눈을 부릅뜨고 있는 이사장 앞에서 그 말을 입에 담을 수는 없었다.

"더는 설명할 필요 없겠죠?" 이사장이 말했다. "사이메이 여학원 학생이 다른 학교 학생과 저속한 관계를 맺은 건 마음 아프지만, 최소한 히이라기 선생의 무죄는 밝혀진 셈이네요."

너무나 급작스러운 결론이었다.

"증거가 빈약하군요."

"그럴까요? 부친이 히이라기 선생에게 저지른 짓을 생각하면 그런 이의제기는 사치인 것 같은데."

"하나만 묻고 싶어." 린타로는 이사장의 말을 무시하고 고노 리에에게 직접 물었다. "장례식 다음날 요리코의 아버지하고 만났을 때는 왜 그 마쓰다라는 소년에 대해서 말하지 않았니?"

입술을 달싹거리는 리에를 나가이 선생이 억지로 가로막고 대신 대답했다.

"아버님께 괜한 걱정을 끼치기 싫었겠죠. 딸이 불량학생과 사귀었다는데 기꺼워할 아버지가 어디 있겠어요? 히이라기 선생님의 이름을 언급한 것도 결코 곡해하려는 의도가 아니라 생전 요리코의 학교생활을 꾸밈없이 전했을 뿐이죠. 수기 속 대화는 아마 아버님이 각색했을 테고요."

묻지 않은 일까지 대답한다. 학교에서 준비한 모범답안일까? 린타로는 순순히 수긍할 수 없었다. 마쓰다 다쿠야는 언제 불량학생으로 낙인찍힌 걸까? 고노 리에의 눈이 린타로에게 그렇지 않다고 뚜렷이 호소하고 있었다.

이사장은 그 자리의 불온한 공기를 재빠르게 알아차렸다. 본심을 꿰뚫어 본 눈으로 여학생 둘을 째려보고는 태연한 어조에 위협적인 울림을 섞어서 천천히 말했다.

"너희 둘, 토요일인데 늦게까지 붙잡아서 미안하구나. 자, 오늘은 여기까지야. 이 방에서 보고 들은 얘기는 밖에서 떠들지 않도록 하렴."

넋이 나간 표정으로 두 소녀가 고개를 끄덕이자, 이사장은 나가이 선생에게 방에서 물러나라고 명령했다. 노골적인 파장 선고였다.

이사장은 처음부터 두 학생에게 발언권을 줄 생각이 없었다. 니시무라 요리코에게 남자친구가 있었다는 사실을 증명하기 위해 두 학생의 입을 빌린 것에 불과하다. 린타로는 그런 방식에 짜증이 났다.

세 사람은 인사를 하고 나가이 선생을 선두로 방에서 나갔다. 문이 닫히기 직전 돌아본 문 틈새로 고노 리에의 입술이 린타로를 향해 뭔가 말하는 듯 움직였다. 린타로의 자리에서밖에 볼 수 없는 각도였다. 네 음절로 된 단어인 것 같았다.

10

둘만 남자 이사장은 의자에서 일어나 책상과 책장 사이에서 가볍게 기지개를 켰다. 목덜미를 문지르는 걸 보면 이사장도 다른 사람들처럼 어깨 결림으로 고생하고 있는 것 같다. 원래 마음고생이 잦은 지위에 있는 여자다. 이번 사건으로 스트레스가 격심해졌다고 해도 하나도 이상하지 않다.

허나 린타로를 돌아봤을 때는 빈틈 따위는 털끝만치도 엿보이지 않는 강철 같은 표정으로 돌아와 있었다.

"불만스러운 얼굴이군요." 이사장이 말했다. "내가 저 아이들에게 거짓말을 강요했다고 의심하나요?"

"면전에 대고 그렇다곤 못하죠. 하지만 방금 두 학생이 한 말이 사실이라면 굳이 저를 부를 필요가 없었을 텐데요. 그 마쓰다라는 소년을 추궁하면 끝날 문제니까요. 그런데 그러지 않았다는 건 뭔가 이유가 있다는 뜻이겠군요."

이사장이 희미하게 웃었다. 벌레라도 씹은 표정이었지만, 분명 웃고 있었다. 내심 지금의 대화를 즐기고 있는지도 모른다.

"파고들겠다고 작정하고 덤벼들면 터무니없는 억측이 튀어나올 수도 있겠군요. 당신을 부른 건 이런 사건의 전문가라고 들어서일 뿐이에요. 게다가 우리가 직접 그 소년을 추궁할 수도 없는 노릇이고요."

"그럼 제가 그 소년을 만나서 얘기를 들어보죠."

이사장은 고개를 끄덕였지만 그리 달가워하는 반응은 아니었다. 머릿속으로는 이미 딴생각을 하는 것 같다.

"여기 오기 전에 누구와 만났죠?"

"니시무라 요리코의 주변 인물들과 만났죠. 이미 아시겠지만."

이사장이 실눈을 떴다.

"왜 내가 안다고 생각하죠?"

"『주간 리드』의 도카시라는 남자가 재밌는 얘기를 해주더군요. 사이메이 여학원의 주가를 떨어뜨리기 위해 당신 오라버니의 라이벌 의원이 배후에서 사건을 조종하고 있다고 말입니다. 니시무라 씨의 옛 친구가 그쪽 참모로 활동한다지요? 그런데 전 오히려 도카시가 당신 진영의 홍보담당이 아닌가 하는 의심이 들더군요. 제 행적도 지속적으로 보고하고 있지 않습니까?"

이사장이 자리에 가만히 서서 유리 문진을 만지작거렸다.

에둘러 표현해서 의도한 바가 통하지 않았나 하고 순간 의심했지만, 린타로의 말뜻은 확실히 전해졌다.

갑자기 이사장이 의자에 가 앉고는 다시 인터폰 스위치로 손을 뻗었다.

"무슨 일입니까, 이사장님." 우쓰미 교장의 목소리였다.

"그 기자보고 저한테 연락하라고 전하세요."

"네. 잠시만 기다려주십시오."

이사장이 린타로를 쳐다봤다.

"따라다니는 게 불편하면 그렇다고 해요. 눈에 띄지 않는 곳으로 보내놓을 테니까."

"그렇게 해주시죠."

"도카시입니다." 인터폰 램프가 점멸했다. "무슨 일이죠?"

"당신은 해고예요. 이번 건에서 빠져요. 오라버니한테는 제가 말해둘 테니까." 그렇게만 통보하고 바로 스위치를 껐다.

"가차 없으시군요."

"오빠가 보낸 사람이에요." 이사장이 손깍지를 끼며 말했다. "당신을 꽤 얕잡아봤나 보군요. 저라면 훨씬 영리한 사람을 보냈을 텐데."

"나카하라 형사 같은 남자 말인가요? 피장파장이죠."

이사장이 린타로를 뚫어져라 쳐다봤다. 전과는 달리 끈적거리는 기운이 없는, 거리를 두는 시선이었다.

"당신이 무슨 생각을 하는지 잘 모르겠네요. 우리 명령에 따르는 것보다 사건 수사에 더 열의를 보이는 것 같아요. 그런 모순된 행동이 무슨 의미가 있을까. 이번 사건에서 대체 뭘 파헤치려는 거예요?"

"의외로 아무 생각이 없을지도 모르죠." 린타로는 천천히 자리에서 일어났다. "교무실의 히이라기 선생 책상은 아직 그대로 있나요? 가능하면 히이라기 선생님의 소지품을 조사해보고 싶은데요."

"안타깝지만 히이라기 선생의 물건은 모두 정리했어요. 그리고 굳이 그런 걸 조사할 필요가 뭐 있어요." 갑자기 이사장이 얼굴을 찡그렸다. 이유도 없이 자신의 머릿속에 떠오른 무언가에 불쾌해진 모양이었다. "당신이랑 이야기하느라 시간을 너무 썼군요. 더는 할 얘기 없으니 그만 물러나요."

인사를 하고 문으로 향하려는데 이사장이 린타로를 불러 세웠다.

"필요한 게 있으면 지금 말해요. 당신이 내 체스의 폰으로 있는 동안에요."

"그럼 내일 차 한 대를 집으로 보내주시겠습니까. 제 차가 수리 중이라 이동수단이 없어서요."

"알겠어요." 방에서 나가며 어깨 너머로 힐끔 쳐다보니 이사장은 꼼짝도 않고 린타로의 뒷모습을 바라보고 있었다.

현관 포치에서 밖으로 나가자 도카시의 스프린터는 이미 모습을 감추고 없었다. 차를 세워놓았던 장소에 조약돌을 얹은 명함이 남겨져 있었다. 주워서 뒤집어보니 연필로 '하세가와 사에코'라고 휘갈겨 적혀 있었다.

여자 이름이었지만 무얼 의미하는지 알 수 없었다. 뭔가 단서라도 던져주려는 걸까. 어찌 됐든 도카시도 보통 뒤틀린 사람은 아닌 것 같다. 곧 다시 접촉해오겠지. 일단 명함을 챙기고 정문으로 걸어갔다.

들어올 때 마주친 수위가 별 용건도 없으면서 말을 걸었다.

"같이 오셨던 분은 먼저 나가시던데요."

"네, 알고 있습니다."

학교를 나오자, 도로와 면한 카페 건물이 눈에 들어와 린타로는 일단 그쪽으로 발걸음을 옮겼다. '시에스타'라는 이름의 가게였다.

카페 내부가 들여다보이는 유리창 앞에 서서 시, 에, 스, 타라고 발음해보았다. 유리창에 비친 입 모양이 눈에 익었다. 이사장실에서 나가기 전 고노 리에가 보낸 입술 사인과 똑같았다.

이 가게에서 기다리라는 뜻이 틀림없다. 역시 뭔가 전하고 싶은 말이 있는 것이다. 아까 같은 상황에서는 이 정도의 메시지를 남기는 게 최선이었으리라. 도카시를 쫓아낸다는 판단은 옳았다. 자동차를 타고 나왔으면 알아채지 못하고 지나쳤을 것이다.

카페로 들어가서 창가에 자리를 잡았다. 교문으로 시선을 돌리자 아스라한 기시감을 느꼈다. 그럴 만했다. 니시무라 유지가 닷새 전 히이라기 노부유키를 감시하던 수기 속 장소였다.

기다리기 시작한 때가 4시 전이었는데 4시 반이 되어도 고노 리에는 나타나지 않았다. 포기해야 하나 싶을 때쯤 눈앞 테이블에 떨어지는 빛의 면적이 변했다. 그림자가 드리웠다. 톡톡 하는 소리가 들려 창밖을 쳐다보자 고노 리에가 보도에 서서 손등으로 유리창을 두드리고 있었다.

"죄송해요." 안으로 들어오자마자 리에는 아까와는 딴사람처럼 활기찬 목소리를 린타로에게 쏟아냈다. "지금까지 계속 나가이 선생님한테 잔소리를 들었지 뭐예요. 이사장님 앞에서 태도가 불량했다면서요."

리에는 린타로에게 가게에서 나가자고 말했다.

"왜?"

"이런 데서 얘기하면 눈에 띄려고 작정한 거나 마찬가지잖아요. 괜찮은 장소를 알아요. 거기서 들어줬으면 하는 얘기가 있어요."

리에가 역 앞 '아포스트로피'라는 가게 위치를 알려줬다. 이마이 노조미도 먼저 가서 기다리고 있다고 한다. 같이 나가면 눈에 띄니까 따로따로 '시에스타'를 나왔다. 소녀들도 여간내기가 아니다.

'아포스트로피' 1층은 케이크 가게로, 플로어 안쪽 계단을 올라가니 아담한 티룸이 나왔다. 고노 리에와 이마이 노조미는 다리가 높은 스툴에 앉아 기다리고 있었다.

린타로도 자리에 합류했다. 테이블은 케이크 접시로 가득했고, 둘은 묏자리를 파는 인부처럼 묵묵히 포크를 놀렸다. 우울하다는 신호였다. 케이크를 폭식하면서 기분을 풀려나 보다.

"여기 찾는 거 어렵지 않았어요?" 손놀림을 멈추고 리에가 물었다. 학교 밖에서는 안경을 벗고 있다.

"응. 조금 헤맸지."

"그럼 딱이에요. 여기라면 절대 선생님 눈에 안 띌 테니까."

"그렇게 단속이 심해?"

"요리코에 대해서는 아무 말도 하지 말라고 얼마나 못을 박는데요. 이사장이랑 선생님들은 요리코랑 요리코 아버지만 나쁜 사람으로 만들어서 학교 체면을 지킬 생각이에요. 우리는 그런 꼴을 참을 수 없지만, 대놓고 반항하기도 힘들어서."

"……나, 요리코한테 정말 못 할 짓을 했어." 이마이 노조미가 느닷없이 울음 섞인 목소리를 토했다. "남자애랑 사귄다느니, 그런 말을 할 마음은 정말 없었어요. 하지만 이사장이 노려보니까, 순간 겁먹어서……."

띄엄띄엄 말하다가 노조미는 고개를 떨구고 말았다. 노조미의 자그마한 어깨가 조금씩 들썩거렸다. 리에가 자기 손수건을 노조미의 손에 쥐여주고 눈물을 닦으라고 말했다. 노조미는 몇 번이나 고개를 끄덕이며 손수건으로 눈시울을 닦고, 다시 몇 차례 고개를 저은 후에야 간신히 고개를 들고는 미안하다고 작게 중얼거렸다.

"하고 싶은 얘기가 있다고 했지?" 린타로는 아무것도 못 봤다는 듯 말했다. "마쓰다 다쿠야라는 소년에 대해서야?"

리에가 고개를 끄덕였다.

"다쿠야는 요리코의 남자친구가 아니었을 거예요. 두 사람은 그런 사이로 보이지 않았으니까."

"그런 사이로 보이지 않았다고? 그럼 두 사람이 만났었다는 말은 거짓말이야?"

"그건 아니에요. 둘이 연락하며 지낸 건 사실이지만, 그렇다고 다짜고짜 섹스로 이어지는 끈적한 관계는 아니었다는 말이에요." 리에가 얼굴도 붉히지 않고 말했다.

"실제로 어떤 관계였지?"

"……잠이 안 오는 밤에 냉장고 문에 뺨을 찰싹 대고 가만히 귀 기울이면 어딘가로 연결되는 기분이 들 때 있잖아요. 좋고 싫고를 떠나서 무언가와 연결되는 기분이요. 전에 요리코가 그렇게 말했어요."

그게 뭔지 린타로는 알 수가 없었다. 질문의 각도를 바꿨다.

"두 사람은 초등학교 동창이었다면서. 그때부터 쭉 만나온 거야?"

"아뇨. 제가 같은 반이라서 아는데, 그때 두 사람은 별로 친하지 않았어요. 중학교 때도 마찬가지였고요. 우리가 이 학교 중등부에 들어온 뒤로는 다쿠야 소식을 거의 듣지 못했어요."

"두 사람이 재회한 계기가 뭐지?"

"작년 골든위크* 때 초등학교 반창회가 있었어요. 요리코랑 다쿠야는 처음엔 우연히 옆자리에 앉았는데, 어느 순간 갑자기 심각하게 이야기를 나누더라고요. 그 둘만 다른 세계에 있는 느낌이었다니까요. 뭔지 알죠, 그런 거?"

---

* 4월 말부터 5월 초에 이르는 일본의 연휴 기간.

"그래."

"그때는 둘이서 무슨 얘기를 하는지 몰랐는데 나중에 요리코한테 물어봤더니 그 당시 다쿠야 부모님이 사이가 안 좋아서 우울해하는 걸 위로해줬다고 하더라고요. 그 후로 가끔 만나서 얘기하는 사이가 됐나 봐요. 그치만 대화 상대일 뿐이지 사귀는 사이는 아니었어요. 저속한 관계라니, 어떻게 그렇게 심한 말을 할 수 있어요."

"처음에는 마음이 없었더라도 남녀 사이니까 생각지도 않은 방향으로 발전했을 수도 있잖아."

"요리코는 아니에요. 한번 마음먹으면 무슨 일이 있어도 바꾸지 않는 성격이었으니까요. 다쿠야한테도 예외는 아니라서 연애감정 따윈 가지지 않았어요. 그러니까 발전했을 리 없어요."

리에의 주장은 빙빙 도는 팽이처럼 순환논법이 확신의 축을 지탱하고 있다. 하지만 그 점을 두고 다투어봐야 소용없다.

"두 사람은 최근까지 연락을 이어왔니?"

리에는 즉시 고개를 저었다.

"작년 가을쯤부터 안 만난 모양이에요. 그러니까 요리코를 임신시킨 사람은 절대 다쿠야가 아니에요. 왜냐면 올해 5월에는 서로 얼굴도 안 보는 사이였으니까요."

"왜 안 만나게 됐지?"

"자세한 사정은 잘 모르지만, 다쿠야가 밴드 활동에 심취하면서 바빠졌기 때문이지 않을까요."

"밴드? 록밴드 말이야?"

"당연하죠." 밴드를 하는 소년이라면 조이 디비전을 들어도 이상하지 않다.

"아까와 똑같은 질문인데, 그런 사정을 왜 요리코 아버지한테 숨겼지?"

"숨기지 않았어요. 그때는 굳이 말할 필요 없다고 생각해서 안 한 것뿐이에요. 그리고 뭐랄까, 요리코 아버지한테 얘기하면 오히려 다쿠야한테 상처 주는 것 같은 기분이 들어서……."

"그럼 히이라기 선생님의 이름은 왜 나왔지?"

리에가 입술을 오므리며 고개를 살짝 기웃거렸다.

"그 이유는 아까 나가이 선생님의 설명대로예요. 우리가 별다른 뜻이 있어서 히이라기 선생님 얘기를 한 건 아니에요. 그날의 대화를 한 단어 한 문장 다 기억하진 못하지만, 오히려 요리코의 아버지가 학교 선생님에 대해 궁금해했던 것 같아요."

노조미도 그제야 미덥지 못한 표정으로 고개를 끄덕였다. 조금 전부터 리에에게 빌린 손수건을 테이블 끄트머리에 펼쳐 말리고 있었다. 리에가 말을 이었다.

"그치만 그렇다고 해서 이사장 편을 들 마음은 없어요. 잘은 모르겠지만 전 요리코 아버지가 옳은 행동을 했다고 생각해요. 증거는 없어요. 왠지 그런 마음이 들어요."

"5월 중순쯤에 요리코에게서 뭔가 달라진 점을 못 느꼈어? 예컨대 히이라기 선생님을 대하는 태도가 변했다든지."

"설령 그랬더라도 몰랐을걸요. 요리코는 어딘가 모르게 남에게 마음을 열지 않는 아이였어요. 나쁜 의미로 하는 말이 아니에요. 저한테도 그런 면이 있으니까요. 그러니까 만약 요리코가 작정하고 숨겼다면 우린 절대 눈치채지 못했을 거예요. 저도 요리코의 상황이었다면 끝까지 숨길 자신이 있고요."

"요리코의 상대가 히이라기였다는 걸 알고 놀라지 않았어?"

"놀랐죠." 리에의 입술이 고깔 종이처럼 떨렸다. "요리코는 그런 애가 아니었는걸요."

"하지만 방금 네가……."

"그거랑은 달라요. 전 요리코와 히이라기 선생님이 그런 사이였다는 말을 조금도 믿지 않지만, 문제는 이사장이랑 선생님들의 태도에요."

"무슨 말이지?"

"노조미한테 들은 얘기가 있어요."

리에의 재촉에 노조미가 무거운 입을 뗐다. 내리깐 눈에는 어두운 빛이 깃들어 있었다.

"저에겐 두 살 많은 언니가 있는데, 언니도 사이메이에 다녔어요. 이번 사건이 일어나고 언니가 알려줬는데, 히이라기 선생님은 전에도 비슷한 짓을 저지른 적이 있나 봐요."

"전이라고 하면 언제야?"

노조미는 뺨에다 손가락을 대며 생각하는 시늉을 했다.

"언니가 입학하기 전해에 벌어진 일이라니까 히이라기 선생님도 교사로 막 부임했을 때인가. 제자한테 손을 댔다는 소문이 돌아서 학부모들 사이에서 논란이 됐나 봐요. 하지만 상대 학생도 평소에 문제가 많았는지, 결국 그 학생이 자퇴하면서 흐지부지됐고 선생님은 아무 처분도 안 받았대요."

기대치 않던 정보였다. 노조미의 말이 사실이라면 히이라기에게는 어엿한 전과가 있는 셈이다.

"제가 얘기했다고 절대 딴 사람한테 말하면 안 돼요." 노조미가 속삭이듯이 그렇게 덧붙였다. "학교에 알려지면 무슨 일을 당할지 모르니까요."

"걱정하지 마. 절대 말하지 않겠다고 맹세할게."

리에가 스툴에서 바닥으로 발끝을 내려놓았다.

"슬슬 나가요. 다쿠야네 집으로 안내할게요. 여기서 가까워요."

자리에서 일어나려는데 테이블 한구석에 놓인 애플파이 그릇에 눈이 갔다. 두 소녀는 그 애플파이에 손을 대려고도 하지 않았다.

"요리코 거예요."

리에가 린타로의 시선을 알아차리고 그렇게만 말했다.

11

셋은 '아포스트로피'에서 나와 리에를 앞장세우고 주말 쇼핑객으로 번잡한 저녁 상점가를 걸었다. 식어가는 태양이 버석거리는 공기를 황금색으로 물들이고 있었다. 이윽고 야트막한 언덕 경사면을 깎아서 만든 아파트 단지에 다다랐다.

터무니없이 거대한 건물 주변을 후줄근한 공단 아파트 단지가 둘러싸고 있으니 하늘이 한층 더 낮아진 느낌이다. 마쓰다 다쿠야의 집은 단지 중심부에 있었다. 좁다란 8층 건물이고 한

층에 열 세대가 살고 있었다.

리에가 입구 우편함에서 호수를 새삼 확인했다. 이곳에 오랜만에 왔다는 증거였다. C-203호. 2층이었다. 앞머리의 C는 동을 가리키는 것 같았다. 세 사람은 계단을 올라갔다.

리에는 세 번째 문 앞에서 걸음을 멈추고 린타로를 향해 고개를 끄덕였다. 문패에 '마쓰다 슈헤이, 아사코, 다쿠야'라고 적혀 있었다. 린타로는 문 앞에서 한 걸음 물러나 리에에게 초인종을 누르게 했다. 안에서 목이 잠긴 여성의 목소리가 들리며 문이 열렸다.

커다란 눈을 가진 마흔쯤 된 여성이 얼굴을 내보였다. 목이 늘어난 라운드 스웨터 차림의 여성은 여름을 힘겹게 나고 있는지 수척해 보였다. 리에의 얼굴을 보는 순간 망설이는 기색이 드러났지만, 아들의 옛 친구라는 사실을 기억해낸 모양이었다.

"어머, 오랜만이네."

"안녕하세요, 아주머니. 저, 다쿠야 집에 있나요?"

"이걸 어쩌니, 방금 나갔는데." 리에가 린타로를 돌아본 탓에 여성의 시선이 린타로에게 날아들었다. "누구시죠?"

"노리즈키라고 합니다. 다쿠야 군 어머님이시죠?" 여자가 고개를 끄덕였다. "아드님과 할 얘기가 있어서 찾아왔습니다만, 언제쯤 돌아올까요?"

어머니의 눈에 당혹감이 깃들었다.

"저기, 우리 다쿠야한테 무슨 용건이시죠?"

여기 오는 동안 이런 질문에 대비해서 몇 가지 거짓 구실을 마련해두었지만, 막상 어머니의 얼굴과 마주하자 농간을 부릴 마음이 사라지고 말았다.

"니시무라 요리코라는 여학생을 아시죠?"

"네. 초등학교 때 우리 아들과 같은 반이었어요." 반사적으로 얼굴이 어두워지며 리에에게로 시선을 옮겼다. "……정말 안됐어. 참 착한 애였는데."

"전 니시무라 요리코 살해 사건을 조사하고 있습니다. 그 건과 관련해서 다쿠야 군에게 물어볼 것이 있습니다."

순간 어머니의 얼굴이 갖가지 감정이 혼란스럽게 섞인 모자이크처럼 변했다. 린타로는 코앞에서 문이 닫히는 상황을 가장 걱정했는데, 리에가 없었다면 정말로 그런 결과가 닥쳤을지도 모른다.

"이게 대체 무슨 일이니?" 그제야 목소리를 되찾은 어머니는 리에에게 설명을 요구했다. "설마 다쿠야가 그 사건과 무슨 관계라도 있니?"

"아뇨, 그건 아니에요. 저흰 다쿠야가 사건과 무관하다는 걸 확인하려고 왔어요."

어떤 의미에서는 상대의 질문에 긍정하는 대답이었지만, 거기까지는 생각이 미치지 못했는지 어머니는 조금 안도한 듯했다. 린타로는 내심 리에에게 감사했다.

"경찰이신가요?" 어머니가 물었다.

"아뇨, 개인적으로 조사하고 있습니다." 그렇게 대답하고 아까의 질문을 다시 했다. "아드님은 언제쯤 돌아올까요?"

"오늘은 안 돌아와요. 나가면서 그렇게 말했어요."

"어디에 갔는지 아시나요?"

"도쿄에 사는 친구한테 갔어요. 내일 하라주쿠의 고보텐인가 하는 곳에서 공연이 있다고, 거기에 묵으면서 준비를 한대요."

고보텐이라면 아마도 '호코텐', 즉 보행자 천국을 잘못 알아들은 것이리라.* 일요일 하라주쿠 호코텐은 최근 아마추어 밴드들에게 라이브 활동의 메카가 된 곳이다.

---

* '보행자'의 일본어 발음은 '호코샤'이고 '천국'의 일본어 발음은 '텐고쿠'다.

"그럼 오늘은 더 이상 연락할 길이 없겠군요."

"네."

린타로는 어깨를 으쓱했다. 가능한 한 빨리 마쓰다 다쿠야와 만나서 얘기하고 싶었다. 리에에게 물었다.

"다쿠야 군이 활동하는 밴드 이름을 알아?"

리에가 고개를 저었다. 노조미도 마찬가지였다. 별 기대 없이 어머니에게 같은 질문을 했는데 반응이 있었다.

"……분명 무슨 과자 이름이랑 비슷했는데. 맞다, 가린토*, 뭐 그런 이름이었어요."

"가린토?"

개그 밴드가 아닌 이상 그런 그룹명을 쓰지는 않을 테지. 호코텐이 고보텐으로 둔갑할 정도로 언어 감각이 남다른 인물이다. 가린토와 비슷한 발음을 지닌 좀 더 그럴싸한 이름을 생각해봤다.

"……혹시 리플리컨트replicant** 아니었나요?"

"네, 그거예요." 어머니가 위대한 발견이라도 했다는 듯이 말

---

* 밀가루 반죽을 튀겨서 설탕을 뿌린 과자.

** 'replicant'를 일본어로 읽으면 '레프리칸토'가 된다.

했다. "방금 말한 그 이름이에요."

린타로는 주머니에서 '클로저' 카세트를 꺼내 라벨을 보였다. 어머니는 아들의 글씨체라고 했다. 무방비한 입술이 불안감에 바짝 쥐어짠 걸레처럼 뒤틀렸다.

"정말 우리 아들하고는 아무 관계 없는 거 맞죠? 요새 좀처럼 입을 열지 않아서 무슨 생각을 하는지 통 알 수가 없어요."

그러고는 아비가 칠칠치 못해 그렇다며 나지막이 중얼거렸다. 린타로는 못 들은 척하고 인사를 한 후 마쓰다네 집을 뒤로 했다.

세 사람은 한동안 아무 말도 없이 왔던 길을 되돌아갔다. 해는 거의 저물었다. 불쑥 리에가 테이프를 화제 삼았다.

"어디서 손에 넣었어요?"

"요리코 방에 있었어."

"흐음." 다음 삼거리에서 소녀들은 발을 멈췄다. "저흰 이쪽 길이에요. 이젠 집에 가야 해요."

"그렇겠네. 오늘 정말 고마워. 너희들 덕분에 큰 도움이 됐어."

"내일 다쿠야 만나러 갈 거죠?" 리에가 다시 열성적인 어조로 말했다. "우리도 같이 가면 안 돼요? 얼굴을 아는 사람이 있으면 말을 꺼내기도 쉬울 거예요."

린타로도 그 점을 고려하긴 했지만, 소녀들을 사건에 깊숙이 개입시키면 안 된다는 판단이 우선했다.

"그럴 필요는 없어. 나 혼자서도 다쿠야를 찾을 수 있으니까. 그리고 누가 어디서 감시하고 있을지 몰라. 너희가 돌아다니는 걸 알면 또 학교에서 시끄럽게 간섭하겠지. 그럼 힘들어지는 건 너희잖아."

리에는 일단 그 말에 납득한 눈치였다. 사건에 새로운 전개가 나타나면 연락하기로 약속하고 두 소녀와 헤어졌다.

두 소녀의 뒷모습을 바라보며 린타로는 문득 생각했다. 리에는 마쓰다 다쿠야를 좋아하는 게 아닐까. 리에가 드러낸 열의는 어쩌면 좋아하는 마음에서 비롯된 걸지도 모른다. 하지만 린타로는 더는 그 생각을 음미하지 않기로 했다. 때 묻은 성인의 사고방식이기 때문이었다.

역까지 걸어가서 한 정거장짜리 표를 사고 플랫폼에 섰다. 앞으로 딱 한 사람, 오늘 안에 만나고 싶은 인물이 있었다.

사기누마 역에서 내려서 역 앞을 동쪽으로 직진하자 교차로에 있는 파출소가 눈에 띄었다. 거기서 무라카미 산부인과의 위치를 물었다.

가르쳐준 길을 따라가자 5분도 지나지 않아 병원에 도착했다. 상점가에서 한 길 떨어진 조용한 동네였다. 건축사무소와 발레학교 건물 사이에 '무라카미 산부인과'라는 파란 간판이 보였다.

이미 진료시간이 끝난 시각이었지만, 외래 현관의 등은 켜져 있었다. 접수창구에서 용건을 말하자 간호사는 내선으로 의사에게 연락했다. 15분쯤 기다리라는 대답이 돌아왔다. 린타로는 아무도 없는 대합실에서 임산부의 흡연이 태아의 건강에 미치는 악영향에 대해 경고하는 포스터를 읽었다. 그 자리에 재떨이가 놓여 있지 않다는 점이 훌륭했다.

15분보다 조금 더 시간이 지난 뒤 무라카미 의사가 대합실에 들어왔다. 얼굴을 보자마자 본인임을 알 수 있었다. 말쑥하게 뒤로 넘긴 잿빛 머리와 선해 보이는 눈매는 니시무라 유지의 수기에 적힌 그대로였다.

"기다리게 해서 죄송합니다." 무라카미 의사가 말했다. "초산인 젊은 산부를 진찰하느라 조금 늦었네요. 무라카미입니다. 노리즈키 씨라고 하셨죠?"

"네. 바쁘실 텐데 귀찮게 해서 죄송합니다."

"신경 안 쓰셔도 됩니다. 진찰실에서 얘기해도 괜찮을까요?"

"네." 의사를 따라 대합실을 나왔다.

복도 끝에 있는 방에 들어가자 무라카미 의사는 칸막이용 커튼을 쳐서 진찰대를 가렸다. 린타로에게 의자를 권하고 본인도 회전의자에 몸을 내려놓았다. 깔끔히 정돈된 공간에서 여유로움과 차분함이 느껴졌다. 의사의 성품이 반영된 듯했다.

먼저 입을 뗀 쪽은 무라카미 의사였다.

"이번 일은 뭐라 말을 해야 할지 모르겠군요. 니시무라 씨의 행동이 칭찬받을 일은 아니지만, 이해가 안 가는 것도 아니라서요. 오히려 전 니시무라 씨를 말리지 못했다는 데 책임감을 느끼고 있습니다."

"왜 선생님이?"

무라카미 의사는 무릎 위로 두 손을, 수많은 아이를 받아낸 두 손을 꽉 맞잡았다.

"두 번이나 만나서 이야기를 나눴는데도 니시무라 씨의 목적을 알아차리지 못하다니, 다 제가 부족한 탓입니다. 진단서 건 역시 어떤 비난도 감수할 생각이지만 그래봤자 니시무라 씨에게는 아무런 도움도 안 되겠죠."

린타로가 고개를 저었다.

"자책할 필요 없습니다. 선생님이 어찌할 수 없는 일이었어요. 좋은 쪽으로 생각하셨으면 좋겠습니다. 그리고 선생님께

협조를 요청할 일이 있습니다."

"기꺼이 협조하겠지만, 제가 도움이 될는지요."

"니시무라 씨의 수기를 읽어보셨나요?"

"아뇨, 아직 못 봤습니다."

"수기 복사본을 가져왔습니다." 복사본 한 부를 내밀었다. "한 번 읽어주시겠어요? 선생님에 대한 기술 가운데 사실과 맞지 않는 부분이 있는지 확인하고 싶습니다."

"알겠습니다." 대답하기까지 조금 망설였는데, 니시무라 유지를 동정하는 무라카미 의사로서는 어떻게 보면 당연한 반응이기도 했다.

책상 서랍을 열어서 돋보기 안경을 쓰고 수기 복사본을 들여다보기 시작했다. 눈이 렌즈 뒷면을 훑어나가듯이 움직인다. 한 줄이라도 허투루 넘어가지 않겠다는 느낌의 꼼꼼한 독서였다. 일단 한 차례 다 훑어본 후 다시 처음부터 읽고 나서야 고개를 들었다.

"저에 대해 쓴 부분은 모두 사실 그대로입니다. 니시무라 씨는 아무런 거짓말도 쓰지 않았고, 뭔가를 부자연스럽게 생략하지도 않았네요."

그걸 확인한 자신이 자랑스럽다는 듯 무라카미 의사가 가슴을 펴고 단언했다. 그는 정말로 그렇게 믿고 있다.

"그런가요?"

"제 대답이 기대에 못 미쳤나요?" 의사가 복잡한 표정으로 물었다.

"아뇨"라고 대답하자, 의사는 안경을 벗고 안경다리를 접었다 펴기를 반복했다. 린타로는 다시 물었다.

"하나 더 여쭤보고 싶습니다."

"뭐죠?" 무라카미 의사의 손이 멈췄다.

"8월 25일의 기술 가운데 이런 대목이 있습니다. '무라카미 의사의 말에 따르면 8월 18일 오후, 요리코는 혼자 병원을 찾아왔다. 근심이 가득한 얼굴이었다고 한다. 요리코는 석 달 가까이 생리가 없다고 의사에게 털어놓았다. 진찰 결과 역시나 임신이었다. 그 소식을 전하자, 요리코는 어째서인지 안도하는 표정을 지은 모양이었다.' 이 마지막 문장이 마음에 걸려서 그렇습니다. 안도하는 표정이라고 했는데, 선생님께서 실제로 그렇게 느끼셨나요?"

"네, 지금도 그 표정을 떠올릴 수 있습니다. 참 어여쁜 아가씨였지요."

무라카미 의사는 안경을 접어서 책상 위에 조심스럽게 내려놓았다. 주인의 손과 떨어진 안경은 인간과 닿았던 시간을 부정하듯 고대생물의 화석처럼 그 자리에 얼어붙었다.

"처음엔 팽팽하게 당겨진 실처럼 잔뜩 긴장한 모습이었고, 태도도 무척이나 서먹서먹했죠. 뭐, 당연합니다. 그런데 진찰을 마치고 임신했다고 알려주자 갑자기 안도했다고밖에 말할 수 없는 표정으로 바뀌더군요. 무거운 짐을 내려놓은 듯한, 혹은 뭔가 큰일을 해냈다는 만족감이 얼굴에 분명 드러났습니다."

"요리코 씨가 어째서 안도한 표정을 지었는지 짐작 가는 바가 없나요?"

의사가 손끝으로 관자놀이를 가볍게 긁었다. 굵은 붓으로 연한 먹물을 칠한 듯한 눈썹이 손끝을 따라 꿈틀거렸다.

"글쎄요. 확답하기는 힘들지만, 여성들은 임신 사실을 알고 나면 누구나 모성을 자각하기 마련이지요. 생리를 하지 않아 혼란스러운 마음으로 내원하지만, 일단 배 속에 아이가 있다, 살아 숨 쉬고 있다는 사실을 알고 나면 자신을 단단히 추스르기 시작합니다. 그녀의 표정도 그런 반응의 하나라고 저는 해석했었습니다."

"그렇다면 선생님에겐 그녀의 반응이 전혀 이상하지 않았겠네요?"

"네, 그렇게 말해도 될 겁니다."

"그렇다면 수기 속의 '어째서인지'라는 표현은 선생님이 하신 말이 아니군요?"

"물론입니다. 그 표현은 니시무라 씨의 솔직한 기분을 드러낸 거겠죠. 아버지라면 당연히 당혹스러울 테니까요."

확실히 그의 말대로였다. 부자연스러운 구석은 어디에도 없었다. 왜 그런 자질구레한 부분이 마음이 걸리는지, 린타로 자신도 이해할 수 없었다.

"……참 어여쁜 아가씨였지요."

가라앉은 목소리가 아까와 똑같은 말을 되뇌었다. 입에 담을 다른 말이 떠오르지 않는 모양이다.

"정말 가슴 아픈 일입니다. 저는 딸이 없습니다만, 세상 아버지들의 마음을 모르지 않습니다. 여기에 오는 환자 모두를 제 자식처럼 여기고 있으니까요."

말을 마치고 의사는 긴 한숨을 내쉬었다. 그러고는 기운을 차리려는 듯 어깨를 으쓱하고 씩 미소를 지으며 린타로에게 물었다.

"다른 질문이 더 있나요?"

"가능하다면 참고를 위해 진단서 형식을 보여주시겠습니

까?"

무라카미 의사는 불편해하는 기색 없이 린타로의 요구에 응했다. 서식에 대해 설명한 후 문득 생각났다는 듯 덧붙였다.

"최근 진단서를 쓸 때 저절로 손이 떨려서 글씨가 안 써지는 경우가 있습니다. 왜 그런지 짐작 가시나요?" 갑자기 의사의 얼굴에 떠오른 죄책감의 심연이 린타로를 집어삼켰다. "제가 쓴 진단서 때문에 두 사람의 목숨이 사라졌기 때문입니다."

12

집에 돌아오니 아버지는 이미 퇴근해서 텔레비전을 보며 맥주를 마시고 있었다. 퀴즈 프로그램에 채널을 고정해놓았다. 아니, 프로야구 중계만 아니라면 뭐든 상관없을 것이다.

"꽤 시달린 얼굴이군." 린타로가 거실로 들어오자, 경시는 리모컨으로 텔레비전 볼륨을 줄였다. "자동응답기에 네 앞으로 메시지가 와 있더라."

린타로는 전화기 쪽으로 가 재생 버튼을 눌렀다.

첫 메시지는 민영 방송국의 PD라는 남자로, 니시무라 요리코 사건에 대한 논평을 원한다는 내용이었다. 다음 전화는 다른 민영 방송국으로, 월요일 오후 프로그램에 게스트 해설자로 출연해주기를 바란다는 의뢰였다. 명문여고 교사 살해 사건을 다룰 예정이라고 했다. 그 뒤로도 신문과 주간지의 취재 신청이 각각 두 건. 내용은 대동소이하여 독창성이라고는 티끌만큼도 보이지 않았다.

유일하게 니시무라 유지나 사이메이 여학원과 관련이 없는 메시지는 린타로의 담당 편집자로부터 걸려온 원고 진척상황을 확인하는 전화뿐이었다. 린타로는 부재중 버튼을 눌러서 기계에게 응답을 맡기기로 했다. 당분간 전화는 받지 않는다.

"어때, 일약 매스컴의 총아로 떠오른 감상은?"

"아버지의 대사를 빌리자면, '똥이나 먹어라'네요."

"말은 그렇게 해도 전부 무시할 수는 없겠지. 어쩔 수 없다, 이것도 처음부터 예정되어 있던 일이니까. 이렇게 된 이상 텔레비전에 나가서 네 책 홍보라도 하는 게 어떠냐?" 경시의 얼굴에서 웃음이 떠나지 않는다. 남의 일이니 반쯤 즐기고 있으리라. "그런데 너 저녁은 어떻게 했냐?"

"아직이에요."

"그러냐? 실은 나도 그렇다. 뭐라도 시켜 먹자. 특상 장어덮밥 같은 건 어때?"

"두 손 들어 찬성이요." 린타로가 말했다. "계산서는 사이메이 학원으로 돌리죠."

조촐한 만찬 후 린타로는 바로 자기 방으로 들어갔다. 경시와는 더 이상 사건에 관한 이야기를 하고 싶지 않았다. 혼자 있게 된 린타로는 '클로저' 테이프를 카세트덱에 집어넣고 반복재생으로 틀었다.

조이 디비전. 펑크 열풍이 영국에 몰아치던 1977년, 맨체스터에서 네 젊은이가 그룹을 결성했다. 그룹명은 나치의 유대인 수용소에 있던 장교용 성적 위안 시설에서 유래했다. 이내 그들은 펑크의 환상이 남긴 절망감을 짊어지고 한 줄기 희망의 빛을 찾아 혼돈의 시대의 앞머리를 헤쳐나가게 된다.

그들이야말로 단연코 펑크 전성기 이후 가장 가능성이 충만했던 그룹이었다. 밴드 멤버는 기타의 버나드 섬너, 베이스의 피터 훅, 드럼의 스티븐 모리스. 그리고 리드보컬 이언 커티스.

고故 이언 커티스.

조이 디비전은 이언 커티스의 밴드였다. 그렇게 단언할 수 있을 정도로 그의 보컬과 가사는 밴드의 개성 그 자체였다. 특징적인 신시사이저와 특이한 리듬패턴도, 이언의 목소리와 스스로를 막다른 곳까지 몰아붙이는 가사 스타일이 존재하기에 빛날 수 있었다.

그는 혼돈과 절망과 의혹과 공포를 체현하는, 너무나 뒤늦게 나타난 메시아 같은 존재였다. 이언은 늘 위태로운 곳에 서서 노래했다. 그의 목소리와 가사는 위태로움으로부터 뒷걸음질 치기 위해, 또는 초월하기 위해 온갖 적들과 싸우고 있는 느낌을 주곤 했다. 허나 그 싸움은 오래 이어지지 않았다.

1980년 5월 8일. 맨체스터의 한 아파트에서 이언 커티스는 목매달아 자살했다. 밴드는 사흘 후 첫 미국 투어를 시작할 예정이었다. 사인 불명. 그는 짧게 이런 말을 남겼다. "지금 이 순간조차도 나는 처음부터 죽는 게 나았을 거라고 생각한다. 더는 못하겠다." 스물셋이라는 젊은 나이의 죽음은 그해 12월 존 레논의 피살 사건과 함께, 한층 더 폐쇄적인 상황으로 몰려가던 80년대의 불모를 예견하는 듯한 비극이었다.

이언의 돌연한 죽음은 남은 세 멤버뿐만 아니라 영국 전역에 충격과 깊은 슬픔을 선사했다. 이미 3월에 두 번째 앨범 '클로저'의 녹음을 마쳐 드디어 그들의 활동이 궤도에 오른 참이었다. 그의 사후, 활동에 종지부를 찍은 그룹의 마지막 싱글 '러브 윌 테어 어스 아파트Love Will Tear Us Apart'는 인디차트

뿐만 아니라 전국 차트마저 휩쓰는 히트곡이 됐다. 죽은 남자의 노래는 본인의 인생 말미에 첨부한 주석처럼 영국 전역에 울려 퍼졌다. "또다시 사랑은 우리를 갈라놓겠지."

4 재조사 Ⅱ

이제 나는 안다. 왜 그토록 어두운 불꽃을
너희가 이따금 눈을 반짝였는지.
아아, 그 눈! 흡사 그 눈빛에
온 힘을 다 쏟아부은 것 같았네.

「죽은 아이를 그리는 노래」

13

그냥 그대로 잠들어버린 모양이었다. 이튿날인 일요일 아침에는 늦잠을 자서 노리즈키 경시가 두드려 깨운 후에야 겨우 일어났다. 옷도 갈아입지 않은 채 침대에 엎드려 있었고, 조이 디비전의 카세트는 여전히 돌아가고 있었다. 그제 밤을 새웠으니 그럴 만도 했다.

"렌트 회사에서 차를 주러 왔다." 경시가 문 쪽으로 턱짓을 했다. "양도 서류에 네 사인이 필요한가 본데. 밖에서 기다리고 있으니까 얼른 나가봐라."

어제 미즈사와 이사장에게 부탁했던 차다. 린타로는 컵에 물 한 잔을 따라 마시고 현관문을 열어 방문객의 얼굴을 마주했다. 그런데 렌트 회사는커녕 익숙한 얼굴이 거기에 있었다.

"……그 뒤에 바로 전직을 했나 보군요."

"심술궂은 소리 좀 그만해."『주간 리드』의 도카시가 대꾸했다. "자네야말로 면도라도 하고 오지 그래."

아버지도 감이 많이 무뎌졌군, 린타로는 생각했다. 렌트 회사 직원과 가십지 기자도 분간을 못 하다니.

"무슨 용건이죠? 새벽 기습취재라면 엉뚱한 곳에 오셨네요. 전 연예인이 아니거든요."

"왜 그리 매몰차게 굴어." 어제와 똑같은 재킷에서 차 키를 꺼내서 여봐란듯이 코끝에 흔들어 보인다. "어쨌든 내가 이걸 맡고 있다고. 커피 한 잔 정도는 대접해줄 만하잖아."

아무리 구박을 해도 먹히지 않는 상대다. 그리고 어차피 어제 명함에 적어놓고 간 의미 불명의 '하세가와 사에코' 건도 물어봐야 했다.

"그럼 이 맨션 맞은편 카페에서 기다리세요. 면도를 하고 가죠."

'세인트 알폰조'의 커피는 기름이 둥둥 뜬 흙탕물 맛이 나서 평소에는 경원하는 곳이지만, 이 남자에게는 어울리는 공간이다. 15분 후 린타로가 가게 문을 열고 들어가자, 도카시는 모닝

세트의 팬케이크를 먹고 있었다. 맞은편 자리에 앉아 진저에일을 부탁했다.

"아침부터 놀라게 해서 미안하군." 도카시가 마음에도 없는 소리를 했다.

"렌트 회사에는 어떻게 잠입한 거예요?"

"잠입한 거 아냐. 난 정말 우연히 자네 맨션 앞을 지나가고 있었는데, 차를 갖다주러 온 친구가 날 자네라고 착각을 하지 뭔가."

"설마요."

"정말이라니까. 길이 막혀서 약속 시간보다 늦게 왔나 보더라고. 연신 사과를 하는 걸 보니 당황한 눈치더구먼. 내가 길에 나와서 기다리고 있었다고 착각한 게 아닐까. 사람 잘못 보셨습니다, 라고 말하기도 미안해서 내친김에 내가 대신 수령 사인을 했어."

"제 이름을요?"

고개를 끄덕인다.

도카시 얘기에 생략된 부분이 있으리라. 해고를 당했다고 해도 정보 라인이 곧바로 끊어질 리 없다. 린타로가 차를 부탁했다는 정보쯤이야 마음만 먹으면 금세 알아낼 수 있었을 테고,

처음부터 차를 빼돌릴 작정으로 현관 앞에 잠복하고 있었다면 렌트 회사 직원을 구워삶는 건 일도 아니었을 것이다. 우연히 지나가고 있었다니 그런 핑계를 믿을 성싶냐. 그러나 이 남자한테 그런 걸 따져봐야 시간 낭비일 뿐이다.

"차는 어딨죠?"

"가게 앞에 번쩍번쩍 빛나는 차가 세워져 있었잖아. 못 봤어?"

보기는 봤다.

"……빨간색 알파로메오 스파이더?"

"그래." 도카시가 심술궂은 미소를 지었다. "그게 자네 차야."

제발 좀 봐달라고 하고픈 심정이었다. 이사장의 입김이 작용한 못된 장난이겠지. 취향이 아닌 건 그렇다 쳐도, 경우에 따라선 눈에 띄는 차가 수사를 방해할 수도 있다. 하지만 이 일을 갖고 도카시를 책망할 수는 없는 노릇이었다. 화제를 바꿨다.

"그런데 도카시 씨는 이미 이 사건에서 빠지지 않았나요?"

"……역시 그랬었군." 도카시가 뚱한 얼굴로 말했다. "내가 느닷없이 쫓겨난 건 자네가 이사장한테 뭐라고 일러바쳐서지?"

"네. 자기라면 훨씬 머리가 잘 돌아가는 남자를 보냈을 거라고도 하더군요."

"흐음. 그 잘난 체하는 할망구 입에서 나올 만한 소리군." 도카시가 머쓱한 표정을 지었다.

"미즈사와 의원 밑에서 일한다는 건 인정하는 거군요."

"그래. 뭐, 이제 와서 부정해봐야 소용없겠지." 도카시는 물을 마셨다. 입안에서 얼음 씹는 소리가 났다. "자랑할 얘기는 아니지만, 자네랑 얘기하는 것도 이번이 마지막이야. 더는 귀찮게 안 들러붙겠어."

말은 시원시원하게 하지만 진심으로 들리지 않았다.

"그럼 그때 말했던 신빙성 없는 얘기는요?"

"선거랑 얽힌 시답잖은 음모지, 뭐. 헛소리일 게 뻔하잖아. 의원의 측근이 반나절 고민하다 만들어낸 책상머리 픽션이야."

저널리스트란 사람 입에서 나올 말인가 싶어 어이가 없다. 처음부터 미심쩍긴 했지만 만약을 위해 니시무라 우미에에게 다카하시라는 인물의 소식을 묻기까지 했었다. 말짱 거짓말이라면 입장이 난처하다.

"어처구니없군요."

"변명 같지만 나라고 좋아서 그런 역할을 받아들였겠어? 험

난한 세상에서 먹고살려고 아등바등하다 보니 어쩔 수 없이 그놈들 밑에 있게 된 거지. 주간지 계약기자가 금배지 선생님의 명령에 아니오, 라고 할 수는 없잖아."

투덜투덜 불평을 늘어놓는 소리도 도카시 입에서 나오니 공감을 유도하는 제스처라고밖에 들리지 않는다. 아마도 그간 입에 발린 소리만 줄곧 놀려댄 후유증이리라.

"앓는 소리를 하려고 오늘 절 불러내신 건가요?"

"그건 아냐." 도카시가 안경을 벗고 눈을 비볐다. "실은 자네한테 유용한 정보를 흘려줄까 해. 나를 해고했다고 복수할 생각은 없지만, 겉만 번지르르한 마돈나가 곤란해질 정보지."

"무슨 말이죠?"

"어제 사이메이 여학원 주차장에 명함을 두고 갔는데, 봤어?"

"네." 린타로는 재킷 주머니에서 챙겨둔 명함을 테이블 위에 꺼냈다. "하세가와 사에코가 대체 누구죠?"

"히이라기 노부유키의 전 약혼자야."

"전 약혼자?"

도카시가 고개를 끄덕이며 냅킨에 '하세가와 사에코'의 이름을 한자로 썼다.

"히이라기의 대학 후배이고 스물아홉 먹은 여자야. 6년 전 파혼하고 지금은 메구로의 여행사에서 근무하고 있어. 사는 곳은 고엔지의 맨션. 이제 그녀를 찾아가서 얘기를 들어두는 편이 좋을 거야." 이름 밑에 여자의 주소와 간단한 지도를 부기했다.

"무슨 얘기요?"

"히이라기에 대해서지 뭐겠어. 왜 파혼했는지 그 이유를 들으라고. 물론 절묘하게 캐묻지 않으면 안 가르쳐주겠지만."

"거드름 피우지 말고 무슨 사정인지 가르쳐주시죠."

도카시가 시치미 떼듯 딴청 피웠다.

"그렇게 입 가벼운 남자로 치부하면 곤란하지. 가르쳐주는 건 이름까지야. 거기서 얼마나 더 찾아낼 수 있을지 솜씨를 지켜보도록 하지."

도카시의 말은 여전히 제멋대로고 지리멸렬하게 들렸지만, 본인은 앞뒤가 맞는다고 여기고 있으리라. 매스컴 쪽 인간들에게 공통적으로 깔린 습성일지도 모른다.

그들은 정보사회에 있어 맥스웰의 도깨비*를 자처한다. 두

---

* 열역학 제2법칙을 깨뜨리는 가상의 존재.

집합 사이에 서서 양자를 오가며 정보를 자유자재로 선별하는 실체 없는 권력의 심벌. 도카시는 그 도깨비의 미니어처인 셈이었다.

이제는 알겠다. 그는 어떤 쪽에도 속해 있지 않다. 자신의 특권을 과시하기 위해 정보를 굴리고 있는 것뿐이다. 누군가의 편에 들러붙는 행위도 그 일부에 불과하다. 배신도 신의도 그에게는 아무런 의미를 갖지 못하고, 그저 비대해진 자아의 자기 선언만이 존재할 뿐이었다.

14

도카시와 대화를 마친 후 알파로메오 지붕을 열고 무거운 클러치를 조작해 고엔지로 향했다. 환상 7호선*을 북상하여 오메 가도를 좌회전했다. 도카시의 지도에 따르면 산코포고엔지는 JR 고엔지 역과 마루노우치 선 신고엔지 역 중간쯤에 위치해 있다. 실물은 산뜻한 분위기의 7층 맨션이었다.

벽돌 아치를 지나서 입구 우편함을 확인했다. 302호 우편함

---

* 도쿄 도내를 바깥으로 둘러싼 간선도로.

에 하세가와 사에코라는 이름이 적혀 있다. 손으로 쓴 깔끔한 글씨였다. 계단을 올라 302호 앞에 서서 초인종을 눌렀다.

"누구세요?" 45도 정도만 문을 연 여자가 얼굴을 내밀며 실눈을 뜨고 린타로를 쳐다봤다.

주름진 데님 셔츠를 입었다기보다 어깨에 걸친 느낌이었다. 가느다란 꽃병처럼 목이 늘씬하게 길었고 소바주헤어 틈으로 예쁜 귀가 보였다. 깔끔하고 군더더기 없는 외모였지만, 꽉 다문 입술과 가늘게 째진 눈이 조금 쌀쌀맞은 인상을 주었다. 뺨 부근이 살짝 부석부석해 보였다.

"노리즈키라고 합니다. 하세가와 사에코 씨죠?"

"네. 무슨 일이죠?"

린타로는 단도직입적으로 말을 꺼냈다.

"히이라기 노부유키 씨에 대해 물어볼 것이 있어서 방문했습니다. 잠깐 시간을 내주시겠습니까?"

여자의 표정이 점점 험악해진다. 입속을 베이기라도 한 것처럼 뺨 안쪽에서 혀가 움직인다. 히이라기의 이름을 소리 내지 않고 되뇐 것 같았다.

"며칠 전 히이라기 씨가 살해당했다는 건 알고 계시죠?"

사에코가 반사적으로 고개를 끄덕였다. 그렇게 끄덕이고 나서야 이제는 모른 척할 수 없음을 깨달은 눈치였다.

"경찰에서 오셨나요?"

"아뇨." 린타로는 먼저 선수 쳐서 말했다. "그리고 매스컴 취재도 아닙니다. 개인적인 이유로 히이라기 씨 죽음을 조사하는 사람입니다."

"돌아가세요." 다짜고짜 여자는 퇴짜 놓듯 말했다. "이제 나가야 해요."

하지만 그렇게 말한다고 물러날 수는 없었다. 외출한다는 말은 순간적으로 튀어나온 거짓말 같았다. 그녀는 문을 닫으려 하지도 않고 그 자리에 우두커니 서서 안색을 살피듯이 린타로를 쳐다봤다. 어깨부터 밑으로 이어지는 근육이 보이지 않는 무언가에 홀린 것처럼 단단히 응어리지고 있었다.

"시간을 길게 뺏지 않겠습니다. 그리고 오늘 찾아온 용건은 살인 사건과는 직접적인 연관이 없습니다."

"그 사람하고는 더 이상 아무 사이도 아니에요. 무엇보다 지난 몇 년간 얼굴 한 번 본 적 없어요. 그리고 지금 제겐 내년 봄에 결혼을 약속한 상대가 있어요. 이제 와서 불편한 일에 휘말리고 싶지 않아요."

사에코의 말은 진심이라기보다 오히려 자신을 설득하는 말처럼 들렸다. 만약 정말로 상대할 마음이 없다면 지금이라도 당장 문을 닫고 자물쇠를 채워버리면 그만이다.

"절대 불편할 일은 만들지 않겠습니다. 그리고 최근에 만난 적이 없다는 사실도 알고 있습니다. 6년 전에 파혼하셨다죠?"

"네." 여자가 마지못해 인정했다. "하지만 서로 동의하고 결정한 일이에요. 남들에게 이러쿵저러쿵 떠들 만한 사연은 없어요."

"그 일에 제가 주제넘게 참견할 마음은 없습니다. 다만 어째서 파혼에 이르렀는지 하세가와 씨 입으로 직접 그 이유를 듣고 싶습니다."

그 순간 그녀의 눈동자가 자신의 내면으로 침잠해 대화가 뚝 끊겼다. 침묵이 이어지는 가운데 하세가와 사에코는 린타로의 제안 쪽으로 마음이 기우는 것 같았다. 물론 희망적인 관측에 불과하다.

옆집 문이 열리고 직장인으로 보이는 여성이 밖으로 나왔다. 여성은 사에코를 알아보고 안녕하세요, 라고 인사를 건넨 후 의미심장한 눈빛을 노골적으로 드러냈다. 사에코도 답인사를 했지만 어색함을 숨기지 못했다. 여성은 린타로에게도 인사를 건네고는 잠깐 망설이다가 뭔가 생각난 척하고 다시 집 안으로 들어갔다.

"……알았어요." 옆집 문이 쾅 하며 닫히자, 사에코가 갑자기 말문을 열었다. "이렇게 서서 얘기할 수는 없으니까, 좀 더 차분히 대화를 나눌 수 있는 곳으로 가죠. 도로 맞은편에 카페가 있어요. 거기서 기다리세요."

대답할 틈도 없이 그녀는 집 안으로 들어갔다. 린타로는 문에서 멀어졌다. 아까 자신이 도카시에게 했던 대사를 듣다니 기분이 묘했다.

산코포고엔지 맞은편 사무 빌딩 1층에 '블랙 페이지'라는 카페가 있었다. 아르데코 풍으로 꾸민 가게 안에는 손님의 모습이 보이지 않았고, 머리숱이 적은 가게 주인이 스티븐 프로데로의 『불과 재』*를 읽고 있었다. 린타로는 카운터에서 가장 떨어진 자리에 앉아 사에코를 기다렸다.

20분쯤 지나 사에코가 나타났다. 산뜻한 물방울무늬의 블라우스에 타이트한 블루스커트로 갈아입었다. 이렇게 보니 꽤 근사한 스타일의 여성이었고, 본인도 그 사실을 티 나지 않게

---

* 니시무라 유지의 수기에서 언급됐던 『야수는 죽어야 한다』의 작가 니콜라스 블레이크의 또 다른 소설 『종장End of Chapter』 속 등장인물이자 그의 작품명과 동일하다.

의식하는 것 같았다. 왼손 약지에서 루비 반지가 반짝였다.

"오래 기다리셨죠?" 그녀가 말했다. "오지 않을 거라고 생각했나요?"

"아뇨."

사에코는 그레이프프루트 주스를 주문하고는 파우치에서 담배 케이스를 꺼내 직접 담배에 불을 붙였다. 허세를 부리기 위한 행동이 아니라 지극히 자연스러운 몸놀림이었다. 화장 덕분인지 매섭던 표정이 부드러워져서 딴사람 같은 느낌마저 들었다. 오래 붙잡고 있던 미련을 털어내기라도 한 모습이었다.

"……사건에 대해서는 어느 정도 알고 있죠?"

"신문에서 읽은 게 전부예요."

"자세한 사정을 알고 싶나요?"

"아뇨, 괜찮아요. 그 사람에 대해서는 더는 흥미가 없으니까요." 담배 필터가 손가락 사이에서 흔들렸다. 푸른 담배 연기가 불안정하게 요동쳤다. "솔직히 말하면 그 사람이 살해당했다는 소식을 들었을 때도 별다른 감흥이 없었어요. 아아, 지금의 내겐 그 정도로 별 의미 없는 사람이 됐구나 하고 새삼 실감했을 만큼요. 매정하게 들릴지 모르지만 제 마음이 그러니 어쩔 수 없어요. 이제 와서 옛일을 파헤치려고 절 찾아오는 사람이 있으리라고는 상상도 못했어요."

"죄송합니다." 린타로는 머리를 조아렸다. "히이라기 씨 일로 하세가와 씨에게 불편을 끼치는 건 이번이 마지막입니다."

"그랬으면 좋겠네요." 사에코는 순간 방심한 표정을 지었다.

서론은 그 정도로 해두고 본론으로 들어갔다.

"두 분이 알게 된 건 대학교 때라고 들었습니다."

"제가 1년 후배였어요. 대학 유스호스텔 동호회에 같이 있었죠. 1학년 가을쯤부터 사귀기 시작해서 그 후로 쭉……. 흔한 스토리지만 그 사람이 졸업하던 해에는 부모님에게 비밀로 하고 거의 동거에 가까운 생활을 했어요."

흔한 스토리라고 말했지만 그녀에게는 행복한 시절이었으리라. 푸른 담배 연기로 직조된 장막이 그녀의 얼굴에 드리워졌지만, 린타로는 찰나의 노스탤지어가 반짝하고 눈동자를 스쳐 지나가는 모습을 보았다.

"그 무렵부터 결혼할 생각이 있었나요?"

"네, 전 그럴 생각이었어요. 말은 안 했지만 그 사람도 똑같은 마음이었을 거예요."

사에코는 문득 손가락 사이에서 피어오르는 연기를 바라보더니 담배를 재떨이에 비벼 껐다. 연거푸 피우지는 않았다. 가볍게 기침을 한 후 주스로 목을 적시고 다시 이야기에 집중했다.

"노부유키는 문학부였는데 교원자격을 취득하자마자 사이메이 여학원에 취직했어요. 잘은 모르지만 친척 중에 연줄이 있었나 봐요. 부모님에게 그 사람을 소개하고 정식으로 결혼하자는 말이 나온 건 제가 4학년이 되고 얼마 지나지 않은 6월의 일이었어요.

그 사람은 제가 졸업하면 곧바로 식을 올려서 신혼살림을 차릴 생각이었어요. 하지만 저는 대학에서 4년간 어렵사리 공부한 걸 헛되이 날리고 싶지 않아서 그해 여행사에 취직했어요. 그런데 노부유키는 제 결정을 못마땅해해서 그 무렵에는 만나기만 하면 싸웠죠."

사에코의 낯빛에 서서히 홍조가 떠올랐다. 무의식중에 헤어진 남자를 친근하게 부르고 있었다.

"그 일을 계기로 두 분 사이에 균열이 생겼나요?"

"아뇨. 그땐 그 사람을 어떻게든 설득해서 제 결정을 이해시켰어요. 당시만 해도 우리 두 사람은 아직 그런 사소한 일로 균열이 생길 사이는 아니었어요."

그러나 떨림이 묻어나는 그녀의 목소리에는 쓰라린 원한의 빛이 뒤엉켜 있었다. 지금도 마음 한구석에서는 자신에게도 일말의 책임이 있다는 생각을 떨쳐내지 못하는 눈치였다.

"저는 4월부터 출근하기 시작했고, 도내에 거주해야 한다는 회사 방침 때문에 만날 기회가 어쩔 수 없이 줄어들었어요. 이래저래 엇갈리기도 했지만 저는 노부유키를 계속 소중히 여겼고, 직장이 어느 정도 안정되면 언젠가 식을 올려 좋은 아내가 될 준비도 조금씩 하고 있었죠. 그런데 난데없이 그 사건이 일어나 모든 게 다 무너졌어요."

난데없는 사건이라는 말에 린타로는 기억을 더듬었다. '아포스트로피'에서 이마이 노조미에게 들은 이야기가 뇌리에 되살아났다.

"히이라기 씨가 제자에게 손을 댔다는 의혹 말이군요."

사에코가 입술을 깨물었다.

"……알고 있었군요."

"그런 소문이 돌았다는 얘기는 들었습니다."

"소문이 아니었어요."

역시 사실이었나. 사에코는 눈을 내리깔고는 손끝으로 텀블러를 문질렀다. 속마음을 상형문자화하는 듯한 동작이었다. 짧게 탄식을 토하고 고개를 들었다.

"제가 회사에서 일한 지 2년째 되던 해였어요. 그 사람은 교직생활 3년 차였고 처음으로 학급 담임을 맡았죠. 그 반 학생 중에 행실이 바르지 못한 학생이 있었는데 이내 그런 관계에 이르렀나 봐요."

"히이라기 씨가 그 일을 하세가와 씨에게 털어놓았나요?"

"네. 지금 생각해보면 이해가 가는 부분도 없지는 않아요. 마침 회사 일이 재밌어진 시기라 그 사람에게 쌀쌀맞게 군 적도 몇 번 있었으니까요. 그래서 그 사람도 마음에 틈이 생겼는지도 모르죠."

애써 냉정을 유지하려 했지만 담담한 어조에 오히려 동정심이 생겼다. 본인은 아무렇지 않은 척해도 옆에서 보기에는 아슬아슬해서 눈을 뗄 수 없게 하는 여자였다.

"그래서 파혼하게 됐나요?"

"아뇨." 사에코가 딱 잘라 말했다. "그뿐이었다면 시간은 걸렸겠지만 자연스럽게 흘려보냈을 거예요. 이야기를 들어보니 그 사람만 탓할 수 없었어요. 그리고 무엇보다 전 그 사람을 정말로 좋아해서 잃고 싶지 않았어요. 우습죠?"

린타로는 고개를 저었다.

"그럼 다른 결정적인 계기가 있었습니까?"

사에코는 음울하게 얼굴을 찡그렸다. 안면에 침잠한 기억의 앙금이 피부를 뚫고 나와 표정에 드러난 것 같았다. 본인도 그런 자신을 깨달았는지 얼굴을 감추듯 고개를 돌리고는 조금 갈라진 목소리로 대답했다.

"그건 하나의 계기에 불과했어요. 그의 변명을 듣다 보니 다른 것도 숨기고 있다는 느낌이 들었어요. 게다가 그 이전부터 고개를 갸웃하게 하는 고가의 물건을 몸에 걸치고 있어서 수상하다고 생각하던 참이었어요."

"고가의 물건이라고요?" 이야기가 다소 의외의 방향으로 바뀌는 것 같았다.

"네. 더 이상했던 건 소동이 일어나고 학교 측에서 그 사람한테 내린 안일한 처분이었어요. 엄격한 학풍으로 소문난 사이메이 여학원인데도요. 교사의 불상사라면 징계 면직도 서슴지 않을 곳이잖아요."

"그렇긴 하네요."

"그 사건을 들었을 때 저는 어느 정도 각오했어요. 실제로 문제의 여학생은 자퇴라는 형태로 학교에서 쫓겨났으니까요. 그런데 그 사람은 자기 일은 무조건 안심해도 된다, 지금 자기 목에는 강력한 보험이 걸려 있다며 자신만만해했어요."

"강력한 보험?"

"점점 더 수상함을 느껴서 끈질기게 추궁했어요. 제 마음속에도 불길한 예감이 있었는지 몰라요. 마지막에는 그 사람도 작심하고 모조리 자백하더라고요. 그 남자는 사이메이 여학원의 교사가 된 후로 그때까지 계속 이사장과 육체관계를 맺어왔다더군요."

"뭐라고요?" 린타로는 자기도 모르게 목소리가 올라갔는데, 동시에 그 한 가지 사실만으로 몇 가지 수수께끼가 풀림을 깨달았다. "……정말인가요?"

"본인 입으로 분명히 인정했어요."

사에코는 텀블러에 손을 뻗어서 남은 주스를 단숨에 비웠다. 빨대가 뺨을 스쳐 바닥에 떨어졌지만 주우려고도 하지 않았다.

"처음에는 이사장이 유혹한 모양이에요. 틀림없이 만성적인 욕구불만에 시달리는 여자였겠죠."

어제 이사장실에서 피부로 느낀 여자의 시선을 생생히 떠올릴 수 있었다. 그 여장부에 대한 판단은 새삼 수정할 필요조차 없다.

"히이라기 씨는 거절하지 않았고요?"

"신임 교사라서 거절하기 힘들었다고 변명했지만, 아마 그 사람은 호시탐탐 그런 기회를 기다리고 있었겠죠. 그 증거로 그 이후 2년에 걸쳐 요구가 있을 때마다 응했으니까요. 물론 제가 짐작한 대로 대가 없이 그랬을 리도 없고요."

극단적으로 표현하면 정부情夫인 셈이지만 이사장의 약점을 단단히 거머쥔 입장이기도 했다. 두 사람의 치정 사실이 드러나면 이사장과 학교의 권위는 급격히 실추되기 때문이다. 분명 사이메이 여학원에 소속된 교사로서 이만큼 확실하고도 강력한 보험은 없었다.

"그래서 헤어지기로 결심했군요."

"맞아요. 그때 처음으로 오만 정이 떨어졌어요. 제자에게 손을 댄 것보다 아무렇지도 않게 그런 관계를 지속해온 그 뻔뻔함을 전 참을 수 없었어요.

한 번의 실수라면 용서할 수도 있어요. 하지만 꿍꿍이속을 숨기고 거짓말을 쉴 새 없이 늘어놓는 남자에게 제 인생을 맡길 수 없었어요. 그 자리에서 헤어질 결심을 굳혔어요. 그 결단은 지금도 전혀 후회하지 않아요. 오히려 그 남자의 민낯을 너무 늦게 알아서 아쉬울 정도예요."

확실히 그녀는 후회하지 않는 사람처럼 보였다. 하지만 지금의 태도는 6년에 걸쳐서 간신히 구축한 결과물이리라. 아마 그 6년은 오로지 삶을 회복하기 위해서만 안간힘을 쓴던 시간이었을 거라고 린타로는 확신했다.

"히이라기 씨는 파혼을 순순히 받아들이던가요?"

"네. 그 사람은 자기 체면만 신경 썼고, 그 무렵에는 저에 대한 마음도 이미 떠난 지 오래였어요. 오히려 모든 책임을 저한테 떠밀기까지 하더군요."

"무슨 말이죠?"

"진즉에 결혼했으면 이런 일은 안 생겼다고요. 그 정도까지 부끄러움을 모르는 남자인 줄은 몰랐어요. 정나미가 떨어진다는 말이 있잖아요. 그 사람도 저도 그 말을 밑바닥까지 절감했어요. 배신당하고 나서야 처음으로 보이지 않던 부분이 보이더군요. 그 후 어쩔 수 없는 사정으로 세 차례 정도 자리를 함께했지만 말도 거의 안 섞고 헤어졌어요."

"그 후로 한 번도 만나지 않았군요."

"네. 아, 딱 한 번 취해서 집에 전화가 왔어요. 헤어지고 나서 1년쯤 지났을 때였죠. 목소리만 듣고 소름이 돋아서 전화를 끊었어요. 그 전화가 진짜 마지막이었네요."

"그 후로 히이라기 씨의 소식을 들은 적은 없었나요?"

"없어요." 그녀는 조금 망설이다가 덧붙였다. "설마 아직도 독신일 줄은……."

"하세가와 씨와 헤어진 후에도 이사장과 관계를 지속했을까요?"

사에코는 고개를 힘껏 끄덕였다.

"분명 최근까지도 부끄러운 줄 모르고 똑같은 짓을 저질렀을 거예요. 잘리지 않는 이상 끝까지 그럴 작정이었겠죠. 세상에는 그렇게밖에 살지 못하는 인간도 있으니까요."

처음 이야기를 시작했을 때와 비교하면 말투가 확실히 달라졌다. 린타로는 현기증 나는 감정의 롤러코스터에 동승한 기분이었다.

사에코는 문득 자신의 손에 시선을 떨어뜨리고는 약지에 낀 반지를 예쁘다는 듯이 만지작거렸다. 내년 봄에 결혼하기로 한 남자가 있다고 했다. 어떤 남자인지는 모르지만 히이라기 노부유키보다 멀쩡한 남자이기를 그녀를 위해 기도하고 싶었다.

15

환상 7호선을 남하하여 이노카시라 길을 따라 하라주쿠로 향했다. 차를 주차장에 맡기고 햄버거로 허겁지겁 배를 채운 후 보행자 천국 쪽으로 걸어갔다.

일요일 오후라 거리는 인파로 넘쳤다. 햇살 자국이 아직 남아 있는 피부를 화려한 스타일로 감싼 사람들이 쉴 새 없이 색을 바꾸는 거대한 모자이크처럼 거리를 메우고 있었다. 대부분이 10대 젊은이들이었고, 특히 시부카지* 스타일의 여고생 무리가 눈에 띄었다.

발걸음을 내디딜 때마다 지상은 거대한 소리의 도가니로 변했다. 모든 소리를 악보에 찍으면 음표가 이상번식했다고 착각할지도 모르겠다. 도로 양쪽을 아마추어 밴드가 점령했고 그 주위를 소녀들이 득실득실 에워싸고 있었다. 여름방학이 끝났든 아니든 상관없었다. 유례없는 밴드 붐을 상징하는 광경이었다.

기타 케이스를 짊어지고 시원시원하게 거리를 가로지르는 소년들. 보이스 비 시드 비셔스**! 거리에 앰프와 드럼 세트가 설치되고 마이크 스탠드가 세워지자, 드디어 공연이 시작됐다. 제한된 공간을 둘러싼 경쟁도 치열할 터였다. 날이 밝기 전부터 기자재를 들고 와서 겨우겨우 확보한 귀중한 자리임이

---

* 시부야 캐주얼의 약자로, 1980년대 후반부터 90년대에 걸쳐 시부야의 고교생을 중심으로 유행한 패션 스타일.

** 펑크록 그룹 섹스 피스톨즈의 베이시스트.

틀림없다.

그들의 헤어스타일은 천차만별이었다. 장발, 탈색, 삭발, 금발, 스킨헤드, 빗살처럼 꼿꼿이 세운 스타일, 마크 볼란*처럼 모자를 쓴 스타일. 음악도 그 정도로만 개성 있다면 좋을 텐데.

하지만 몰려든 소녀들에게 음악의 독창성은 다음 문제인가 보다. 들썩들썩 성급하게 울리는 비트에 맞춰서 친근한 가사를 노래하는 영웅의 실물이 눈앞에 있으면 충분한 것이다. 보컬의 몸에서 흐르는 땀이 튈 정도로 가까운 거리에서 소녀들은 방방 뛰고, 고개를 흔들고, 팔을 뻗고, 소리 지르고, 주먹을 쳐들었다. 편의점 세대의 컬트 종교 그 자체였다.

연주가 끝나자 록큰롤 전도사가 소리 높여 외친다. 헤이, 에브리바디! 우리 비시바시의 신곡 테이프를 사줘. 오예, 신자들이 앞다퉈 지갑을 열어 얼마 있지도 않은 푼돈을 카세트테이프와 교환했고, 라이브하우스 티켓도 날개 돋친 듯 팔려나갔다.

록은 죽었다. 펑크에 대한 환상도 풍화되고 비즈니스만이 남았다. 하지만 비트는 멈추지 않는다. 들쥐 무리처럼 허무를 향해 돌진한다. OK, 이언. 다음 코드는 뭐지?

---

* 글램록 그룹 티렉스의 리드싱어.

거리를 활보하는 소녀들 가운데 비교적 말이 통할 것 같은 아이를 골라 리플리컨트라는 밴드를 아냐고 물어봤지만 건질 만한 대답은 돌아오지 않았다. 마쓰다 다쿠야가 소속된 밴드는 아직 무명인 모양이었다. 종종 "리플리컨트? 요새 인기 있는 밴드야?"라고 되묻는 상대도 있었다. 아무래도 사람 보는 눈이 떨어진 모양이라고 린타로는 생각했다.

30분가량 인파 속을 헤매고 있는데, 갑자기 누가 등을 두드렸다. 린타로가 돌아보자 밤송이 같은 머리를 노란색으로 염색하고, 물감이란 물감은 모조리 쥐어짠 듯한 티셔츠를 입은 펑크족 소년이 서 있었다.

"아저씨가 리플리컨트에 용건이 있다는 사람이야?"

린타로가 그렇다고 하자 입술이 히죽 일그러진다.

"난 고지라고 해. 아카나메의 리더이고 이 동네에서는 나름 얼굴이 알려졌지."

"아카나메?"

"우리 밴드 이름이야. 요괴 아카나메*. 기억해두는 게 좋아." 롤링스톤즈의 트레이드마크에서 이름을 따온 건가. 결코 센스

---

* 목욕탕이나 욕조에 쌓인 때를 핥아먹는 요괴.

있는 작명은 아니었다. “리플리컨트 녀석들은 우리랑 같은 곳에서 라이브를 해. 안내해줄 테니까 따라와.”

아카나메의 고지가 획 하고 몸을 돌리고는 익숙한 발걸음으로 인파를 헤쳐나간다. 겉보기와는 다르게 인심이 나쁘지 않은 소년인가보다. 린타로는 고지의 뒤를 따랐다.

“아저씨 말야.” 걸어가면서 고지가 물었다. “혹시 레코드 회사의 스카우터야?”

“아니.”

“그럼 연예 프로덕션의 매니저?”

“아닌데.”

고지가 발을 멈췄다.

“그럼 아저씨, 리플리컨트한테 무슨 용건이야?”

“마쓰다 다쿠야라는 애가 있지?”

“다쿠야는 내 친구야. 그럼 혹시 리플리컨트 기타리스트를 빼돌리려고 왔어?”

“아니야. 그 친구하고 할 얘기가 있긴 하지만, 밴드하고는 아무 상관 없어.”

“흐음.” 이 세상에 밴드와 관계없는 일 따위가 있다고는 납득할 수 없다는 표정이었다.

뭐, 그럴 만도 하다고 린타로는 생각했다. 린타로처럼 평범한 차림의 인간이 밴드를 찾아다니면 프로 스카우터라고 오해받아도 이상한 일이 아니다. 실제로 대형 레코드 회사에서 빈번히 아마추어 밴드를 스카우트하는 세상이었다.

50미터쯤 더 걸어가자 거리 한쪽에 스무 명 남짓한 소녀들이 반원으로 둘러싼 그룹과 마주쳤다. 고지가 고개를 돌려서 여기라고 말하자마자 느닷없이 소녀들로부터 환호성이 터져 나왔다.

"딱 맞춰 왔네." 고지가 말했다. "이제부터 리플리컨트 연주가 시작될 거야. 아저씨도 듣고 가."

린타로는 소녀들 앞으로 걸어 나갔다. 리플리컨트의 네 멤버는 제각각 다른 스타일이었는데, 사운드 밸런스를 체크하고 있었다. 튜닝에 여념 없는 기타리스트의 옆얼굴이 낯익었다. 어제 공원 벤치에 앉아 있던 소년이었다. 어제와 똑같은 슬라이&더 패밀리 스톤 티셔츠를 입고 있으니 틀림없다.

"저 녀석이 다쿠야야." 고지가 귓가에 대고 말했다.

리플리컨트의 연주가 시작됐다. 가죽조끼를 입은 보컬이 껑충껑충 뛰며 가사를 고래고래 뱉어냈다. 리듬 섹션은 간신히 존재를 알아차릴 정도로 희미했다. 그리고 거친 금속음의 프레이즈를 연신 거칠게 토해내는 기타.

어느 곡을 연주하든 전형적인 비트의 펑크였고, 곡의 구성이나 가사 모두 블루하츠나 준 스카이 워커스*의 영향이 뚜렷이 드러났다. 대부분 그 곡이 그 곡 같아서 임팩트가 없었다.

교육 체제를 진부한 가사로 비판하는 노래를 몇 곡 부르고, 밴드는 갑자기 야마모토 린다**의 오래된 히트곡 메들리를 연주하기 시작했다. 소녀들도 함께 목소리 높여서 따라 불렀다. 이해가 안 간다. 어떻게 이런 노래를 알지?

연주를 마치자 네 명은 빠르게 거리 뒤로 물러났다. 아카나메의 고지가 기다렸다는 듯이 다쿠야에게 달려가 어깨를 붙잡고 뭔가 이야기했다. 고지가 이쪽을 가리킨다. 린타로는 다쿠야에게 다가갔다.

"할 얘기가 있다고?" 다쿠야가 말했다. 통명이라는 단어를 이마에 써 붙인 것 같다. 티셔츠가 땀에 젖어 몸에 달라붙어 있다.

"널 오늘 처음 본 게 아냐." 린타로는 이름을 밝힌 후 그렇게 덧붙였다. "어제 2시 반쯤 아자미다이의 공원에 있었지?"

---

* 1980~90년대 인기를 모은 일본의 펑크 밴드.

** 1960년 데뷔한 가수.

"무슨 용건이냐니까요?" 이마에 주름을 잡고 린타로를 꼿꼿이 쳐다보며 묻는다. 말끝에 머뭇거림이 묻어났다.

"니시무라 요리코라는 여자애 알지? 요리코에 대해 너하고 할 얘기가 있어. 잠깐 시간 내줄래?"

소년은 장화라도 꿀꺽 삼킨 듯한 표정이었다. 하지만 발끝으로 지면의 흙만 걷어찰 뿐 대꾸가 없었다. 린타로는 '클로저' 테이프를 내밀었다.

"요리코 방에서 찾았어. 네가 준 거지?"

받아든 카세트를 손안에서 두세 번 툭툭 튕기더니 다쿠야는 휴 하고 숨을 내쉬었다. 고개를 들어서 니시무라 요리코를 안다고 인정했다.

"저쪽에서 얘기할까?"

아무도 없는 나무 그늘을 가리키고 발걸음을 내딛자, 다쿠야는 별로 거리끼는 기색도 없이 따라왔다. 내심 거절을 각오했는데 의외였다. 발걸음을 멈추고 얼굴을 마주하자 다쿠야가 짐짓 거친 말투로 입을 열었다.

"형사면 경찰수첩 보여줘요."

"형사 아냐. 의뢰를 받아 사건을 조사하고 있긴 하지만, 경찰하고는 관계없어. 본업은 소설가야."

"……그렇게 안 보이는데." 다쿠야가 말했다. 린타로가 어깨를 으쓱하자 소년의 태도가 조금은 누그러졌다.

"고노 리에라는 학생한테 네 얘기를 들었어. 지난여름까지 요리코와 만났다면서?"

"네." 다쿠야가 팔짱을 끼고는 하늘을 우러러보듯이 허리를 꺾었다. "하지만 최근에는 안 만났어요."

"그래? 그런데 네 혈액형이 뭐야?"

"뭐라고요?" 다쿠야가 턱을 꾹 내린다.

"네 혈액형이 뭐냐고. 미안하지만 불평은 나중에 들을 테니 혈액형이 뭔지 알려줄래?"

"……A형인데요."

"그럼 됐어." 린타로는 다쿠야의 어깨를 두드렸다. "미안. 의심한 건 아니지만, 널 위해서라도 확실히 해둘 필요가 있어서. 우리끼리니까 하는 말인데, 네가 요리코를 임신시켰다고 믿고 싶어 하는 사람들이 있어."

"말도 안 돼." 매섭게 몰아붙이는 눈으로 린타로를 쳐다봤다. "누가 그런 소릴 해요?"

"사이메이 여학원 이사장과 교사들."

"……나쁜 새끼들." 다쿠야가 갑자기 입을 꾹 다물었다.

"요리코에 대해 묻고 싶어. 두 사람이 재회한 때가 작년 5월 이었다고 들었어."

고개를 끄덕이며 무겁게 입을 열었다.

"반창회가 있었어요. 초등학교 졸업하고 처음이었어요."

"요리코와 가까워진 계기가 뭐지?"

"나도 모르겠어요. 처음에는 그냥 우연히 옆에 앉았다가 뭔가 얘기를 하긴 했는데……." 눈빛이 아득해진다. "맞다, 내가 아빠 욕을 시작했더니 니시무라가 갑자기 끼어들면서 대화하게 됐어요."

"네 아버지 욕을?"

"네. 창피한 얘기지만 마침 그 무렵에 아빠가 밖에서 여자를 만들어서 집에 안 들어왔거든요. 그래서 집이 엉망진창이었어요. 지금은 나도 포기해서 아무 말 안 하지만, 그때만 해도 어딜 가서 누굴 만나든지 그 얘기를 했었어요. 어른들이 얼마나 무책임한지를."

잇츠 어 패밀리 어패어It's a family affair— 슬라이&더 패밀리 스톤, 1971년.

소년의 이야기에 탄력이 붙기 시작했다. 자신의 의사와는 상관없이 추억이 그 자체의 무게로 가속도가 붙은 것처럼.

"그랬더니 니시무라가 이러쿵저러쿵 설교를 늘어놓더라고요. 평소 같으면 강요당하는 기분이라 내버려두라고 쏘아붙였을 텐데, 그때 니시무라는 달랐어요. 단순한 참견이 아니라, 뭐라고 해야 하나, 걔가 하는 말에 묘한 사실감이 있어서 나도 모르게 설득당했달까. 아마 니시무라도 나름대로 고민이 있었겠죠. 그래서 내 불평에 공감하지 않았을까."

"그래서 사귀게 됐어?" 린타로가 물었다.

"사귀진 않았어요." 잠깐 고민하다가 다쿠야가 말했다. "아니, 사실 나는 처음엔 마음이 아예 없진 않았어요. 니시무라는 뭐랄까, 좋아하게 될 것 같은 여자애였으니까. 이 테이프도 엄청 고민하고 준 거예요, 작년 생일 선물로. 가장 좋아하는 내 영혼 같은 레코드라서요. 이걸 들으면 매번 카타르시스를 느껴요. 하지만 보컬이 죽어버렸죠."

"이언 커티스 말이지. 나도 알아."

"그럼 내 맘 알겠네요. 내가 니시무라를 꽤 진지하게 대했다는 걸 말이에요. 하지만 아무리 내가 좋아해도 상대가 아니라면 어쩔 수 없잖아요. 우린 키스도 한 적 없어요."

마지막 한마디를 내뱉는 동안 시선은 발끝을 향하고 있었다. 기타를 치는 모습으로부터는 상상할 수 없는, 꽤 순수한 심성의 소유자인 모양이다. 불쑥 제정신이 들었는지 겸연쩍은 표정을 지었다.

"……근데 나 미쳤나? 처음 보는 사람한테 별 얘기를 다 하네."

"하고 싶은 말이 있으면 다 해버리는 게 좋아."

린타로는 공원에서 봤던 소년의 공허한 시선을 떠올리며 말했다. 여기에도 소녀의 죽음에 깊게 상처받은 이가 있다. 당사자는 아직 어려서 상처의 깊이를 제대로 헤아리지 못하는 것 같지만.

"어떻게 표현할지는 나중에 생각하고, 실제로 두 사람은 어떤 식으로 만났었어?"

"학교가 달라서 만나는 건 주말뿐이었어요. 내가 먼저 전화는 안 걸었어요, 니시무라네 집에서 알면 곤란하니까. 니시무라가 전화하지 않으면 언제 어디서 만날지 정해지지 않아서, 난 그냥 막연히 기다렸어요.

어쨌든 전화가 걸려오면 일요일 오전 10시에 시부야 프라임에서 만나기로 약속했죠. 집 근처에서 같이 있으면 니시무라가 안절부절못했어요. 걔네 학교는 이성교제 가지고 시끄럽게 구니까. 그렇게 만나 커피를 마시면서, 뭐라고 해야 하나, 니시무라의 인생론을 들었어요."

"그런 다음에는?"

"그게 다예요." 퉁명스레 말했다.

"그러는 게 재밌었어?"

다쿠야가 양손을 축 늘어뜨리고 괜히 주위를 둘러봤다. 그리고 서서히 날이 밝는 것처럼 다쿠야의 입꼬리가 천천히 올라갔다.

"……난, 그거면 충분했어요. 재미있고 없고는 나중 문제였고요. 니시무라의 얼굴을 보고만 있어도 마음이 풀렸고, 또 만날 딱딱한 얘기만 한 것도 아니었어요. 니시무라가 읽은 책 이야기를 엄청 들었는데, 그것도 지루하지는 않았어요.

그러고 보니 니시무라가 뜬금없이 불러내서 전차를 타고 교외 시골 역에 내리고는 해가 질 때까지 말없이 들판에 앉아 있었던 적도 있었네요. 하도 말을 안 하길래 뭐하러 왔냐고 물었더니 새를 본다고 했어요."

"새를 좋아했다고 들었어."

"그건 나도 알아요. 근데 이상하지 않아요? 니시무라는 고양이를 키웠어요. 새를 좋아하는데 어떻게 고양이를 귀여워하지? 앞뒤가 안 맞잖아요. 새를 좋아하면 고양이 말고 카나리아라도 키우지."

혼란스러운 감정이 밀물처럼 표정에 들이닥쳐 다쿠야는 말을 잃었다. 죽은 소녀에 대한 확고한 이미지가 다쿠야의 입에서 언어를 빼앗은 것 같았다. 연약한 새에게 눈길을 기울이는 상냥함과 어둠 속에서 발톱을 세우는 고양이의 공격성을 아끼는 심리는 전혀 모순이 아니라고 린타로는 생각했다. 17세 소녀의 내면에는 그 두 가지가 어엿이 공존할 수 있다.

린타로는 화제를 바꿨다.

"요리코는 무슨 마음으로 너를 만났을까? 아니, 정말로 널 좋아하지 않았다고 단언할 수 있을까?"

소년은 입술을 오므리고는 상반신을 오뚝이처럼 좌우로 흔들었다. 표정이 갑자기 어른스러워졌다.

"그런 건 몰라요. 하지만 니시무라를 몇 번이나 만나면서 문득 이런 생각이 들었어요. 니시무라는 나한테 설교를 늘어놓으면서 사실은 자신을 타이르는 게 아닐까."

"자신을?"

"이상한 말이지만요. 처음에는 분명 니시무라가 가족 문제로 기분이 더러웠던 나를 위로해줬어요. 나도 니시무라한테 이런저런 불만을 털어놓으면서 꽤 기운을 차렸고요. 근데 어느 순간 깨달았어요. 아무리 남의 괴로움을 그냥 지나치지 못하는 친절한 사람이라도 동정에는 한도가 있기 마련이라고. 니시무라가 내게 관심을 가진 이유는 내 안에서 자신의 모습을 봤기 때문이 아닐까요. 이런 말로 이해할지 모르겠네요."

린타로는 고개를 끄덕이며 계속 말하라고 재촉했다.

"아까도 말했지만 니시무라도 나처럼 뭔가 고민이 있다고는 막연하게 느꼈어요. 여름방학이었으니까 8월 중순이었나, 맨날 내 불평만 듣지 말고 너도 고민이 있으면 말해보라고 한 적이 있어요."

"그랬더니?"

"니시무라는 화들짝 놀랐어요. 정색하면서 고민 같은 건 없다고 바득바득 우기더라고요. 그래서 대화가 딱 끊겼는데, 한참 지나고 니시무라가 자기 엄마 얘기를 꺼냈어요. 걔네 엄마 몸이 불편하다는 건 나도 알고 있었는데, 니시무라에게는 꽤 큰 부담이었나 봐요. 정체 모를 죄책감이 니시무라의 마음을 사로잡고 있는 것 같았어요."

"죄책감?" 표현은 다르지만 모리무라 다에코도 비슷한 말을 했다.

"네. 니시무라 본인도 왜 그런 감정에 사로잡혔는지 모르는 눈치였어요. 그냥 가끔 엄청 외로운 기분에 휩싸일 때가 있다고만 했죠. 결국 그 이상은 말하지 않았지만, 니시무라가 나에게 조금이나마 정을 준 이유는 그것과 관계가 있다고 느꼈어요."

"그것이라니?"

다쿠야는 적확한 단어를 찾기라도 하듯 쫙 펼친 손으로 가슴 앞 공기를 끌어모았다.

"……부녀관계라고 해야 하나, 잘 표현하기 어렵지만, 아빠일 말이에요. 니시무라는 나랑 아빠의 다툼을 마치 자기한테 일어난 일처럼 받아들였어요. 걔네 아빠는 잘 모르지만 어쩌면 사이가 나빴을지도 몰라요."

"아니, 그렇지 않아." 린타로는 말했다. "아버지는 딸을 누구보다 사랑했어."

"그럼 내 착각이었나 봐요. 어쨌든 그 대화가 있고 난 다음에 만났을 때 니시무라한테 말했어요. 네 엄마 몸이 불편한 건 네 탓이 아니니까 괜히 끙끙 앓아봐야 소용없다고. 근데 니시무라가 복잡한 얼굴을 하고 가버렸어요. 그때부터였어요, 니시무라와 만나지 않게 된 건."

리에의 말과 다르다는 걸 깨닫고 린타로는 다쿠야의 말을 가로막았다.

"두 사람이 멀어진 이유는 네가 밴드 연습에 집중해서가 아니었어?"

"누가 그런 소리를 했는지 모르지만, 아니에요. 니시무라가 만나자고 했으면 밴드보다 그쪽을 우선했을 테니까요. 밴드에 집중하게 된 건 니시무라가 날 거들떠보지도 않게 된 이후에요. 아니, 거들떠보지도 않았다는 말은 좀 이상한가. 오히려 다른 데 흥미를 느끼기 시작했달까."

"이를테면 좋아하는 남자가 생겼다든지?"

"히이라기라는 선생이요?" 노골적으로 얼굴을 찌푸리며 토사물을 내뱉듯이 그 이름을 입에 담았다. 증오의 표현이다. "글쎄, 어떨까요. 근데 그 사람이랑 별개로 그전부터 마음에 걸리는 일이 있어요."

"그게 뭐지?"

"작년 10월 일요일이었는데 중년의 남자와 걸어가는 니시무라를 시부야에서 우연히 마주쳤어요. 50대 후반쯤 됐고 무지 낡은 양복을 입고 있었죠. 지방에서 막 올라온 사람처럼 보였는데 니시무라하고는 전혀 어울리지 않는 아저씨였어요.

내가 이름을 불렀더니 니시무라는 날 알아보고 조금 당황해했어요. 남자는 별 반응 없었고. 누구냐고 니시무라한테 물어 보니까 아빠 친구라고 대답했어요. 묘한 조합이네, 하고 생각했지만 남자의 태도가 자연스럽기도 했고, 니시무라가 당황한 것도 나 때문인 듯해서 그냥 그 자리에서 헤어졌죠."

"아빠 친구? 이름은 안 물어봤어?"

"잠깐만요, 그 남자가 먼저 말한 것 같은데. 그러니까……." 눈을 감고 떠올리려고 애쓴다.

"다카하시 아니었어?" 린타로가 먼저 선수를 쳤다.

"아냐." 눈을 팍 떴다. "이가 뭐랬는데, 아, 이가라시다. 이가라시라고 합니다, 라고 남자가 인사했던 게 기억나요."

이가라시. 처음 듣는 이름이다. 대체 누구지?

16

알파로메오를 꺼내러 주차장으로 돌아갔다. 천천히 걸어가며 다쿠야의 목격담을 어떻게 해석해야 할지 고민했다.

이가라시라는 중년 남자. 아버지 친구라는 애매한 대답에는 왠지 순간적으로 둘러댄 거짓말의 냄새가 났다. 무엇보다 니시무라 유지와 나이 차이가 많이 난다. 어쩌면 니시무라 요리코에게 사실대로 말할 수 없는 사정이 있었던 게 아닐까?

한 걸음 더 나아가 상상해보면 죽은 소녀가 원조교제를 했을 가능성도 있다. 시부야라면 마루야마초의 호텔가가 코앞인 곳이다. 실제로 소녀는 올 5월에 임신했다. 그게 첫 경험이라는 확증은 어디에도 없다. 어쩌면 거리에서 만난 이름도 모르는 남자가 소녀를 임신시켰을지도 모른다. 만약 그런 일이 있었다면, 이 사건의 기본적인 개요가 무너지고 만다…….

아니, 이건 아니다. 근거 없는 상상에 비약이 난무한다. 허술한 상념 위에 옥상옥을 세우는 격이다.

애당초 '이가라시'가 니시무라 요리코의 연상의 애인 같은 인물이었다면 다쿠야가 그 자리에서 눈치챘을 것이다. 대화를 나누는 동안 느꼈지만 다쿠야는 그 정도로 둔감한 소년이 아니다. 비정상적이고 불순한 냄새를 맡았다면 두 사람을 그냥 가게 내버려두지 않았으리라.

린타로는 억측에 정신이 팔리려는 자신을 경계했다. 지금은 '이가라시'라고 자칭한 수수께끼의 인물에 대해 자의적인 판단을 내릴 때가 아니다. 무엇보다 그 남자에 대해서는 이번 사건과의 관련성 여부를 포함해서 아무런 정보가 없었다.

우선 '이가라시'라는 남자의 정체를 특정하는 것이 선결 과제다. 단서가 많지 않지만 일단 니시무라 요리코의 말을 믿고 확인해볼 수밖에 없다. 아버지의 친구. 니시무라 유지의 주변에 '이가라시'라는 인물이 있는지 알아본다. 설령 요리코가 거짓말을 했더라도, 그 사실을 알아낸 것만으로도 일종의 진전이다.

이따가 다카다와 도내 호텔에서 만나기로 약속했지만, 아직 그 시각까지 제법 여유가 있었다. 알파로메오를 찾아 246호선을 서쪽으로 달렸다. 목적지는 니시무라 유지의 집이었다.

니시무라 가 현관에 도착한 시각은 3시 전이었다. 초인종을 누르자 모리무라 다에코가 문을 열었다. 린타로의 얼굴을 보자 낯익음과 당혹감이 뒤섞인 표정을 지었다.

"갑작스레 죄송합니다." 린타로는 고개를 숙였다.

"무슨 일 있나요?"

"부인에게 물어볼 게 있어서 찾아왔습니다."

"일단 올라오세요." 다에코가 말했다. 오늘은 단추가 일렬로 달린 베이지색 원피스 차림이었고, 머리를 올려 묶어 정리했다.

어제처럼 곧바로 부인의 방으로 안내할 줄 알았는데 툇마루를 지나더니 정원과 접한 방에 도착했다. 문을 열자 한동안 사람 출입이 없었던 공간 특유의, 그 자체로 의지를 가진 듯 내밀하게 가라앉은 공기와 마주쳤다. 비치된 물건을 보니 원래 접객실로 썼던 공간 같았다.

"사모님에게 여쭤보고 올게요."

린타로가 고개를 끄덕이자 다에코는 방에서 나갔다. 얼마 지나지 않아 돌아와서는 미안한 표정으로 말했다.

"죄송해요. 오늘은 누구하고도 만나고 싶지 않다고 하세요. 실은 오늘 아침부터 마음이 영 편치 않다고 하셨거든요."

"몸 상태가 안 좋으신가요?"

"아뇨. 아마 정신적인 피로가 쌓여서 그러시겠죠. 가벼운 자율신경실조증 같아요. 흐트러지지 않으려고 어제도 무리하셨나 봐요. 저도 눈치채지 못했지만요." 자책감이 자석처럼 그녀의 양손을 몸 앞으로 당겼다.

"죄송합니다." 린타로는 사과했다. 확실히 무신경하게 굴었는지도 모르겠다. "제 탓인가 보군요. 어제 제가 한 질문 때문에……."

다에코가 고개를 저었다.

"어제 때문만은 아니에요. 그전부터 온갖 스트레스가 쌓여왔을 거예요. 더군다나 교수님이 좀처럼 의식을 회복하지 않으니 사모님 마음이 얼마나 아프겠어요. 이 일로 제가 해드릴 수 있는 건 아무것도 없지만요. 그런데도 사모님은 노리즈키 씨를 언짢게 만들었을까 걱정하시더라고요."

"아닙니다. 느닷없이 들이닥친 제가 경솔했습니다. 다른 날을 기약해서 찾아뵙겠습니다."

자리에서 일어나려는데 다에코가 조심스럽게 린타로를 불러 세웠다.

"저, 무슨 용건인지 모르겠지만 혹시 괜찮으시면 제가 사모님에게 대신 여쭤볼까요?"

"그래도 될까요?"

"불편하지 않은 간단한 질문이라면요."

"그럼 부탁드립니다." 린타로가 말했다. "니시무라 교수님 지인 가운데 이가라시라는 분이 있는지 알고 싶습니다."

다에코가 기억을 더듬어보는지 잠깐 손가락으로 입술을 꾹 눌렀다.

"제가 기억하는 선에서는 그런 이름을 들은 적이 없네요. 오래된 친구분일지도 모르지만. 그런데 왜 그런 걸 궁금해하시는지?"

린타로는 잠깐 고민하다가 다쿠야의 목격담을 요약해서 전했다. 다만 다쿠야의 이름은 언급하지 않고 학교 친구에게 들었다고 윤색했다.

"시부야에서 중년의 남자하고 걸어갔다고요?" 이야기를 다 듣고 나자 다에코가 종이로 만든 모형 새처럼 표정이 굳어졌다. "요리코답지 않아요."

그러나 요리코는 그녀답지 않은 죽음을 맞이했다.

다에코는 잠깐 기다려달라고 말하고는 린타로를 남기고 방에서 나갔다. 부인에게는 일단 '이가라시'라는 이름만 물어보겠지. 신경을 자극하면 안 되기에 그 밖의 일들엔 입 다물고 넘어가리라.

혼자 기다리고 있는데 장식장 위에 엎어놓은 액자가 눈에 띄었다. 왠지 눈길이 가서 액자를 들어 사진을 봤다.

오래된 가족사진이었다. 빛바랜 색감이 세월의 흐름을 말하고 있었다. 분위기는 상당히 달랐지만 분명 이 집 정원에서 찍은 사진이었다. 계절은 봄. 뒷배경에는 느릅나무가 자리 잡았고 초록빛 싱그러운 풀잎들이 싹트고 있었다. 이 나무도 지금은 없다. 그 나무줄기 앞에 오래전 니시무라 가족이 서 있다. 언뜻 봐도 14년 전 사진임을 알 수 있었다.

니시무라 유지에게는 무한한 미래를 긍정하는 청년의 잔상이 남아 있었다. 이때 서른둘이었을 것이다. 와이셔츠 단추를 목까지 채우고 등줄기를 곧추세우고 있다. 손으로 직접 짠 듯한 털조끼를 입었다.

그의 오른쪽 옆에 임신 중인 아내의 모습이 보였다. 임부복 아래의 배가 꽤 튀어나온 걸로 보아 사고 직전에 찍은 사진 같았다. 남편의 팔이 격려하듯이 그녀의 어깨와 팔을 감싸고 있다. 지금보다 훨씬 통통한 얼굴에 혈색도 좋았고, 부드럽고 온화한 미소를 만면에 떠올리고 있었다.

그리고 아직 어린 니시무라 요리코가 있었다. 단발머리에 나풀거리는 레이스가 달린 분홍색 원피스가 잘 어울렸다. 나이는 세 살이었을 것이다. 양손으로 아빠 오른팔에 매달린 채 빨간 구두를 신고 까치발을 하고 있었다. 장밋빛 두 뺨이 미소 짓고 있다. 당장이라도 키득키득하는 웃음소리가 들릴 것만 같았다.

세 사람 모두 행복으로 충만한 표정이었다. 사진 속 세 사람은 미래에도 이와 같은 행복이 이어지리라고 조금도 의심하지 않는 듯 보였다.

하지만 실제로는 그렇지 않았다. 가혹한 운명은 이 직후 배 속의 8개월 된 아들을 빼앗았고, 니시무라 우미에의 몸에서 자유를 빼앗았으며, 그리고 14년의 세월이 지난 후엔 하나 남은 딸의 목숨마저 빼앗아갔다.

사진을 보고 있자니 니시무라 유지의 행동이 이해될 것 같았다. 그는 사이메이 여학원과 히이라기 노부유키에게 복수했다기보다 가차 없는 운명에 과감하게 저항한 게 아닐까.

"이렇게 좋은 분들인데. 왜 이런 끔찍한 일들만 일어날까요."

어느새 모리무라 다에코가 기척도 없이 뒤에 서서 어깨 너머로 사진을 들여다보고 있었다. 린타로는 사진을 장식장에 엎어놓는 대신 세워놓고는 자세를 고치며 물어봤다.

"뭐라고 하시던가요?"

다에코가 눈을 내리깔며 안타깝다는 듯 고개를 저었다. 뜬금없는 감상이지만, 그런 제스처가 묘한 분위기를 자아내는 여성이었다.

"사모님은 그런 이름을 가진 분은 모른다고 하시네요."

"그런가요."

부인에게 기대를 걸었지만 모른다는데 어쩔 수 없다. '이가라시'의 추적은 일단 보류해둘 수밖에 없다.

꽤나 낙담한 얼굴로 보였는지 다에코가 안쓰럽다는 듯 말을 건넸다.

"한 번 더 요리코의 방을 조사해보실래요? 이름과 관련된 뭔가가 나올지도 몰라요."

"아뇨, 그럴 수는 없죠."

호의에 기대는 것도 정도가 있다. 애초에 그는 이 집에 초대된 손님이 아니다.

그리고 요리코의 방을 조사한다고 해도 수확이 있을 리 없다. '이가라시'와 연결되는 단서가 남아 있었다면 당연히 니시무라 유지가 먼저 발견했을 터였다.

"죄송해요, 아무 도움도 못 드려서." 미안했는지 다에코가 다른 화제를 꺼냈다. "그러고 보니 어제저녁에 야지마 구니코 씨가 오셨어요."

"야지마 씨가요?"

다에코가 고개를 끄덕이더니 앗 하고 당황한 표정을 지었다. 자기 입으로 말하고도 난처해 보였다.

"야지마 씨는 노리즈키 씨에 대해 상당히 예민한 것 같더라고요." 다에코가 말했다. "노리즈키 씨한테 방심하면 안 된다고 사모님에게……."

완곡히 표현했지만 다에코의 표정에서 훨씬 강한 뉘앙스가 전해졌다. '사이메이 여학원의 스파이'라는 말도 분명히 나왔을 것이다. 아무래도 야지마 구니코에게는 단단히 미움을 산

모양이었다.

"병원에서 잠깐 얘기했을 뿐인데 말이죠."

"그렇다고 들었어요. 뭔가 오해했나 봐요, 노리즈키 씨에 대해서요. 평소에는 정말 좋은 분이에요." 모리무라 다에코에게는 이 집안과 관련된 인간 모두가 좋은 사람일 것이다. "차분히 대화를 나눌 기회만 있으면 오해도 풀릴 텐데요."

"저도 그러면 좋겠습니다만." 린타로는 비관적으로 말했다.

"어쨌든 너무 신경 쓰지 마세요." 틈을 두지 않고 다에코가 실수를 만회하려는 듯이 덧붙였다. "사모님은 어제 나눈 대화로 노리즈키 씨의 인품을 신뢰하고 있으니까요. 오늘 만나지 않겠다고 하신 것도 결코 구니코 씨 탓은 아니에요."

린타로가 신경 쓰지 않는다고 대답하자 다에코는 안심했다. 그렇게 대화를 마무리 짓고 물러났다.

밖으로 나왔다. 아까 가족사진을 봐서인지 린타로는 발을 멈추고 정원을 둘러봤다. 코스모스의 초록 잎들이 일제히 바람에 흔들렸다. 14년 전 세 사람은 이 코스모스 앞에 나란히 서서 파인더를 향해 미소 지었다.

어제 들렀을 때 무심코 지나쳤던 부분이 눈에 띄었다. 그 주변의 흙만 최근 누군가가 파헤친 듯이 볼록 솟아 있었다. 린타로는 웅크려 앉아 지면을 살펴봤다.

흙이 아직 단단히 굳지 않아서 맨손으로 파헤칠 수 있었다.

부패한 고양이의 사체가 묻혀 있었다.

17

알아차리지 못하도록 고양이 사체를 다시 묻고 차로 돌아가서 운전석에 앉았다. 더러워진 손을 닦고 팔짱을 낀 후 자신이 파낸 것에 대해 생각했다. 지금까지는 상상의 성 밖으로 나오지 않았던 의혹이 단숨에 구체성을 띠기 시작했다.

시동을 걸어 니시무라 유지의 집에서 멀어졌다. 이제 도심으로 유턴이다. 5시에 다카나와의 호텔 로비에서 다카다와 만나기로 약속했다. 다카다와는 숨김없이 이야기할 생각이었지만 이야기의 결론을 떠올리면 마음이 무거워졌다.

알파로메오의 배기음이 슬슬 지겨운 참이었다. 아무 생각 없이 글러브박스에 손을 넣었더니 전에 탔던 운전자가 놓고 갔는지 카세트테이프가 나왔다. 카스테레오의 카세트덱에 밀어 넣자 뜻밖에도 도어스의 곡이 흘러나왔다.

'디 엔드The End'다. 짐 모리슨의 노랫소리가 바람에 녹아

든다.

영락한 황야에 상처투성이로 남겨지고
아이들은 모두 광란에 휩싸였다.
그리고 정신을 놓은 아이들은
소나기가 오기를 기다린다.

다마가와를 지나칠 때쯤 뒤에서 따라오는 스카이라인의 존재가 신경 쓰였다. 룸미러에 몇 번이나 보일락 말락 거리를 유지하는 모습에서 고의성이 느껴졌다. 아무래도 미행당하는 모양이었다.

앞자리에 남자 둘이 앉아 있는 걸 보면 도카시 같지는 않았다. 사이메이 여학원 이사장이 좀 더 머리가 돌아가는 남자를 보냈을까? 하지만 그럴 가능성은 희박하다고 생각했다.

따돌릴까 했지만 자신의 운전 실력을 고려하니 역시 쉽지 않을 듯했다. 알파로메오로 자동차 추격전을 벌이면 그림이야 멋지겠지만, 지금처럼 도로가 막히는 상황에서 차를 컨트롤할 자신이 없었다. 게다가 왼쪽 핸들은 이번이 처음이었다. 미행을 눈치채지 못한 척하고 저쪽에서 어떻게 나올지 지켜보는 편이 현명하다는 결론을 내렸다.

호텔에 도착해서 차를 주차장에 맡겼다. 약속 시간 5분 전이었다. 입구 회전문을 지나 천장이 높은 로비를 둘러보자 프런트 근처 소파에 다카다가 앉아 있었다. 학회지 편집회의 때문인지 블레이저에 넥타이까지 맨 격식을 차린 복장이었다. 다카다도 린타로를 알아보고 자리에서 일어났다.

그때였다. 갑자기 뒤에서 암벽등반가 못지않은 악력이 린타로의 어깨를 붙들었다. 뒤돌아보자 공중전화박스를 연상케 하는 거한이 견직 셔츠에 유난히 화려한 무늬의 넥타이를 매고 분필을 세워놓은 것 같은 하얀 치아를 환히 드러내며 미소 짓고 있었다.

그리고 등을 두드리는 인물이 한 사람 더 있었다. 공중전화박스의 치아에서 눈을 떼고 쭈뼛쭈뼛 고개를 돌리자 이탈리아제 양복을 멋들어지게 걸친 투자 컨설턴트 풍의 남자가 서 있었다. 영화 〈미국 친구〉의 데니스 호퍼와 닮았다. 축제에서 파는 장난감 피리처럼 삑삑대는 목소리가 말을 걸었다.

“노리즈키 린타로 씨죠? 이제부터 우리와 함께 가주시겠습니까?”

“사람 잘못 보셨어요.” 망설이지 않고 바로 대꾸했다. “그런 시대극 등장인물 같은 이름은 처음 듣는군요."

"잘못 봤어도 상관없습니다. 우리 보스가 당신과 만나고 싶어 합니다. 이런 데서 시끄럽게 굴고 싶지 않습니다. 순순히 따라주시죠, 노리즈키 씨."

"곤란한데."

어깨를 으쓱하려고 했지만 공중전화박스가 단단히 움켜쥐는 바람에 마음먹은 대로 움직이지 않았다. 다카다는 로비 중앙에서 걸음을 멈추고 당황한 얼굴로 이쪽을 쳐다보고 있다. 더 이상 다가오지 말라고 다카다에게 눈짓을 보냈다.

"미안한데, 곧 아름다운 여성과 저녁 약속이 있어서 말이야." 데니스 호퍼에게 말했다. "보스와의 만남은 다음으로 미룰 수 없을까?"

"그것참 공교롭군요. 하지만 우리 보스는 바쁜 분이라 분 단위 스케줄로 생활하십니다. 당신과 대화할 시간은 지금밖에 낼 수 없습니다. 그러니 아름다운 여성과의 약속보다 우리를 우선해주실까요."

"당신 보스가 누구길래 이러는 거요?" 그때 순간적으로 머리를 스치는 생각이 있었다. "아, 그렇군. 이제 알겠어. 요즘 매스컴에서는 이런 우스꽝스러운 방식으로 섭외를 하나 보군. 어느 방송국에서 나오셨나?"

2인조는 서로를 바라봤다. 방금 질문에 언짢은 기색을 감추지 않는다. 데니스 호퍼가 고개를 저으며 린타로에게로 시선을 돌렸다.

"방송국이라니, 이것 참 난감하군요. 하지만 선생님 앞에서는 절대 그런 말을 입에 담으면 안 됩니다. 매스컴이라면 질색하시니까요."

"……선생님?"

린타로가 되묻자 데니스 호퍼가 의미심장하게 고개를 끄덕인다. 그렇다면 이 두 사람은 역시나 도카시의 후임으로 파견된 자들인가?

"이번엔 미즈사와 의원이 직접 호출하셨다, 이건가?"

2인조는 또다시 서로 바라봤다. 공중전화박스의 치아에서 까마귀 소리 같은 웃음이 새 나온다. 헛다리를 짚었나 본데, 분 단위 스케줄에 쫓기는 다른 선생님은 떠오르지 않았다. 눈앞의 개그콤비의 등장은 전혀 이해가 가지 않는 사태였다.

"아무래도 뭔가 오해하셨나 봅니다." 데니스 호퍼가 다시 입을 열었다. "하지만 하나하나 설명할 시간이 없습니다. 어찌 됐든 함께 가시죠. 위해를 가할 의사가 없을 때 말입니다."

데니스 호퍼가 파트너에게 눈짓을 보낸다. 공중전화박스도 그에 맞춰서 윙크를 했다. 완곡한 협박이다. 따라오지 않으면 끔찍한 꼴을 당한다는 의미다. 물론 이렇게 보는 눈이 많은 로비에서 무슨 짓을 하지는 않겠지만, 뒤탈의 우려가 있다. 차를 돌진한다거나 우편으로 폭탄을 보내는 식의. 앞으로 어떤 위험이 기다릴지 모른다.

그런데 린타로는 오히려 위기감보다는 2인조의 보스라는 인물에게 흥미가 생겼다. 어쩌면 '이가라시'로부터의 초대일지도 모른다. 물론 아무 근거도 없는 순간적인 망상이지만.

"어쩔 수 없네요."

"처음부터 그리 말씀하셨으면 얼마나 좋아요." 데니스 호퍼가 말했다. 이 남자는 게이가 아닐까 하는 생각이 불쑥 들었다. 그가 손가락을 튕기니 그제야 공중전화박스가 어깨에서 손을 뗐다.

그 자리에서 오른쪽으로 돌아 문으로 향했다. 결과적으로 다카다를 바람맞히는 셈이지만 여기서 괜히 아는 체해서 말썽에 휘말리게 할 수도 없었다. 살아서 돌아가면 사과해야겠다고 마음먹었다. 희망적으로 관측해보자면 말이다.

둘 사이에 샌드위치처럼 껴서 밖으로 나갔다. 근처 길가에는 예상대로 아까 봤던 스카이라인이 불법 주차되어 있었다. 데니스 호퍼가 운전석에 앉았고 린타로는 공중전화박스와 함께 뒷좌석에 처박혔다.

데니스 호퍼는 후루카와바시에서 메이지 길로 차를 몰았다. 핸들을 돌리는 손놀림이 우아했고 교통정체를 힘들어하는 기색도 없었다. 페퍼민트 껌을 씹으며 쓸데없는 말은 한마디도 않고 핸들을 움직였다.

한편 공중전화박스는 주머니에서 동그랗게 말린 실을 꺼내고는 지루함을 때우듯이 실뜨기를 시작했다. 애들이 하는 수준의 단순한 실뜨기가 아니었다. 복잡한 고도의 기술을 구사해 복잡한 패턴을 만들어나갔다. 우락부락한 손가락과는 어울리지 않게 움직임은 섬세하고 우아하기까지 했다. 린타로는 어느샌가 넋을 잃고 공중전화박스의 손끝의 기량에 시선을 빼앗겼다.

스카이라인은 신주쿠도 지나갔다. 데니스 호퍼는 이케부쿠로 방면으로 향하는 것 같았다.

데니스 호퍼가 선샤인 길에 면한 빌딩 앞에 차를 세우고는 린타로에게 내리라고 지시했다. 회원제 피트니스클럽이 들어선 빌딩이었다. 경비원으로 보이는 남자가 입구를 지키고 있었다. 자못 삼엄한 태도를 보건대 상당히 고급 클래스의 클럽인 듯했다. 일반인이 함부로 출입할 수 있는 분위기가 아니었다.

데니스 호퍼와 공중전화박스는 아무런 제지도 받지 않고 안내데스크를 통과했다. 단골인지 얼굴만 보였는데 무사통과다. 안내데스크 아가씨의 미소를 받는 혜택이 린타로에게까지 돌아갔다.

엘리베이터를 타고 지하로 내려갔다. 지하 2층 홀을 걸어가자 철썩거리는 물소리가 들려왔다. 공중전화박스가 홀 끝에 이르러 화려한 색채의 문을 열었다. 초록빛 조명이 잔물결 치는 수면으로 반사되며 린타로의 눈으로 날아들었다.

실내 풀이었다.

휑뎅그렁한 풀사이드에 한 남자가 서 있었다. 남자는 문소리에 뒤돌아봤다. 표범 같은 눈을 갖고 있었다. 천천히 린타로 쪽으로 걸어왔다.

40대 중반으로 보이는 다부진 몸집의 남자였고, 빳빳이 다림질한 와이셔츠에 넥타이, 낙낙한 검은 바지 차림이었다. 얼굴색은 전형적으로 골프장에서 태운 피부였고 이마가 좁았으며 자연스럽게 웨이브 진 머리에는 빗질 자국이 선명히 남아 있었다. 발걸음은 자신감으로 충만했고 구두 소리가 높은 천장에 날카롭게 울려 퍼졌다. 남자가 다가오자 자세를 똑바로 가다듬는 2인조의 기척이 느껴졌다.

"갑작스레 불러내서 미안하군." 남자의 목소리는 크롬으로 도금한 것처럼 매끄럽고 싸늘했다. "도저히 지금이 아니면 시간을 낼 수가 없어서 말이지. 이런 식으로 모실 수밖에 없었네."

린타로가 어떤 태도를 취해야 할지 망설이는데, 남자가 데니스 호퍼와 공중전화박스에게 자리를 비키라고 명령했다. 둘은 머리를 조아리고는 소리 내지 않고 홀에서 사라졌다.

"자네 표정을 보니 우선 자기소개부터 해야겠군." 남자가 말했다. "다카하시라고 하네. 아마 내 이름은 자네 귀에도 들어갔으리라 생각하네만."

그런 거였나. 린타로는 어제 도카시에게 들은 이야기를 떠올렸다. 아까 2인조가 웃은 이유도 이제 납득이 갔다. 물과 기름을 착각한 것이다.

"니시무라 씨의 옛 친구라는 말을 듣긴 했죠."

"그래." 다카하시가 고개를 끄덕이고 린타로를 풀사이드로 이끌었다.

"꽤나 요란하게도 초대하셨군요."

"아, 방금 두 사람 말인가." 다카하시가 말했다. "그래도 재밌었지?"

"너무 구닥다리라고요."

"자네가 로맨틱한 남자라는 얘기를 들어서 말이지." 다카하시는 빈정 상한 기미도 안 보였다. "누구든 마음 깊은 곳에서는 비일상적인 순간과 조우하기를 기대하지. 자네도 예외가 아닐 거야. 거절하려고 마음먹었으면 간단했을 텐데 구태여 시키는 대로 여기까지 따라온 이유는 요란한 방식에 흥미를 느껴서잖나?"

그렇긴 하지만 이번 초대의 목적은 영 석연치가 않다. 다카하시가 니시무라 부녀 사건과 아무 관련이 없다는 사실은 이미 오늘 아침 도카시가 자기 입으로 인정했다. 그렇다면 그의 속셈은 대체 뭐란 말인가?

다카하시가 풀사이드에 멈춰 섰다. 린타로는 그의 옆에 나란히 서서 수면으로 시선을 떨어뜨렸다.

하얀 수영복을 입은 남자가 자유형으로 풀을 왕복하고 있었다. 아까부터 들려오던 물소리의 주인공이었다. 노년의 남자였는데, 스트로크는 무난했지만 스태미나는 보통이 아니었다. 린타로가 보는 사이에도 25미터를 두 번 왕복했다. 이 공간을 혼자 대여한 모양이었다.

"귀가 빠른 기자들 사이에서 묘한 소문이 돌고 있어." 다카하시가 수면에서 눈을 떼지 않고 입을 열었다. "우리 선생님 지역에서 일어난 살인 사건에 내가 관여하고 있다고 말이야. 사이메이 여학원의 평판을 떨어뜨리기 위해 니시무라의 딸이 살해된 사건을 교사의 범행이라고 날조하는 인물이 나라는 거야. 다음 선거를 위한 포석이라는 명목으로 말이지. 딸의 장례식 후 내가 니시무라와 밀담을 나눴다는 얘기까지 들었어. 말도 안 되는 소리지. 난, 니시무라 딸의 장례식에 가지도 않았으니까. 그러기는커녕 니시무라와 연락을 끊은 지 벌써 10년이 넘었어."

"니시무라 씨 부인에게 들었죠."

린타로가 한마디 하자 다카하시가 곁눈질로 힐끔 쳐다봤다.

"물론 소문은 소문일 뿐이지." 다시 아까와 같은 페이스로 말을 이었다. "밑도 끝도 없는 소문이야 가만 놔두면 알아서 사라져. 그런데 그 소문을 증명하려는 인간이 있다더라고. 애당초 그런 건 증명이 불가능하지만, 소문이 그럴싸하면 굳이 사실이 뒷받침될 필요가 없지. 증명하려는 인간이 있다는 사실만으로 진실이 되니까. 이를테면 자네처럼 매스컴의 환영을 받는 인물이라면 더더욱 말할 나위 없지. 확실히 말하겠네, 노리즈키 군. 자네가 이 사건을 파헤치면 설령 결과가 어떻든 우리 선생님에게 폐를 끼쳐. 선생님은 그 일로 상당히 신경이 날카로워지셨네."

린타로가 반론하려고 할 때 물속에서 남자가 손으로 사다리를 붙들고 올라왔다.

이미 노인이라 해도 무방한 나이대였지만, 관록이 흠씬 묻어나는 체격은 의외로 근육이 탄탄했고 피부의 탄력도 잃지 않았다. 피부에 떠오른 검버섯은 감출 수 없었지만, 아직 몸 전체를 덮을 정도는 아니었다. 물에 젖은 백발이 밥그릇을 뒤집어쓴 것처럼 뒤통수에 딱 달라붙어 있었다.

다카하시가 수건을 들고 다가갔다. 노인은 어깨를 짓누를 것 같은 두툼한 목을 돌려 다카하시가 내민 수건을 받아들었다. 그때 린타로의 존재를 알아차린 모양이었다. 경영용 물안경을 벗자 눈두덩이에 파묻힌 작은 두 눈이 나타났다.

다카하시가 노인에게 린타로가 누군지 알렸다. 아직 애송이 아니냐는 목소리가 언뜻 린타로의 귀에 들렸다. 노인은 수건으로 상반신을 감고 몸을 흔들며 이쪽으로 두세 걸음 옮겼다.

"아부라타니네." 노인이 말했다. 이름 외에는 아무런 수식어가 붙지 않는다. 국가 권력의 최고 기관에 적을 둔 자에게 늘어지는 자기소개 따위는 필요 없다 이건가.

"노리즈키라고 합니다." 발을 모아서 고개를 숙였다.

"좀 더 앞으로 오시게." 허스키한 목소리로 말했다. "시간이 없으니 솔직히 묻지. 나에 대한 부당한 선전 활동에 종사하고 있다는 말이 사실인가?"

"아닙니다."

"그런데 내 귀에 그리 유쾌하지 않은 정보가 들어왔네. 실제로 자네는 어제 사이메이 여학원 이사장과 만나서 얘기를 했다던데?"

"그건 사실입니다." 솔직하게 대답하기로 했다. "하지만 저도 나름대로 생각이 있어서 받아들인 수사입니다. 그들이 원하는 대로 움직일 마음은 없습니다."

"과연 자네 생각대로 될까. 그 인간들은 자네 의도와는 상관없이 자네를 이용할 속셈이겠지. 그들의 꿍꿍이에 놀아나지 않으려면 이 건에서 발을 빼야 하네."

"발을 뺄 생각은 없습니다." 린타로는 단호히 말했다. "그리고 그들이 절 이용하게 놔둘 마음도 없습니다. 저는 지혜를 관장하는 미네르바 신 외엔 그 누구에게도 이용당할 마음이 없습니다."

"방금 한 말 들었나?" 그가 다카하시에게 물었다. 손자의 재롱잔치를 흐뭇하게 지켜보는 너그러운 할아버지를 연상시키는 음색이었다. "기백이 보통이 아니로구먼. 하지만 아무리 기백이 좋아도 내실이 없으면 멍청이나 마찬가지지. 이보게, 노리즈키 군, 그런 말을 호기롭게 내뱉는 걸 보니 뭔가 믿는 구석이 있군."

린타로는 잠깐 고민하고 나서 말했다.

"사이메이 여학원 이사장의 입을 다물게 할 정보를 갖고 있죠." 오늘 아침 하세가와 사에코로부터 입수한 정보다. "그걸 비장의 패로 사용하면 저를 바람잡이로 써먹는다는 계획을 무산시킬 수 있습니다."

노인의 자그마한 눈 깊숙한 곳에서 빛이 번득였다.

"자네가 갖고 있는 패가 뭔지 물어봐도 되겠나?"

"그건 말씀드릴 수 없습니다. 전 그쪽 수하가 될 마음도 없으니까요."

"내 수하? 흥, 애송이가 겁도 없이 주둥이를 나불대는군." 노인이 몸을 크게 꺾으며 웃었다. "뭐, 됐어. 허세라도 이렇게까지 말한다면 믿어주지. 그 대신 이 말만은 해두겠네. 별 시답잖은 일로 내 골머리를 아프게 하는 건 이번이 마지막이라고 말일세."

"전 한 번도 그쪽 골머리를 아프게 한 적이 없는데요." 린타로는 여전히 거리낌 없이 대꾸했다.

"앞으로도 그런 태도를 잊지 않았으면 좋겠군. 내가 작정했다면 내 인맥을 이용해 자네 아버지에게 압력을 가할 수도 있었지. 허나 그러지 않고 자네와 직접 대면하는 쪽을 택한 이유는 서로 간에 신뢰를 쌓아두고 싶어서였네. 불시에 허를 찔러서 압력을 가하는 건 매스컴이나 하는 방식이니까." 신음소리를 토한 후 덧붙였다. "……어쨌든 매스컴의 장단에 놀아나지 않길 바라네."

"이 사건과 관련된 취재 신청은 모두 무시하고 있습니다."

"그게 가장 현명하지. 무엇보다 나는 매스컴이란 족속을 절대 믿지 않네. 그놈들은 기생충이랑 똑같아. 자기 손으로는 아무것도 만들어내지 못하니까. 내가 하고픈 말은 끝났네."

아부라타니는 자기 말에 고개를 끄덕이고는 휙 몸을 돌려서 라커룸 쪽으로 걸어갔다. 그러다 갑자기 멈춰 서서 두꺼운 목을 이쪽으로 돌렸다.

"그나저나 자네가 소설을 쓴다고 들었네. 어떤 소설을 쓰나?"

"추리소설입니다."

"추리소설이라." 노인이 코웃음 쳤다. "미안하네만 난 그딴 건 한 번도 읽어본 적이 없어. 애당초 추리소설 따위를 읽는 작자들이란 얼빠진 좌파 놈들이니까. 자네보고 하는 소리는 아니네만……." 갑자기 눈빛이 진지해졌다. "그런데 요새 젊은 소설가의 눈으로 볼 때 일본 낭만파는 어떤가?"

"공부가 부족해서 잘 모릅니다."

"글렀군." 거만한 말투로 변했다. "그래서야 소설가로서 실격이야. 펜으로 먹고사는 자라면 야스다 요주로*쯤은 마땅히 읽어야지. 난 장차 일본을 지배하는 정신을 일본 낭만파에서 배워야 한다고 믿어. 이 시대를 살아가는 자네와 같은 젊은이야말로 야스다 요주로를 읽어야 하네. 그러면 보다 더 조국의 아름다움을 칭송할 수 있을 걸세."

"……일본 낭만파 말이죠."

"이제 시간이 다 됐습니다." 다카하시가 대본을 읽는 어조로 말했다.

---

* 일본 낭만파를 대표하는 비평가.

"그래, 알고 있어. 잘 있게, 노리즈키 군. 좋은 소설을 쓰게나. 그리고 방금 충고 잊지 말도록."

노인은 몸을 흔들며 정말로 린타로 앞에서 모습을 감췄다.

18

노인이 라커룸으로 사라지자 다카하시가 어처구니없다는 듯 고개를 절레절레 저었다.

"하룻강아지 범 무서운 줄 모른다더니, 참나. 평소라면 자네 같은 작자는 말도 못 붙이는 거물이야. 잘도 뻔뻔한 소리를 지껄이더군."

"그런가요." 린타로도 지지 않고 말했다. "일본 낭만파는 전전戰前 천황제 파시즘의 온상에서 형성된 사상 아닌가요. 맨정신으로 그런 말을 내뱉는 인물에게 국정을 맡겨놓았다니 일본이 과연 정상이라 할 수 있을지 모르겠군요."

다카하시가 씩 하고 미소 지어 보였다.

"그런 소리를 하니까 얼빠진 좌파 취급을 받지. 하지만 뭐, 됐어." 입술 한쪽을 꽉 말아 물었다. "자네한테 궁금한 게 있네. 솔직히 말해주면 좋겠군. 니시무라 사건은 지금 어떻게 진행되고 있나?"

오늘 린타로를 호출한 진짜 목적은 이 질문을 하기 위해서가 아니었을까. 린타로는 문득 그런 생각이 들었다.

"상당히 묘하게 돌아가고 있죠."

"그 말은?"

"……폭풍이 몰아칠지도 모르겠네요." 애매한 표현으로 확답을 피했다. "그런데 그쪽의 힘을 빌렸으면 하는 일이 있습니다."

"힘을 빌린다니." 다카하시가 입안에서 되뇌었다. "내가 무슨 도움이 될까."

"니시무라 씨 일로 묻고 싶은 게 있습니다. 잠깐 시간을 내주시겠습니까?"

다카하시는 셔츠 소매를 걷어 올리고 손목시계로 시선을 떨궜다.

"30분 정도라면 어울려줄 수 있겠군. 위층 라운지에 가서 얘기하지." 다카하시가 말했다.

엘리베이터를 타고 4층으로 올라갔다. 라운지는 당구대를 둔 풀 바 형태의 공간이었다. '로프트49'라는 간판이 보였다.

둘은 안쪽 룸에 자리를 잡았다. 라운지와는 문으로 구획되어 있었고, 윈드햄 힐*의 곡이 대화에 방해되지 않을 정도의 음량으로 흘렀다.

다카하시는 담배에 불을 붙이며 린타로에게 물었다.

"우미에 씨하고도 만났나 본데, 몸 상태는 여전하던가?"

"네."

"어쩔 수 없나. 회복될 가망이 없다고 했으니." 한숨과 함께 담배 연기를 뱉었다. "니시무라 얘길 하자고 했지만, 최근 일은 아는 게 없어. 아까도 말했듯이 소식을 끊은 지 한참 됐으니까. 기껏해야 연하장을 주고받는 정도였어."

"그렇게 소원해진 이유가 뭐죠?"

"우미에 씨의 사고 이후 니시무라가 극도로 사람을 꺼렸어. 일시적인 현상이라고 생각했지만 나 역시 얼굴을 마주하기가 불편했지. 그리고 개인적인 사정도 있었고. 나는 그때까지 근무하던 광고대리점을 퇴사하고 독립한 직후였거든. 코앞의 일로 정신이 없어서 자연스레 발걸음이 멀어지고 말았네." 다카하시가 생각에 잠긴 표정을 짓고는 덧붙였다. "그리고 아마 내가 결혼한 것도 이유 중 하나였겠지."

---

* 뉴에이지 음악 전문 레이블.

불쑥 어떤 생각이 린타로의 의식 표면에 떠올랐다. 물어볼 만한 가치가 있을 것 같았다.

"그런데 야지마 구니코 씨와는 아는 사이죠?"

"그래." 예상했던 대로 다카하시의 음색이 바뀌었다. "그 이름이 나오는 걸 보니 여전히 니시무라 가를 드나드는 모양이군."

"네. 지금 야지마 씨가 부인 대신 병원에서 니시무라 씨를 간병하시더군요."

다카하시의 미간에 주름이 잡혔다.

"만났나?"

린타로는 고개를 끄덕였다.

"야지마 씨가 신경 쓰이시나요?"

"그래." 이번에는 잠시 침묵에 잠겼다. "야지마라고 부르는 걸 보면 성이 바뀌지 않았나 보군."

"네." 아무래도 정곡을 찌른 모양이었다.

"옛날에 진지하게 프러포즈를 한 적이 있어." 다카하시가 말했다. 크롬으로 도금한 듯한 인공적인 목소리는 어느샌가 자취를 감추었다.

"다카하시 씨가 야지마 씨한테요?"

"그래."

"괜찮으시다면 그 얘기를 들려주십시오."

"곰팡이가 슬 정도로 오래된 얘기야." 다카하시가 새 담배에 불을 붙였다. "가까워진 건 고등학교 때였어. 그때 우린 지금 생각하면 믿을 수 없을 정도로 젊었어. 반은 달랐지만 모두 학생회 임원이었지. 니시무라가 회장이고 야지마 구니코는 부회장. 그 둘은 성적도 좋았지. 우미에 씨는, 그래, 서기였어. 이전성은 나가시마였고. 난……, 아니, 실은 난 임원도 아니었어. 니시무라와 같은 반 친구라는 핑계로 학생회실에 매일 죽치고 있었지."

"니시무라 씨와 부인은 그 무렵부터 사귀기 시작했나요?"

"그랬다고 해야 할까. 나랑 야지마 구니코가 그 둘을 이어줬어. 처음에는 우미에 씨의 짝사랑이었지. 아니, 니시무라는 둔감한 남자라서 우미에 씨 마음은 까맣게 몰랐다고 해야 정확한가. 그래서 우미에 씨가 야지마 구니코에게 사랑 고민을 털어놓았다는군. 야지마 구니코가 절친한 친구를 위해 발 벗고 나섰음은 말할 나위 없겠지."

"그랬군요. 야지마 씨는 니시무라 씨의 친구인 당신에게 협력을 구했을 테고요."

"그래, 맞아. 흔해 빠진 얘기잖아. 나는 그녀와 공모해서 둘을 연결하는 데 열중했어. 그야말로 이시자카 요지로*의 소설이었지." 다카하시는 그렇게 말하고는 눈을 가늘게 떴다. "그때 야지마 구니코는 남자도 꼼짝 못하는 여장부였어."

"지금도 그렇더군요."

"우린 제법 괜찮은 콤비였어. 별의별 짓을 다 했지. 니시무라와 우미에 씨를 맺어주려고 우리 둘이 사귀는 척도 했어. 그런 노력이 보람이 있어서 니시무라와 우미에 씨는 연인으로 맺어졌지. 그런데 나는 그렇게 끝낼 수 없었어. 처음에는 야지마 구니코와 가짜로 사귀는 척 연기를 했지만, 어느샌가 연기가 아니게 된 거야. 하지만 그런 식으로 시작하는 바람에 나도 새삼스레 야지마 구니코에게 마음을 고백할 수가 없었어. 니시무라와 우미에 씨를 포함해서 주위 친구들은 우리를 공식 커플로 여겼지만, 실상은 아니었어. 그러다가 마음을 굳게 먹고 고등학교 졸업식 날 내 진심을 전했지."

"그날 프러포즈를 했나요?"

"이봐, 나도 그렇게까지 발랑 까지지는 않았네." 쓴웃음이 다

---

* 통속소설로 인기를 모은 작가.

카하시 입가에 새겨졌다. "하지만 다른 의미로 발랑 까진 면이 있었지. 자만했어, 당연히 예스라는 대답이 떨어질 줄 알았거든. 그런데 아니었어. 그 자리에서 미안하다고 하더군. 좋아하는 남자가 있어서 내 마음을 받아들일 수 없다고 덧붙였어. 그 남자가 누구일 것 같나?"

"설마……."

"그래, 그 설마야. 니시무라를 쭉 좋아했다고 하더라고. 난 내 귀를 의심하면서 그럼 왜 우미에 씨와 니시무라를 맺어줬냐고 따져 물었지. 그러자 야지마 구니코가 우미에는 친구니까, 라고 대답하더군. 그 나이대 여자애들 머릿속은 지금도 모르겠어." 고개를 절레절레 젓다가 담배 연기가 눈에 들어갔는지 연신 눈을 깜박였다.

"그래서요?"

"하지만 그 무렵엔 이미 니시무라와 우미에 씨 사이를 비집고 들어갈 여지가 없었어. 야지마 구니코라고 그걸 모르진 않았겠지. 그래서 나는 그녀의 마음이 바뀔 때까지 언제까지라도 기다리겠다고 했어. 야지마 구니코는 고맙다고는 했지만, 그럴 일은 절대 없을 거라고 확신하는 듯했어."

"그 후로 네 분의 관계에 변화가 있었나요?"

“아니. 나와 야지마 구니코는 니시무라와 우미에 씨에게 그 일에 대해선 일언반구도 안 했어. 야지마 구니코가 그러기를 바랐으니까. 그래서 고등학교를 졸업한 뒤로도 우리의 만남은 표면적으론 달라진 것 없이 이어졌어. 야지마 구니코는 변함없이 나와 허물없이 지내줬지. 변화를 꼽자면 네 사람 중 나만 대학에 떨어져 재수를 했다는 정도일까. 그 탓에 다음해 4월, 난 야지마 구니코를 선배라고 부를 처지에 놓였지.

미리 말해두지만 도쿄 올림픽 전후 시절이었어. 낡은 것과 새로운 것이 기묘하게 뒤섞여서 누구라 할 것 없이 붕 떠 있는 청춘 시절이었지. 지금은 무게 잡는 인간들도 그 무렵엔 모두 철없는 젊은이였네. 비틀즈마저 얼치기의 음악이라며 일축했으니까.

니시무라는 T대학 법학부에서 영미법을 공부하다가 영국 정치사에 심취하며 대학에 남아서 연구를 계속하기로 결심했어. 유지 집안의 차녀였던 우미에 씨는 본가 근처의 부잣집 영애들을 위한 학교에서 4년을 보냈고. 야지마 구니코는 W대학 문학부에서 사회학을 전공했지. 난 같은 대학 불문과였는데 입학하자마자 연극에 완전히 정신이 팔린 탓에 수업에는 거의 나가지를 않아서 리에종liaison과 에리종élision도 구별 못 하고 졸업했지.” 자기가 말해놓고 표현이 마음에 들었다는 듯 다카하시가 가볍게 어깨를 으쓱거렸다.

“야지마 씨와 둘이서 만난 적은 없었나요?” 린타로가 물었다.

“그렇지도 않았어. 우린 니시무라와 우미에 씨를 빼고도 곧잘 만났으니까. 연극과 문학에 대해 물리지 않고 대화를 나눴지. 같은 대학을 다녀서였기도 했지만, 둘 다 주변 시선을 신경 쓰는 타입도 아니었고. 그런 걸 질긴 인연이라고 해야 하나. 물론 그 당시에 난 그렇게 느끼지 않았지만 말이야. 숨김없이 무슨 얘기든 하는 사이였지만, 니시무라에 대해서만은 서로 언급하지 않으려고 신경 쓰던 게 기억나는군.”

“그럼 프러포즈는 언제 하셨죠?”

“사회인이 되고 나서지. 대학을 졸업하고 나는 지인의 소개로 모 광고대리점에 근무하게 됐어. 요새처럼 학생들 사이에서 각광받는 직종이 아니었지만 괜찮은 회사였어. 유능한 선배가 많았고 일도 재밌었지. 야지마 구니코와도 종종 만났어. 그녀는 나보다 한 해 빨리 졸업해서 아동문학 출판사에 다니고 있었고.”

다카하시는 자세를 고쳐 의자에 깊숙이 앉고는 테이블 밑으로 다리를 꼬아 이야기를 계속했다.

"그해 여름, 네 달 치 월급에다가 빚까지 얹어 반지를 샀어. 싸구려 보석이었지만 신입사원이었던 내게는 눈이 튀어나올 만한 가격이었지. 5년을 묵혀온 중대한 결심이었어. 야지마 구니코를 불러내서 아무 말 없이 반지를 건넸어……. 야지마 구니코도 아무 말 없이 물리더군. 나는 다시 5년을 기다리겠다고 말했어. 야지마 구니코는 입술을 악문 채로 고개만 저었어."

"여전히 니시무라 씨를?"

다카하시가 고개를 끄덕였다.

"그 무렵 니시무라 씨와 우미에 씨는 어땠나요?"

"이미 양가에 결혼 승낙을 받은 상황이었어. 니시무라는 본인 희망대로 대학원에서 공부를 계속했고 우미에 씨는 졸업 후에 집에서 영어 과외를 하면서 약혼자가 어엿한 학자가 되기를 기다렸지.

그런데 그 두 사람은 주위에서 애가 탈 정도로 결혼에는 신중했어. 니시무라가 원래 그런 남자야. 우미에 씨가 유지 집안의 딸인 만큼, 재산을 노리고 결혼했다는 시선을 받고 싶지 않았겠지. 본인이 학자로 독립할 때까지는 결혼하지 않겠다고 결심했던 모양이야. 그 후 런던 유학 얘기가 나왔을 즈음에는 식만이라도 먼저 올리고 가라고 열심히 설득했어. 하지만 니시무라는 결코 고집을 꺾지 않았지. 결국 우미에 씨를 일본에 남겨둔 채 2년간 영국에 다녀오고 나서야 혼인을 하더군. 스물여덟인가 아홉이었을 때야. 니시무라도 어지간하지만, 정말 대단한 쪽은 우미에 씨라 할 수 있지."

"야지마 씨는 니시무라 씨에게 자신의 마음을 전하려고도 하지 않았나요?"

"그랬을 거야. 유학 전에 우미에 씨와 식을 올리라고 니시무라를 설득할 때, 반대로 넌 왜 야지마 구니코와 결혼하지 않냐고 니시무라가 되물은 적이 있었어. 정말 뭐라 대답할 말이 없더군. 너 때문이라고 말할 수는 없으니 말이야. 결국 야지마 구니코의 마음은 니시무라가 전혀 알아차리지 못한 채 끝났어. 이제 와서 생각하면 솔직하게 자기 마음을 전하는 편이 야지마 구니코에게도 낫지 않았을까 싶네."

"다시 본론으로 돌아가죠." 린타로가 말했다. "그로부터 5년 후 다시 프러포즈하셨나요?"

"아니." 다카하시가 고개를 저었다. "마침 니시무라와 우미에 씨가 결혼할 무렵이어서 말이야. 그런 시기에 프러포즈하는 건 상대의 약점을 파고드는 행위 같아서 내키지 않았어. 내 마음이 다소 약해지기도 했겠지. 또 그 즈음부터 일에 의욕이 생기기 시작했달까, 진지하게 독립을 고민하던 시점이었어. 그렇게 프러포즈할 기회를 몇 번이고 놓치는 사이 독립 계획은 점점 구체적으로 진행되었고, 난 그간 다니던 회사를 퇴사했지. 그때 후원해주던 분으로부터 맞선 제안을 받았어. 딱히 강요받은 건 아니지만, 내게도 나쁘지 않은 얘기였어."

"야지마 씨에게는 뭐라고 하셨나요?"

"그때 내 나이가 서른둘이었고, 야지마 구니코에 대한 오랜 연모의 세월에 마침표를 찍을 마지막 기회라고 생각했어. 삼세번에 정직하게 도박을 걸었지. 야지마 구니코의 마음을 분명히 확인해서 예스라는 대답을 얻으면 맞선을 거절할 작정이었어. 하지만 반쯤 예상했던 대로 야지마 구니코는 어려운 길을 고르더군. 이게 마지막이라고 나는 말했어. 야지마 구니코는 알겠다고 했어. 그걸로 끝이었네. 허망한 이별이었지."

다카하시는 짧은 침묵으로 추억의 쓴맛을 감추었다. 짓눌린 꽁초로 재떨이가 가득 차 있었다.

"난 즉시 맞선을 보고 그해 가을 결혼했네. 그사이에 우미에 씨에게 불행한 사고가 닥쳤고, 야지마 구니코는 우미에 씨를 위로하기 위해 니시무라 가에 자주 드나들게 됐지. 나는 야지마 구니코와 마주치지 않기 위해 그 집 문턱을 드나들지 않게 됐고 말이야. 세월이란 참 빠르지. 그로부터 벌써 14년이 흘렀어. 우리 큰아들도 중학생이야.

지금은 무슨 일을 하냐고? 아부라타니 선생님이 1980년 중의원 참의원 동일선거 캠페인 때 같이 일하자고 제안하셔서 선생님 품으로 들어갔지. 그로부터 벌써 10년 가까이 신세를 지고 있군. 야지마 구니코의 이름을 떠올린 것도 거의 10년 만인가……. 흠, 나도 이제 늙었나 보군. 시답잖은 옛이야기로 지루하게 만든 건 아닌지."

"아뇨. 야지마 씨 일화만으로도 충분히 참고가 됐습니다." 인사치레가 아니라 진심으로 한 말이었다.

다카하시는 린타로의 눈을 지그시 들여다봤다. 마치 린타로의 속내를 훔쳐보겠다는 듯이. 그리고 정말로 속내를 읽고는 말했다.

"……자네도 나 못지않게 야지마 구니코한테 혼쭐이 났나 보군."

린타로는 씩 하고 미소 지었다. 그런 공통점 때문에 다카하시가 수다를 떨었는지도 모르겠다.

"자네는 니시무라 얘기가 제일 궁금하겠지만, 말했듯이 최근의 자세한 사정은 전혀 몰라." 다카하시가 말했다. 대화를 정리하려는 말투다. "니시무라의 딸 요리코도 정말 어릴 때밖에 본 적이 없어. 엄마를 빼닮은 귀여운 아이였지. 낯을 가린다고 할까, 내가 선물로 과자를 들고 가도 절대 가까이 오지 않고 니시무라 무릎에서 떨어지지 않더라고. 아빠만 졸졸 따라다녔달까. 그렇게 정성을 기울여서 키운 딸이 그런 죽음을 맞이했으니 니시무라가 얼마나 원통했겠어. 니시무라의 마음도 충분히 이해가 가."

다카하시가 팔을 뻗어서 시계를 봤다.

"이야기에 다소 몰두하고 말았군. 이제 가야 하네." 목소리에 차가운 기운이 되살아났다.

"하나 더 묻고 싶습니다."

"뭔가?"

"이가라시라는 사람을 아시나요? 니시무라 씨의 오랜 친구라고 들었습니다."

"이가라시. 이가라시라." 다카하시가 손끝으로 빙빙 원을 그렸다. "어디서 들어본 적이 있는 것 같긴 한데……. 정말 생각이 안 나는군. 우미에 씨한테는 물어봤나?"

"네. 짐작 가는 인물이 없다고 하더군요."

"그런가." 고개를 갸웃거렸다. "그럼 자신이 없군. 한번 알아보겠지만 큰 기대는 말게."

"만약 알아내면 이쪽으로 연락 주세요." 린타로는 자택 전화번호를 다카하시에게 알려줬다.

라운지를 나와서 엘리베이터를 타고 1층으로 내려가자 데니스 호퍼와 공중전화박스가 대기하고 있었다. 공중전화박스는 여전히 양 손가락으로 실뜨기를 하고 있었다. 다카하시가 두 사람에게 린타로를 다카나와까지 바래다주라고 지시했다.

돌아가는 차 안에서 공중전화박스에게 남는 실이 있냐고 물었다. 보고 있자니 왠지 해보고 싶어졌다. 공중전화박스는 히죽 웃고 하얀 치아를 드러내며 자기 손가락에 걸려 있던 실을 건넸다.

"자신있는 거 해봐."

공중전화박스가 말을 하다니, 놀라운 일이었다.

4단 사다리를 만들어 보이자 공중전화박스가 또다시 까마귀처럼 웃고는 직접 '미크로네시아의 썰물'이라는 패턴을 가르쳐주었다. 형태는 4단 사다리와 비슷하지만 어떤 수순을 반복하면 단수가 한없이 증가한다. 단 하나하나가 해안의 바위를 나타낸다고 한다. 즉 썰물로 물이 빠지면서 서서히 바위가 모습을 드러내는 형태다. 역순으로 단수를 줄여나가면 밀물이

된다. 합리적이다.

"수학적 귀납법의 위상기하학적 표현이지"라고 공중전화박스가 설명했다. 겉모습과는 안 어울리게 학식 있는 남자였다.

호텔 앞으로 돌아오자 7시 반이었다.

"폐를 끼쳤군요." 데니스 호퍼가 변함없이 삑삑대는 목소리로 말했다. "아름다운 여성분에게도 잘 말씀 부탁드립니다."

린타로는 어깨만 으쓱하고는 대꾸 없이 아스팔트 길에 내렸다. 문을 닫으려고 하는데 공중전화박스가 말을 걸었다.

"생각날 때마다 방금 가르쳐준 수순을 연습해. 곧 손가락이 움직임을 기억하게 될 거야. 그러면 절대 까먹지 않지."

린타로는 고개를 끄덕였다. 그러고는 "수학적 귀납법의 위상기하학적 표현 말이지" 하고 미소 지었다.

공중전화박스의 하얀 치아가 잔상을 남기고 스카이라인과 떠나갔다.

혹시나 하는 마음에 로비에 가봤다. 어쩌면 다카다가 기다리고 있을지도 모른다. 린타로의 예상은 빗나가지 않았다. 다카다가 기다리고 있었다.

19

“괜찮으세요?” 다카다가 물었다. “수상한 사람들이 데려가서 걱정했어요. 그 사람들, 대체 뭐하는 작자들인가요?”

간략하게 사정을 요약해서 설명했다. 다카하시라는 이름을 들어본 적 없냐고 물어봤다.

“성함은 들어봤습니다. 안면은 없지만요. 그 남자가 이번 사건과 관련이 있나요?”

“관련이 없다고 날 설득하는 게 다카하시의 목적이었던 모양이야. 흥미진진한 이야기를 들었으니 헛걸음은 아니었지만, 그 대신 자네에게 폐를 끼치고 말았군. 정말 미안해.”

“전 괜찮습니다.” 다카다가 손을 저었다.

“계속 여기서 기다렸나?”

“네. 남겨지고 나서 어떡할지 고민했지만 별다른 방안도 없으니 여기서 기다려야겠다고 생각했어요.”

다카다는 신경 쓰지 말라고 했지만 두 시간 반이나 기다리게 했다. 린타로는 거듭 사과했다.

“아니에요, 정말 괜찮습니다. 받아온 원고를 검토할 시간이 생겨서 오히려 고마울 정도였으니까요.” 다카다가 진지한 얼굴로 말했다. "그보다 교수님의 수기가 마음에 걸리네요."

다카다의 말이 옳았다. 그 일을 논의하는 게 본래 목적이었다.

"두 시간 반이나 기다리게 한 주제에 염치없지만, 이제부터 계속 시간을 내주겠어?"

"네. 오늘은 더 이상 일정이 없습니다. 막차까지는 여유 있어요."

"소음을 신경 쓰지 않고 천천히 얘기할 수 있는 자리로 옮기는 게 낫겠어. 이 부근에 그럴 만한 장소가 있을까?"

"괜찮은 가게를 압니다. 조금 멀지만요."

"나한테 차가 있어. 안내해줘."

미타의 '킹콩'이라는 가게에 도착했다. 이름과는 어울리지 않게 바로크 음악이 흐르는 고즈넉한 레스토랑이었다. 환한 가게 안에 손님은 몇 사람 없었다.

"니시무라 씨 용태에 변화가 있어?" 코너 쪽 자리에 앉아서 주문을 마치고 린타로가 물었다.

"순조로이 회복되고 있다고 합니다. 내일 아침 집중치료실에서 일반병실로 옮긴다고 담당 선생님이 말씀하셨어요."

"다행이네."

다카다가 복잡한 표정을 지었다.

"오후에는 현경에서 사정청취가 있었나 봅니다."

"예정보다 상당히 빨리 이루어졌군."

"압력이 이만저만이 아닌 모양이에요." 다카다의 표정이 한층 더 복잡해졌다.

마냥 느긋하게 앉아 있을 수는 없었다. 린타로는 가져온 니시무라 유지의 수기 복사본을 펼쳤다.

"그럼 본론으로 들어갈까. 이제부터 이 수기를 근거 삼아 새로운 시점으로 사건을 검토해보자고. 서로 솔직한 의견을 가감 없이 개진하면 사건의 진상이 보일 거야. 처음에는 내 생각을 말할 테니까, 자네는 그걸 듣고 옳고 그름을 판단해줬으면 해."

다카다가 긴장한 표정으로 고개를 끄덕였다.

"출발점은 어제도 언급했던 8월 26일의 기술 후반부의 한 줄이야. 자네도 알아차렸듯이 니시무라 씨는 그 부분에서 명백한 오류를 범하고 있어.

'나는 엊그제 쓴 수기에서, 이 의문을 해소할 유력한 가설 하나를 타진해보았다'.

그렇게 기술한 뒤 니시무라 씨는 사이메이 여학원이 경찰에 부당한 압력을 가했을 가능성을 재차 언급하지만, 실제로 니시무라 씨가 수기에서 그 의혹을 표명한 건 8월 24일의 일이지. 끝에서부터 다섯 번째 단락에 해당 기술이 있어.

즉 26일에서 보자면 **그제**에 해당하는 날이지, 니시무라 씨가 쓴 것처럼 **엊그제**의 문장이 아냐. 이건 수기 자체가 가진 모순이야.

물론 그것뿐이라면 지극히 사소한 실수라고 볼 수도 있어. 단순한 기억 착오거나 잘못 적은 것일 뿐, 수기 전체의 신뢰성을 흔들만한 실수는 아니야. 인간이 하는 일에는 실수가 따르기 마련이니까, 날짜 정도는 충분히 착각할 수 있어. 트집 잡을 만한 거리는 아냐.

그런데 또 한 가지 사실이 내 주의를 끌었어. 하루걸러 기술이 길어진다는 점이야.

우선 문제의 8월 26일 기술을 보면 분량이 상당히 많고, 수기 전체를 놓고 봤을 때 가장 매수를 많이 차지하는 하루야. 그 내용은 첫머리에서 요리코의 장례식에 대한 감상을 쓴 후, 나머지 약 6분의 5는 눈에 잡히지 않는 범인의 정체를 추론을 통해 밝혀나가는 과정이지.

한편 그다음 날인 27일은 수기 전체 중에서도 하루 치 기술이 가장 짧은 날이야. 말할 나위 없이, 그날은 니시무라 씨가 히이라기 노부유키라는 표적을 발견한 중요한 하루였어.

이제 이 이틀간의 기록에 대해 한 걸음 더 나아가 검토해보지.

우선 26일. 난 이 이례적인 길이에 의문이 생겼어. 그날 니시무라 씨의 컨디션을 짐작해보자고. 이날은 요리코의 장례식 날이었던 만큼, 하루를 마칠 무렵이면 니시무라 씨의 심신도 완전히 피폐해지지 않았을까. 기력의 문제로만 따지면 그렇잖아. 니시무라 씨한테 그 정도로 끈기 있게 범인상을 좁혀나갈 힘이 남아 있었다?

이어지는 27일에 대한 의문은 이와 정반대야. 이날의 기술은 어째서 이렇게 짧게, 단순한 사실의 나열로 마무리했을까. 자기 딸을 죽인 범인의 윤곽을 드디어 잡았다는 흥분에 사로잡혔다면 좀 더 쓸 얘기가 많지 않았을까? 인간의 심리로는 그쪽이 더 자연스럽잖아. 그럼에도 이날의 기술은 짧아. 부자연스러울 정도로 짧아.

26일 기술이 지나치게 길다면 27일 기술은 지나치게 짧아. 그런데 이 이틀을 합쳐 평균을 내면 딱 하루 치 기술의 분량이 돼.

이 점을 염두에 두고 아까 날짜를 착각한 의미를 다시 생각해보자고. 니시무라 씨는 26일 기술 후반부에서 그제라고 써야 할 부분을 엊그제라고 잘못 썼어. 그런데 만약 잘못 쓴 게 아니라면? 다시 말해 니시무라 씨의 26일 기술 중 최소한 후반부는 실제로는 그다음 날인 27일 시점에서 가필한 게 아닐까 하는 의문이 생기지."

린타로는 거기서 일단 말을 끊고 다카다의 의견을 구했다.

"제가 마음에 걸렸던 점도 그 부분이었습니다." 복잡한 표정으로 생각을 쥐어짜듯이 다카다가 말했다. "길이의 문제까지는 미처 생각해보지 못했지만, 26일 기술 속 추론이 너무 정확해서 왠지 작위적으로 느껴졌어요. 예컨대 요리코가 자전거를 집에 두고 갔다는 사실로부터 범인의 자택이 오르막길에 있다고 결론 내리는 대목이 있잖아요. 특히 그 부분이 너무 짜 맞춘 것 같았어요. 선견지명이 아니라 후견지명의 논리라고 할까요……."

"후견지명의 논리라. 음, 적절한 표현이네. 아마 자네 생각이 맞겠지. 니시무라 씨는 딸의 반 친구와 나눈 대화를 근거 삼아 히이라기 노부유키라는 표적을 발견한 후, 그와 일치하는 범인상을 사전에 예상했었다는 식의 기술을 전날로 거슬러 올라가서 덧붙인 게 틀림없어. 요컨대 결론이 먼저 존재하고 그에 걸맞은 조건을 반대로 도출한 셈이지. 그러니 추론이 모두 정확하게 적중한 것도 전혀 이상하지 않고, 또 27일에 가필한 만큼 26일의 분량이 많아진 것도 당연한 일이야."

"그렇게 가필하면서 쓴 시간만큼 27일의 기술이 줄어들었겠군요." 다카다가 이제 알겠다는 듯이 고개를 끄덕이고 물었다. "그런데 교수님은 왜 그런 사소한 조작을 했을까요?"

"수기를 읽을 독자에게 히이라기 노부유키야말로 요리코를 죽인 인물이라고 납득시키기 위해서지." 린타로는 딱 잘라 말했다. "히이라기의 출현이 느닷없다는 인상을 주지 않기 위해 사전에 백지상태를 가장해서 히이라기를 가리키는 데이터를 제시하고 독자가 선입관을 갖게 만든 거야. 즉 니시무라 씨가 히이라기를 발견한 27일의 시점에서 독자도 이 인물 말고는 범인이 있을 수 없다고 믿게 만드는 정교한 연출이었던 셈이지. 그러므로 이 수기는 처음부터 독자의 존재를 의식하며 썼다는 결론이 나와."

다카다가 혼란스러운 표정을 감추지 않았다.

"……그렇다면 예의 '페일 세이프' 작전 이면에도 숨겨진 목적이 있었던 걸까요?"

"그래. 자신의 진의를 숨기기 위해서 충분조건을 갖추지 않으면 살인할 수 없다는 신중함을 강조하는 문구를 깔아 독자에게 연막을 피웠고, 거기다 히이라기가 살인을 인정했다는 가공의 장면을 묘사하기 위한 포석으로도 이용했어. 즉 '페일 세이프' 작전은 니시무라 씨의 양심을 지키기 위해서가 아니라, 히이라기의 범행이라고 못 박은 명제를 독자가 의심하지 않게 하기 위한 안전장치였던 거야."

"그럼, 설마, 히이라기가 요리코를 죽인 범인이 아니었다는……." 다카다가 더는 말을 잇지 못했다.

"그래, 그 말대로야." 린타로가 입술을 핥았다. "그리고 니시무라 씨는 그 사실을 알고 있었어. 왜냐면 히이라기 노부유키야말로 누명을 씌우기 위해 니시무라 씨가 인위적으로 고른 희생자였으니까."

"그럼 교수님은 처음부터 요리코를 죽인 진범을 알고 있었다는 말인가요?"

린타로는 고개를 끄덕였다.

"……그 범인을 비호하려고 무고한 히이라기 노부유키를 살인범으로 위장했다고요?" 다카다의 목소리가 점점 더 비통해졌다.

"그런 셈이지."

"잠깐만요." 다카다는 필사적으로 머릿속을 정리하며 말했다. "그게 사실이라면 요리코를 임신시킨 인물도 히이라기가 아닐 가능성이 있고, 그렇다면 사건이 다시 원점으로 돌아오지 않나요?"

"아니, 최소한 그 부분은 결론이 나와 있어." 린타로가 대답했다. "경찰이 히이라기의 방에서 요리코의 첫 번째 진단서를 발견했어. 게다가 히이라기의 제자와 전 약혼자의 증언을 통해 그가 예전에도 비슷한 불상사를 일으킨 적이 있다는 사실을 확인했고. 그런 만큼 요리코가 21일 밤 메종 미도리기타에 간 건 확실해. 살인은 요리코가 히이라기와 헤어진 후에 일어났을 거야."

다카다의 얼굴에 물음표와 같은 주름이 새겨졌다.

"……교수님은 누구를 비호하는 거지?" 자문하듯 그렇게 중얼거렸다.

"누구라고 생각해?"

"사람 하나를 죽이면서까지 교수님이 비호하려고 한 인물이라면……." 다카다의 눈 속에 묵직한 한 줄기 빛이 스쳐 지나갔다. 다카다는 망설이며 말했다. "설마, 사모님이 요리코를……."

린타로는 고개를 저었다.

"있을 수 없는 일이야. 부인의 몸으로 요리코를 목 졸라 죽이기는 불가능해." 잠깐 숨을 돌리고 다카다에게 질문했다. "지금 사귀는 여성이 있어?"

"아뇨." 애매한 목소리로 대답했다. "그건 왜요?"

"……자네가 요리코를 죽이지 않았나?"

다카다가 기겁을 했다.

"제가요?! 그런 말도 안 되는 소리를! 제가 왜 요리코를 죽이겠습니까."

"이런 시나리오는 어떨까? 자넨 예전부터 니시무라 가를 출입했다지? 사귀는 사람이 없는 자네는 그 집에 드나드는 사이 요리코에게 미묘한 애정을 품었다, 이렇게 가정해볼 수 있지."

다카다는 입을 반쯤 벌린 채 혼미한 표정을 지었다. 머리로는 부정할 수 없다는 건가.

"21일 밤, 우연히 공원을 산책하던 자네는 히이라기의 아파트에서 돌아오던 요리코와 딱 마주쳤어. 요리코에게서 심상찮은 분위기를 느낀 자네는 그 자리에서 캐물었지. 요리코는 자네를 친오빠처럼 신뢰했기에 모든 것을 숨김없이 털어놓았어. 요리코의 고백을 들은 자네는 엄청난 충격을 받았지. 평소 귀여워했던 감정이 격한 분노로 돌변하면서 자네는 스스로를 제어하지 못하고 그 자리에서 요리코를 목 졸라 죽여버렸어."

다카다의 얼굴이 하얀 가면처럼 창백해졌고, 입술도 한 줄기 실선처럼 딱 붙었다.

"자네는 시체를 방치한 채 도망쳤지만, 양심의 가책을 견디지 못하고 요리코의 아버지에게 모조리 털어놓기로 결심했어. 자네에게 니시무라 씨는 학문적으로뿐만 아니라 인생에 있어서도 스승으로 우러러보는 존재였으니까. 니시무라 씨는 자네의 말을 듣고 놀랐지만 자네를 경찰의 손에 넘기고 싶지 않았어. 딸의 원수라곤 하지만 자네는 니시무라 씨에게 있어서 아들과 같은 존재지. 니시무라 씨는 자네까지 잃는다고 생각하니 참을 수가 없었던 거야.

그리고 애당초 증오해야 할 대상은 딸을 임신시킨 남자였어. 니시무라 씨는 틀림없이 그렇게 생각했겠지. 그래서 그 남자에게 복수하는 동시에 자네의 죄를 비호하는 일석이조의 계획을 꾸몄어. 그 결과가 바로 거짓으로 점철된 이 수기의 전말이었다—이거지. 어때, 이런 시나리오는?"

다카다는 어안이 벙벙한 표정이었다. 얼굴에 생기가 돌아왔다. 린타로에게 물었다.

"노리즈키 씨는 진심으로 절 의심하시나요?"

"아니." 린타로는 순순히 속내를 밝혔다.

"그럼 왜 그런 말을……?"

"만약을 위해 자네 반응을 확인해두고 싶었어. 그리고 또 자네가 조금이나마 이 사건과 관련됐을 가능성을 깨끗이 지워두려는 마음도 있었고." 린타로는 다카다를 달래듯이 말했다. "사실 내가 방금 늘어놓은 시나리오는 처음부터 성립할 수 없는 이야기야. 집 근처도 아닌 공원을 우연히 자네가 걸어가고 있었다는 조건 자체가 억지스러운 건 차치해도, 그런 각본으로는 니시무라 씨가 부인을 혼자 놔두면서까지 자살을 기도할 이유를 설명할 수 없어. 그리고 또 하나, 고양이가 왜 살해됐는지도 설명할 수 없고."

"고양이라뇨?"

린타로는 행방불명된 브라이언의 사체를 니시무라 가의 정원에서 파낸 경위를 설명했다.

"……그러므로, 모리무라 씨 증언과 맞춰 보면 브라이언은 아마 21일 밤에 죽었을 거야."

다카다가 고개를 갸웃거렸다.

"교수님은 왜 22일 밤 브라이언에게 먹이를 주었다는 허위 기술을 했을까요?"

"브라이언이 모습을 감춘 사실을 이번 사건과 연결 지어서 생각할까 두려워서겠지. 22일 밤까지는 브라이언이 아직 집에 있었다고 믿게 만들어서 독자의 주의를 딴 데로 돌리려고 했을 거야." 린타로는 잠깐 말을 끊고는, 목소리를 가다듬고 덧붙였다. "브라이언은 자기 주인과 함께 죽었어."

다카다의 안색이 농도 짙은 염소 한 바가지라도 뒤집어쓴 듯 창백해졌다.

"그럼……."

"그래. 요리코는 그날 밤, 자택에서 살해됐어. 요리코를 죽인 범인은 아버지 니시무라 유지 씨가 틀림없어."

20

통찰력이 빼어난 두뇌의 소유자임에도 다카다는 그런 결론은 전혀 예상치 못했던 모양이었다. 방금 얼굴에 떠오른 경악은 아까 자신을 가리켜 살인범이라고 지목했을 때보다 한층 격렬했다.

"그런 일은 절대 있을 수 없습니다."

다카다는 점점 얼굴이 상기되며 술 취한 어린애처럼 덤벼들었다. 린타로는 냉수를 끼얹어주는 대신 기계적으로 고개를 저었다.

"아까 말한 시나리오 속 자네의 역할을 그대로 니시무라 씨로 치환해봐. 모든 의문을 해소하는 설명이 가능할 거야."

"믿을 수 없습니다."

"21일 밤, 요리코는 히이라기 노부유키의 집에서 곧바로 집으로 돌아갔어." 린타로가 말했다. "딸에게서 이상한 낌새를 느낀 니시무라 씨는 요리코를 호되게 캐물었겠지. 물론 아버지로서는 당연한 행위라 할 수 있어. 그런데 그때까지도 계속 흥분 상태였던 요리코는 본인의 예정과는 다르게 임신했다는 말을 무심코 흘린 게 아닐까?

니시무라 씨는 그 말을 듣고 경악한 나머지 이성을 잃고 발작적으로 요리코를 목 졸라 죽이고 만 거야. 자기 딸을 임신시킨 남자의 이름을 묻는 것조차 잊어버릴 정도로 제정신이 아니었으니까 명확한 살의가 있었다고는 여겨지지 않아. 만약 이때 히이라기의 이름을 들었다면 26일 수기에 그런 기술을 뒤늦게 가필하는 식의 조작은 필요하지 않았겠지. 그리고 또 마침 그 자리에 있었던 브라이언이 자기 주인을 도우려다 엉겁결에 휘말려 살해되고 말았어. 그 시각, 방에 있던 부인은 아마도 숙면에 취해 사건은커녕 요리코가 집에 돌아온 사실도 몰랐을 테고."

"모두 당신의 억측일 뿐입니다." 다카다는 극구 부정했다.

"니시무라 씨는 밤중에 차를 몰고 요리코의 시체를 공원으로 옮긴 후 브라이언의 사체를 정원에 묻었어. 당연한 얘기지만, 자택이 범행현장이라는 사실을 감추기 위해서 말이야. 그런데 그때는 제정신이 아니어서 요리코의 자전거를 공원에 가져갈 생각을 미처 못했지. 뒤늦게야 니시무라 씨는 자신의 실수를 알아차렸지만 오르막길과 고지대를 이용한 추리를 수기에 집어넣으면서 자신의 실수를 교묘히 감췄어.

그런 뒤 니시무라 씨는 밤을 지새우며 이 일을 어떻게 처리할지 고민했겠지. 아마도 자기 손으로 딸을 죽여버린 죄를 책임지기 위해 자살할 결심만은 그날 밤에 굳히지 않았을까. 하지만 딸을 죽인 아버지라는 오명을 짊어지고 세상과 작별을 고할 수는 없는 노릇이었겠지. 무엇보다 아내를 볼 면목이 없다는 마음이 강했을 테고.

그뿐만 아니라, 자기 딸을 임신시킨 남자를 용서할 수도 없었어. 실제로 살인을 저지르지는 않았지만 애당초 모든 사건의 원흉인 남자가 아무런 제재도 받지 않고 뻔뻔히 살아가리라는 사실을 견디기 어려웠던 거야.

그래서 니시무라 씨는 밤을 지새우며 이 명목상의 복수 계획을 짜냈어. 물론 아직 히이라기의 이름을 몰랐을 테니 세부 사항까지 살을 붙이는 건 무리였겠지만, 계획의 개요는 21일 밤에 정했을 거야. 곧 증오스러운 남자의 정체를 밝혀내서 그에게 자신의 죄를 뒤집어씌우고 죽인다, 동시에 부인을 대할 면목도 세운다……. 그야말로 일석이조의 계획이지. 이게 딸의 복수라는 명분하에 일어난 이번 사건의 전말이야."

"아닙니다, 절대 그럴 리가 없어요."

다카다는 린타로의 추리 하나하나에 격한 부정의 몸짓을 보였다. 그렇게 하면 린타로가 말하는 사실 모두가 허황된 악몽으로 변할 수 있다고 믿는 것처럼.

"니시무라 씨의 계획을 지탱하는 가장 중요한 요소가 이 수기였어. 이 수기는 겉으로만 자살미수를 연기해 동정을 사고 연명하려는 얄팍한 의도로 쓴 게 아냐. 자신이 공들여 만든 시나리오가 유일한 진실이라고 모든 사람이 믿을 수 있도록, 말 그대로 자신의 생명과 맞바꾸어 이 수기를 남긴 거야. 죽음으로 수기 내용의 정당성을 보증하려고 했지.

정말로 처음 읽으면 이 수기의 내용은 의심할 여지가 전혀 없어. 그게 당연한 반응이고 니시무라 씨의 목적도 그랬어. 우리는 죽음을 각오한 사람의 말은 거짓이 아니라고 생각해버리는 데다가, 자신의 살인을 숨김없이 고백하는 인간이 설마 이면에 다른 살인을 은닉했다고는 상상하기 어렵지. 그래서 니시무라 씨는 수기 곳곳에 독자의 눈을 진실에서 호도하기 위한 교묘한 장치를 심어놓았어."

다카다가 보이던 부정의 몸짓은 이내 본인의 내면에서 생겨난 의혹으로 인해 사라졌다. 차마 귀를 틀어막을 수 없어서 양손을 꽉 깍지 끼고, 린타로의 눈에 닻과 같은 시선을 내리깔았다.

린타로는 이야기를 계속했다.

"그 장치의 절정은 니시무라 씨가 히이라기 살해를 목전에 두고 아내와 딸 중 누구를 선택해야 할지 심각하게 고민하는 장면이야. 하지만 실제로 그는 출발점에서부터 자살을 전제로 시나리오를 짰기 때문에 막판에 그렇게 망설일 이유가 없었지. 본인에게는 무의미한 자문이었어. 그런데 독자 입장에서 그 대목은 수기 후반부에 하나의 감정적 클라이맥스로 작용했고, 그 결과 수기의 신빙성은 높아졌지.

아까 지적한 '페일 세이프' 작전에 대해서도 똑같이 얘기할 수 있어. 자전거와 관련한 추리도 마찬가지야. 그리고 추측이지만, 8월 29일 기술 중에 히이라기 노부유키가 자동차와 충돌할 뻔했다가 운전자에게 성질을 내는 장면이 있지? 그것도 니시무라 씨의 창작이 아닐까 싶어. 실제로 그런 일이 있었는지 명확히 증명할 수 없으니까 사실로서는 아무런 의미가 없지만, 그런 일상적인 에피소드가 묘하게 독자들의 고개를 끄덕이게 만들지. 한 번 생각해봐, 히이라기가 난폭한 성격을 가졌다는 사실을 드러내는 장면은 그 대목 외에는 찾을 수 없지.

하지만 그것들은 니시무라 씨 공작의 일부에 불과해. 니시무라 씨는 이런 트릭을 수기에서뿐만 아니라 실제 생활에서도 계속 관철했어. 이 철저한 계산에는 머리가 절로 조아려져. 가장 교묘한 거짓은 진실의 가면을 쓴 거짓말이야. 만약 니시무라 씨가 날짜를 잘못 계산한 것 같은 아주 사소한 실수를 저지르지 않았다면 나도 이 수기 내용을 곧이곧대로 믿었겠지."

린타로는 그제야 말을 끊고 상대의 대답을 기다렸다. 다카다는 강한 동요의 빛을 감추지 못하면서도 역시 처음의 입장을 굽히려 하지 않았다. 니시무라가 요리코를 죽였을 리 없다고 믿는 것이다.

"납득할 수 없습니다."

"구체적인 반론을 제시해봐." 린타로가 말했다.

다카다는 얼굴을 살짝 찡그리며 고개를 떨궜다. 그 표정이 얼굴에 물들어버린 것 같았다. 생각하고 있다. 꽉 쥔 양손으로 팔꿈치를 지렛목 삼아 몇 차례나 이마를 때렸다. 다카다가 말문을 열었다.

"경찰이 요리코 사건을 성범죄자의 범행이라고 결론 내리려 했을 때, 왜 교수님은 노리즈키 씨가 말하는 '계획'을 중지하지 않았죠? 사건이 변태 살인마의 범죄라고 정해지면 아무도 아버지를 의심하지 않을 텐데요. 자신의 죄가 발각될 위험이 없다면 또다시 살인을 반복할 필요가 없죠."

날카로운 지적이었지만 린타로는 이미 답을 준비해놓았다.

"만약 그렇게 되면 요리코를 임신시킨 남자를 놓치게 되잖아. 그걸로는 충분하지 않아.

그리고 경찰이 어떤 수사방침을 채택했든 니시무라 씨의 자살 결심은 변하지 않았을 거야. 형사 소추 여부보다 니시무라 씨 내면의 갈등이야말로 이 사건의 핵심이야. 오히려 경찰에 의지하지 않는 고독한 추적이라는 색채가 더해지면서 그의 수기의 사실성이 고양되는 효과마저 생겼으니까."

다카다가 고개를 저었다. 한 발짝도 양보할 마음이 없는 눈치다.

"노리즈키 씨의 추리는 분명 정곡을 찔렀습니다. 그 점만은 인정하죠. 그렇지만……."

"그렇지만, 뭐?"

"그 추리에는……." 다카다는 입술을 움찔거리며 망설인다. 간신히 적절한 표현을 찾아 말문을 열었다. "니시무라 교수님의 인품이 빠져 있습니다."

"니시무라 씨의 인품?"

"예. 노리즈키 씨는 교수님을 모릅니다. 그분의 인격을 아는 사람이라면 그런 시나리오는 결코 믿을 수가 없습니다." 다카다는 자신의 말에 의지를 강하게 담기 시작했다. "교수님은 비열한 인간이 아닙니다. 어쩌면 교수님이 노리즈키 씨가 방금 언급한 트릭을 썼을지도 모르죠. 하지만 설령 그랬다 하더라도 어쩔 수 없는 복잡한 사정이 있었을 겁니다. 딸이 임신했다는 말에 이성을 잃고 죽인다거나, 남에게 죄를 뒤집어씌우기 위해 수기를 조작하는 졸렬한 행동을 하실 분이 아닙니다. 제가 노리즈키 씨에게 말씀드리고 싶은 건 그분의 인품입니다."

다카다의 말에는 나름 충분한 설득력이 있었다. 맹목적인 두둔이 아니라, 오랜 세월 니시무라 유지를 스승으로 섬겼기에 할 수 있는 발언이었다. 그에 비해 린타로는 정작 당사자와 말한 번 섞어보지 못했다.

“어쩔 수 없는 복잡한 사정이라…….”

둘은 마치 당연하다는 듯이 제각각 침묵에 잠겼다. 린타로는 다카다의 표정에서 해초처럼 떠다니는, 주저라고도 당혹이라고도 읽을 수 있는 그림자에 시선을 빼앗겼다. 이 청년에게 자신의 추리를 털어놓기로 한 판단은 옳았다. 다카다는 린타로가 세운 논리의 약점을 정확히 지적했다.

그럼에도 한편으로는 자신의 추리 방향이 그르지 않았다고 확신했다. 진실에 다다르지 못한 이유는 아직 체인이 연결되지 않았기 때문이다. 니시무라 유지의 인격에 뒤틀림을 자아낸 결정적 쐐기가 어딘가에 박혀 있을 것이다. 그 쐐기가 뭔지만 알면 체인이 모두 연결되리라.

린타로가 침묵을 깼다.

“이가라시라는 이름을 들어본 적 있어?”

“이가라시요? 아뇨.” 다카다가 얼굴을 들어 고개를 저었다. “어디서 그런 이름이 나왔죠?”

하라주쿠에서 마쓰다 다쿠야에게 들은 이야기를 가감 없이 다카다에게 얘기했다. 다카다의 얼굴에 새로운 당혹감이 퍼져 나갔다.

"그 이가라시라는 중년 남성이 이 사건과 관계가 있을까요?"

"확실하지는 않지만 나로서는 그런 느낌을 지우기가 힘들어." 그 느낌은 다카다와 대화하면서 더욱 강해졌다. "야지마 구니코 씨에게 자네가 물어봐 줄 수 있나? 야지마 씨라면 뭔가 알지도 모르겠어."

"하지만 사모님은 모른다고 하셨다면서요. 야지마 씨가 알 것 같지는 않은데요."

그럴지도 모른다.

허나 다카다의 말을 듣자 린타로는 야지마 구니코에게 의혹이 생겼다. 어제 그 정도로 과민한 거부반응을 드러낸 이유는 그녀가 뭔가를 알고 있어서가 아닐까? 뭔가, 니시무라 유지에게 불리한 사실을. 만약 린타로의 생각대로라면 야지마 구니코는 필사적으로 니시무라 유지를 감싸고 있다. 아직 밝혀지지 않은 사실로부터.

둘은 '킹콩'에서 나왔다. 뭘 먹었는지 기억나지 않았다. 린타로는 다카다를 마치다의 하숙집까지 차로 태워다줬다. 다카다는 혼자만의 생각에 틀어박혔는지 차 안에서 거의 입을 열지 않았다.

헤어질 때 린타로는 오늘 일을 야지마 구니코에게 말해서 만나고 싶다는 의사를 전해달라고 다카다에게 부탁했다.

"알겠습니다." 다카다의 표정은 마지막까지 한없이 어두웠다. 다카다의 배웅을 받으며 린타로는 알파로메오의 핸들을 돌렸다.

집에 돌아왔을 때는 11시가 넘어가고 있었다.

"늦었네." 노리즈키 경시가 말했다. "뭔 일 있나? 낯짝에 피곤해 죽겠다고 쓰여 있군."

린타로는 어깨만 으쓱거리고는 아무런 대꾸도 하지 않았다. 그 태도로 눈치챘는지 경시는 더 이상 캐물어서 아들을 괴롭히지 않았다. 대신 냉장고에서 차가운 캔 맥주를 가지고 와 아들에게 던졌다.

캔을 따 입으로 거품을 훔치며 습관적으로 전화기를 바라보자, 부재중 버튼이 켜진 채로 메시지 램프가 점멸하고 있었다.

"아버지, 오늘 외출하셨어요?"

"아니."

"그럼 왜 전화기가 부재중으로 돼 있죠?"

"아, 그건 말이지, 텔레비전이니 주간지니 취재 요청이 하도 빈번히 와서 일일이 받기 귀찮아 그랬다. 취재를 거부하는 건

네 맘이다만 확실히 대응해두지 않으면 집 전화를 쓸 수가 없잖니."

"죄송해요." 린타로는 메시지를 듣지 않고 전부 삭제하려고 했다.

"아, 잠깐 기다려." 갑자기 경시가 큰 소리로 외쳤다. "방금 뭔가 사연이 있는 것 같은 전화가 왔었어."

"사연이요?"

"중년 남자였어. 매스컴이 아냐. 이가라시라는 남자에 대해 이러쿵저러쿵하더군. 뒤쪽에 녹음돼 있을 거야."

다카하시가 이가라시의 정체를 알아냈다! 린타로는 재생 버튼을 눌렀다.

메시지는 테이프 마지막에 녹음되어 있었다. 린타로는 다카하시의 금속 같은 목소리에 귀를 기울였다.

"다카하시네." 헛기침을 했다. "곧바로 이가라시에 대해 알아봤어. 옛 친구 중에 그런 이름은 없었네만, 다른 쪽에서 그 이름이 나왔어. 이가라시는 14년 전 우미에 씨를 친 라이트밴 운전자의 이름이야. 이가라시 다미오라는 이름이었을 거야. 이걸로 됐나 모르겠군." 삐 하는 발신음과 함께 테이프가 멈췄다.

5

진상

네 엄마가
초를 손에 들고
방에 들어올 때면,
너도 함께 평소처럼
엄마 뒤에 찰싹 붙어서
스르륵 들어온다고
늘 나는 그런 상상을 하네.

「죽은 아이를 그리는 노래」

21

린타로는 테이프를 돌려서 다시 한번 다카하시의 메시지를 확인했다. "이가라시는 14년 전 우미에 씨를 친 라이트밴 운전자의 이름이야." 틀림없다. 작년 10월 니시무라 요리코는 과거에 자신의 어머니를 불구로 만든 가해자와 만난 것이다.

대체 왜?

생각해볼 만한 이유는 하나밖에 없다. 니시무라 요리코는 14년 전 사고에 대해 무언가 알아내려고 했을 것이다. 그리고 그 무언가는 부모에게는 물을 수 없는 종류의 사안이었다. 그렇지 않고서는 굳이 사고 가해자를 만날 이유가 없다. 아마도 니시무라 부부는 딸이 '이가라시'와 만났다는 사실을 모를 터였다.

마쓰다 다쿠야의 말에 따르면 그와 니시무라 요리코의 만남은 작년 여름방학 중에 갑자기 끊겼다고 했다. 그리고 다쿠야가 시부야에서 '이가라시'의 모습을 본 건 그로부터 약 두 달 후.

니시무라 요리코는 다쿠야와의 만남을 통해 자신의 정신적 갈등을 억지로 봉합하려 했다. 그 만남에 종지부를 찍은 후 '이가라시'가 등장했다. 단순한 우연이 아니다.

간과할 수 없는 부분은 두 사람의 만남이 끝나기 직전 다쿠야가 니시무라 요리코에게 충고한 내용이다. '네 엄마 몸이 불편한 건 네 탓이 아니니까 괜히 끙끙 앓아봐야 소용없다고. 근데 니시무라가 복잡한 얼굴을 하고 가버렸어요.' 요리코는 그 후로 다쿠야와 더는 만나지 않았다.

니시무라 우미에의 몸은 14년 전 사고 이후 불편해졌다. 그리고 '이가라시'는 그 가해자다. 죽은 딸이 안고 있던 문제의 뿌리는 14년 전으로 거슬러 올라가야 맞닥뜨릴 수 있다. 어머니의 사고가 현재의 사건에도 그림자를 드리우고 있는 걸까…….

거기까지 사고가 미쳤을 때 문득 머리 한구석에서 의문 하나가 고개를 쳐들었다. 니시무라 우미에는 어째서 자신을 친 남자의 이름을 잊었을까? 아니, 깊게 고민할 필요도 없다. 인간의 뇌란 과거의 불쾌한 기억을 무의식이라는 두꺼운 베일로 덮고 마니까.

어쨌든 '이가라시'와 만나야 한다. 니시무라 요리코가 뭘 알아내려고 했는지 밝혀야 한다. 그러기 위해선 이가라시의 거처를 알아내야 한다. 가능한 한 빨리. 내일 오후에는 미도리기타 서 형사가 니시무라 유지에 대한 취조를 개시한다. 할 수만 있다면 경찰보다 먼저 진상을 파악해 니시무라와 일대일로 대화하고 싶었다.

14년 전 사고 역시 미도리기타 서에 조서가 남아 있을 것이다. 가해자의 신원도 그 안에 기재됐을 터였다. 하지만 조회 전화를 걸어야 할지 린타로는 망설였다. 린타로의 이름은 현재 미도리기타 서의 '탐탁잖은 인물' 리스트에 올라 있을 테니까. 경찰이 질문에 순순히 대답해주리라고는 기대하기 어려웠다.

린타로는 전화기를 든 채 한참을 고민했다. 이런 때야말로 24시간 영업하는 정보 브로커를 지인으로 둬야 하는데. 얼마 지나지 않아, 그리 우수하진 않지만 이용해볼 만한 남자가 생각났다. 건네받은 명함에 적힌 번호를 보고 『주간 리드』 편집부로 직통 전화를 걸었다. 맥스웰의 도깨비에게 성과가 날 만한 '일'을 시켜보자.

10번쯤 신호음이 울렸지만 아무도 받지 않았다. 역시 일요일 밤이라 아무도 남지 않았나? 포기하고 전화기를 내려놓으려는 순간 가까스로 후크가 올라가는 소리가 귀에 들렸다.

"네, 『주간 리드』 편집부입니다."

무뚝뚝함의 극치라 할 응답이긴 해도 행운의 여신이 그리 무심하지는 않은가 보다. 도카시의 목소리였다.

"도카시 씨가 받아서 다행이네요. 노리즈키입니다."

"누구라고?" 도카시가 어이없다는 듯 한숨을 내쉰다. "이봐 자네, 지금이 대체 몇 시인 줄 알아?"

"오늘 아침의 복수라고 해두죠." 그렇게 말해봤다. "실은 도카시 씨에게 부탁할 일이 있어요."

"부탁이라고? 그럼 당연히 니시무라 유지 일이겠군. 오늘 아침에도 말했지만 난 그 건에서 완전히 빠졌어. 이젠 자네와 어울릴 수 없다고 했잖아."

"그건 도카시 씨 사정이고, 제게도 핑곗거리가 있죠. 도카시 씨한테 받아야 할 빚이 남아서요. 아까 결코 건전하다고 할 수 없는 2인조한테 납치당했어요. 한낮에 소문으로만 듣던 아부라타니 의원 면전으로 끌고 가더군요."

"욕봤군."

"그런데 어찌된 영문인지 그쪽이 제 차를 알더군요. 혹시 도카시 씨가 알파로메오 얘기를 그쪽에 찌른 게 아닙니까? 저에 대한 분풀이로 말이죠."

"이봐, 넘겨들을 수 없는 말을 하는군." 도카시가 시치미를 뗀다. "그리고 백번 양보해서 자네 말을 인정한다고 해도, 빚은 이미 갚았을 텐데. 하세가와 사에코의 이름과 주소를 가르쳐 준 사람이 누군지 벌써 까먹었나?"

"만났죠." 린타로가 말했다. "확실히 유익한 정보를 얻었습니다. 그렇지만 그건 미즈사와 이사장에게 앙갚음하려고 저한테 말해준 거잖아요? 제게 진 빚은 아직 갚지 않은 셈이죠. 그리고 저는 그걸 갚게 해드리려는 거고요."

"자네도 보통 쪼잔한 남자가 아니군. 뭐, 됐어. 그렇게까지 말한다면 넘어가주지. 뭘 원하나?"

"14년 전 니시무라 부인이 라이트밴에 치인 사고가 있었죠. 그 차 운전자가 지금 어디 사는지 알아봐줬으면 합니다."

도카시가 미심쩍어했다.

"그런 걸 알아내서 어쩔 작정이야?"

"그건 제가 알아서 하죠. 도카시 씨는 이 사건에서 발을 빼셨잖아요? 괜한 간섭은 안 하는 편이 좋을 겁니다."

“그래, 알았어.” 뭘 알았다는 건지 방심할 수 없는 대답이다. “그 운전자에 관한 단서가 있어?”

“이름만 확인했어요. 이가라시 다미오.”

“이가라시 다미오. 한자는?”

“몰라요.”

“골치 아프군. 사고가 일어난 게 14년 전이지?”

“14년 전 5월이었죠.”

“오케이. 신문 축쇄판부터 뒤져봐야겠군. 거처를 알아내면 자네 집으로 전화하면 되지?”

“내일 아침까지 부탁드릴게요.”

“어이, 억지 부리지 마.” 도카시의 목소리가 뒤집어진다. “이제 다들 발 뻗고 잘 시간이야. 무슨 수로 그렇게 빨리 알아내란 말이야?”

“억지든 뭐든 상관없으니까, 하여간 부탁합니다.” 그렇게만 말하고 먼저 전화를 끊었다.

또 하나, 오늘 밤중으로 처리할 할 일이 있다. 풀사이드에서의 약속을 지켜야 한다. 방에 들어가서 워드프로세서 전원을 켰다. 워드프로세서 화면과 마주하기는 대략 50시간 만이었다.

30분쯤 키보드를 두드리고 있는데 노크 소리가 나더니 노리즈키 경시가 들어왔다. 슬쩍 워드프로세서 화면을 훔쳐본다.

"웬일이냐, 이런 시간에 집필 활동이라니." 경시가 말했다. "사건은 이제 끝난 게냐?"

"아뇨, 소설 원고가 아니에요. 사이메이 여학원 이사장에게 제출할 보고서를 작성하고 있었어요."

"보고서? 그럼 사건이 해결된 모양이군."

"아뇨."

"그럼 뭐야? 중간보고냐?"

"최후통첩이에요."

노리즈키 경시가 어깨를 으쓱거렸다.

"알았다. 방해 안 할 테니까, 사건이 매듭지어지면 꼭 설명해 줘." 그렇게 말하고 방에서 나갔다.

린타로는 의자를 고쳐 앉고 화면으로 시선을 돌렸다.

최후통첩이란 말은 결코 과장된 표현이 아니었다. 이 보고서를 제출하고 사이메이 여학원으로부터의 압력을 해소해버릴 작정이었다.

최후통첩에 담긴 글은 나쁘게 말하자면 상당히 편향된 내용이었다. 실제로 '킹콩'에서 다카다에게 말한 추리는 일언반구도 다루지 않았다.

보고의 주된 내용은 세 항목으로, 우선 마쓰다 다쿠야와 니시무라 요리코 사이에 성적 관계는 이루어지지 않았다는 사실 확인. 하라주쿠에서 다쿠야와 나눈 인터뷰 일부를 삽입한다.

이어서 니시무라 유지의 범행은 순전히 개인적인 동기에 기반하고 있음을 강조하고, 반反 사이메이 여학원 캠페인의 존재를 부정한다. 다카하시와의 인터뷰를 발췌하여 부기.

세 번째. 이게 가장 중요하다. 하세가와 사에코로부터 얻은 히이라기 노부유키의 인간성에 대한 증언. 과거에 제자와 관계를 맺은 전력이 있으며 그 당시 그리 반성의 기미를 보이지 않았던 사실 등을 기록했다.

거기에 다시 히이라기와 이사장 사이에 육체관계가 있었으며 최근까지 관계가 지속됐을 가능성을 지적했다. 이 대목을 봤을 때 소스라칠 이사장의 얼굴이 머리에 그려졌다.

"……이상의 세 가지 사항으로 보건대" 행을 바꿔서 린타로는 썼다. "최소한 히이라기 선생과 니시무라 요리코 사이에 육체관계가 있었다는 사실은 부정하기 힘들다. 따라서 히이라기 선생의 결백을 주장하는 것은 사실에 반하는 불법한 행위라 간주한다.

또한 상기한 세 번째 항목에 나타났듯이, 의뢰인은 조사대상과 관련된 중요한 정보를 고의로 보고자에게 은폐하였다. 이 두 가지 사실에 근거하여 귀하의 의뢰에 따른 본 사건의 조사를 속행하는 것은 공서公序 및 신의의 원칙에 반하는 행위라 판단된다.

보고자는 이러한 판단에 기초하여 의뢰인에 대한 이하의 사항을 요구한다. 하나, 보고자에 대한 본건의 조사 의뢰를 철회할 것. 둘, 전항의 사실을 조속히 각 보도기관에 통지할 것.

이 요구가 충족되지 않을 경우, 보고자는 각 보도기관을 통해 본 서면의 사본을 공표할 용의가 있다."

완성된 글을 두 부 인쇄하고 각각의 말미에 날짜와 자신의 이름을 부기했다. 겉면에 '사이메이 여학원 이사장, 미즈사와 에리코 귀중'이라고 쓴 봉투에 한 통을 담아서 봉했다.

내일 아침 이 보고서를 사이메이 여학원으로 제출한다. 이사장은 히이라기 노부유키와의 관계가 세상에 공표되기를 바라지는 않으리라. 이로써 사이메이 여학원의 압력도 사라질 것이다. 린타로는 부디 그렇게 되기를 기도했다.

남은 한 통은 펀치로 구멍을 뚫고 전용 파일에 철해뒀다. 그 파일을 정리하려다가, 문득 니시무라 요리코의 진단서가 생각났다. 보고서의 사본과 두 통의 진단서.

상상도 못했던 생각이 린타로의 머리에 떠오른 건 그 순간이었다.

22

다음날인 월요일 아침, 린타로는 일찍 깨어났다. 눈을 뜨자마자 오늘 중으로 사건이 결정적인 국면을 맞이하리라는 막연한 예감이 들었다. 마음이 진정되지 않아서 커피를 몇 잔이나 비우다가 출근 전인 경시로부터 한 소리 들었다.

9시 27분에 도카시에게 전화가 왔다.

"이가라시의 거처를 알아냈어."

"정말입니까?" 린타로 입에서 자기도 모르게 그런 말이 튀어나왔다.

"본인이 부탁해놓고 정말이냐니, 참나. 메모할 준비해. 우선 이름 확인부터 해야지. 이가라시 다미오, 오십에 폭풍할 때라 해서 '五十嵐', 인민人民과 영웅英雄의 뒤 글자를 하나씩 따서 '民雄'. 연락처는……." 도카시는 시외국번 0268로 시작되는 번호를 말했다.

"0268? 어디 번호죠?"

"나가노 현 우에다 시야. 이가라시는 오키리쓰 제면이라는 지방의 식품회사에서 일하고 있어. 그 번호는 회사 대표번호야."

"어떻게 알아내셨어요?"

"알고 싶어?" 도카시가 약 올리는 말투로 말했다. "이전 기록을 뒤져서 사고 당시 이가라시가 가와사키 시내의 사무용품 회사 영업소에서 근무하고 있었다는 사실을 알아냈어. 어젯밤에 할 수 있는 건 그게 다였어. 그리고 오늘 아침 그 영업소로 전화를 걸어 이가라시에 대해 물었지.

이가라시 다미오는 사고 직후 거기서 잘렸지만, 운 좋게 그 후의 소식을 잘 아는 고참 직원이 있었어. 그 직원 말에 따르면 이가라시 부인의 친정이 제면 공장을 운영해서, 거기서 처음부터 새로 시작했다더군. 그 직원은 이가라시와 개인적으로도 가까운 사이였는지, 지금도 이따금 소식을 주고받는다고 했어. 그래서 부인 친정에서 운영하는 회사 위치도 알 수 있었던 거야. 꽤 운이 좋았어. 전화 한 통으로 이 정도 수확을 건지다니 말이야." 이제는 자화자찬에 가까운 말투다.

"잠깐만요." 린타로가 끼어들었다. "피해자에게 반신불수의 중상을 입히고도 형사처벌을 받지 않았다고요?"

"업무상 과실 치상죄로 기소됐지만, 금고형에 집행유예가 떨어져서 형무소행만은 면했어. 합의가 원만히 이루어진 데다가 피해자 측 과실이 인정돼서 비교적 가벼운 판결이 내려진 모양이야. 다만 사고가 난 라이트밴이 회사 차량이라, 감독 책임을 추궁당한 회사에서 상당한 액수의 피해보상금을 지불했다는군. 해고된 원인도 결국 그거였겠지. 물론 그 고참 직원이 한 말이야. 이가라시는 일도 열심히 하고 정도 많았다고 하더군. 사고 당시 액년이었다고 하니까, 지금은 쉰대여섯 살쯤 됐겠네."

"이가라시가 지금도 그 오키리쓰 제면에 다닌다는 사실을 확인했나요?"

"그럼. 아까 전화해서 확인했어. 본인은 아직 출근하지 않았지만 전화를 받은 직원에게 확실하게 물어봤지. 지금쯤이면 출근했을 거야."

우연이 겹쳤다고는 하지만 도카시가 이 정도로 솜씨를 발휘하리라고는 솔직히 예상하지 못했다.

"정말 고맙습니다."

"허허, 자네가 비아냥을 담지 않고 인사할 수 있는 사람인 줄 처음 알았군." 도카시가 놀렸다. "그런데 이가라시한테 뭘 물어볼 생각이지? 만약 이번 사건과 14년 전 모친의 사고가 관련이 있다면 나도 가만히 팔짱 끼고 지켜볼 수만은 없어."

"안 그러시는 게 좋을 텐데요." 린타로는 의미심장하게 말했다. "도카시 씨가 나올 차례는 더는 없어요. 재미 삼아 괜히 발을 들이밀었다가는 큰 화를 입을 겁니다."

"알았어." 도카시가 의외로 순순히 물러났다. "이 건은 자네가 나한테 진 빚이라 치지. 이 세상에는 인맥이 꽤 중요하니까 말이야. 언젠가 자네 기사를 쓸 날이 오겠지. 그러니 오래오래 관계를 유지하자고."

도카시가 전화를 끊었다.

린타로는 전화기를 내려놓지 않고 후크를 눌렀다가 바로 우에다 시의 오키리쓰 제면으로 전화를 걸었다.

은방울처럼 낭랑한 목소리를 지닌 젊은 여자가 전화를 받았다. 이가라시 다미오 씨가 있냐고 묻자 아까 전화 건 사람이냐고 되물었다.

"아뇨, 하지만 같은 용건으로 전화했습니다. 전 도쿄의 노리즈키라고 합니다만, 조금 복잡한 사정이 있으니 본인과 통화할 수 있을까요?"

"잠시만 기다려주세요."

상대는 송화구를 손으로 막은 모양이지만 이가라시의 이름을 부르는 목소리가 아스라이 전해졌다. 아마 가족적인 분위기의 직장이겠지. 전화기를 바꿔 드는 소리가 나고 중년 남성의 목소리가 들렸다.

"이가라시입니다. 도쿄의 모리구치 씨라고요?"

"노리즈키입니다." 린타로는 정정했다. "바쁘실 텐데 갑작스레 전화해 죄송합니다. 실례를 무릅쓰고 묻고 싶은 일이 있어서 연락드렸습니다. 니시무라 요리코라는 아가씨를 아시죠?"

이가라시가 신음과 같은 한숨을 토했다. 얼음덩어리가 열에 닿아 녹을 때 나는 소리를 연상케 했다.

"……잘 압니다." 경계와 망설임을 머금은 목소리로 대답했다.

"그럼 지난달 21일 밤, 요리코 씨가 요코하마 시내의 한 공원에서 누군가에게 살해된 것도 아시나요?"

"신문으로 읽었습니다." 이가라시가 목소리를 죽였다. 주위 눈치를 살피는 거겠지. "노리즈키 씨라고 하셨죠, 대체 제게 무슨 용건으로 전화했습니까?"

"설명이 늦었네요. 전 경찰과 별개로 그 사건을 조사 중입니다만, 괜한 걱정은 안 하셔도 됩니다. 요리코 씨의 죽음의 진상을 밝히기 위해 이가라시 씨의 도움이 꼭 필요합니다."

이가라시가 한참을 망설인 끝에 질문으로 입을 열었다.

"……그 사건은 학교 교사가 범인 아니었나요?"

"제가 보기에는 조금 더 미묘한 부분이 있습니다." 린타로는 숨기지 않고 핵심을 말했다. "전 14년 전 모친의 사고와 이번 사건이 관련이 있지 않을까 하고 의심하고 있습니다."

전화 너머로 침을 삼키는 소리가 전해졌고, 상대의 심장 고동이 피부로 느껴질 것 같은 침묵이 이어졌다. 저 너머로 다른 전화벨 소리가 들렸다.

이윽고 이가라시의 목소리가 다시 전화기로 돌아왔다.

"그렇다면 알고 계시겠군요. 제가 그녀의 어머니를, 그러니까, 차로 쳐서 큰 부상을 입힌 사실을요."

"작년 10월에 당신이 요리코 씨와 시부야에서 만난 사실도 알고 있습니다." 린타로가 틈을 두지 않고 곧바로 대꾸했다.

"그렇군요." 이번 대답은 빨랐다. 간신히 마음을 굳힌 듯했다. "알겠습니다. 죄송한데, 그쪽 전화번호를 가르쳐줄래요? 제가 곧 다시 걸죠."

번호를 말해주자 이가라시가 일단 전화를 끊었다. 2분쯤 지나 벨이 울렸다. 린타로는 전화기를 바로 들었다.

"이가라시입니다." 방금 전 목소리가 말했다. 전화기 너머로 들리던 소음이 사라지고 적막이 감돌았다. 혼자 통화할 수 있는 공간으로 자리를 옮겼겠지.

"불편을 끼쳐 죄송합니다." 린타로는 다시 사과했다. "직접 찾아가 질문 드리는 게 예의이지만, 도저히 시간이 안 나서 이렇게 전화하게 됐습니다."

"아뇨, 괜찮습니다. 도움이 필요하다고 하셨는데 그게 대체 무슨 말인가요?"

린타로는 짤막하게 사건의 개요와 이가라시에게 연락하기까지의 경위를 설명했다.

"그랬군요. 그날 그 남자애가 절 기억하고 있었군요." 이가라시가 자신의 기억을 곱씹듯이 말했다. "그 남자애와 헤어진 후 남자친구냐고 요리코 씨에게 물어본 기억이 나네요. 요리코 씨는 입술을 오므리며 고개를 저었어요."

"요리코 씨와 만난 건 그때가 처음이었습니까?"

"네." 그렇게 대답하고는 사레가 들린 사람처럼 헛기침을 했다. "물론 크고 나서 처음이란 뜻이지요."

사려 깊지 못한 질문이었다. 두 사람은 그전에 만났다. 14년 전 사고 현장에서.

"요리코 씨와는 어떻게 연락이 닿았죠?"

"작년 9월 초에 느닷없이 요리코 씨로부터 편지가 왔습니다. 당신과 비슷한 방법으로 제 주소를 알아냈더군요. 14년 전 사고에 대해 묻고 싶은 게 있다고 적혀 있었습니다. 하지만 전 그때 일을 다시 떠올리고 싶지 않아서, 요리코 씨에게 미안해하면서도 그 편지에 답장을 보내지 않았습니다."

요리코가 마쓰다 다쿠야와 만나지 않게 된 시기와 겹친다. 날짜가 조금 벌어진 이유는 이가라시의 주소를 알아내느라 시간이 걸렸기 때문이리라. 역시 다쿠야의 충고가 계기가 되어 14년 전 사고에 관심이 쏠린 것이다.

"그런데 이삼일 후 다음 편지가 도착했습니다. '지난번 편지로 마음 불편하게 해드렸는지 모르겠지만, 결코 이가라시 씨의 죄를 비난할 목적으로 보낸 게 아니에요'라는 내용의 편지였습니다. 연달아 썼는지 처음 편지와 거의 마찬가지로 14년 전 사고에 대해 묻고 싶다고 쓰여 있었어요. 그리고 한 번 만날 수 없겠냐고도 하더군요.

그런 식으로 잇달아 편지가 왔고 그 내용이 사뭇 진지해서 보통 일이 아닌가 보다, 마냥 무시해서는 안 되겠다 싶어 요리코 씨한테 답장을 썼죠. 사실 그때까지만 해도 요리코 씨와 만날 생각은 없었습니다. 옛날 일을 파헤쳐봐야 서로 마음만 상할 게 불 보듯 뻔했으니까요. 그리고 무엇보다 전 그 가족에게 씻을 수 없는 죄를 지었습니다. 이제 와서 제가 저지른 과거의 죄와 다시 마주하고 싶지 않았습니다. 그런 마음을 솔직히 써서 요리코 씨에게 보냈습니다."

"그녀의 집으로 직접 답장을 보내셨나요?"

"아뇨. 우쓰쿠시가오카의 우체국 사서함으로 보냈습니다. 요리코 씨의 부탁으로 그렇게 했죠."

보낸 사람의 이름을 부모님에게 보이지 않기 위해서다. 요리코는 이가라시와의 접촉을 숨기고 싶었을 것이다. 도착한 편지도 아버지 눈에 닿지 않도록 비밀리에 처분했을 테고.

"이가라시 씨의 답장을 받고 요리코 씨는 어떤 반응을 보이던가요?"

"얼마 지나지 않아 세 번째 편지가 왔습니다. 회답에 정말 감사하다고 하더군요. 그러고는 지난번과 똑같은 요구를 훨씬 열성적인 문장으로 계속하더라고요. '그 사건은 저에게는 눈앞에 닥친 현재의 문제예요.' 그런 표현을 곳곳에서 찾아볼 수 있었죠. 여지를 없앨 마음으로 보낸 제 답장이 오히려 요리코 씨의 열의에 기름을 부었던 것 같습니다."

목에 낀 응어리를 떨쳐내듯 가볍게 기침을 했다.

"그 뒤로도 열성적인 편지를 몇 통이나 보내서, 제 마음에도 많은 변화가 생겼습니다. 어쩌면 요리코 씨의 말을 믿어도 되지 않을까 하고요. 요리코 씨의 열의에 만나지 않겠다는 다짐이 흔들린 것도 있지만, 요리코 씨와 만나면 마음의 빚이 해소되지 않을까 하는 기대도 생기더군요. 결국 결심하고 딱 한 번 만나겠다는 의사를 편지에 담아 보냈습니다. 마침 출장으로 상경할 예정이었어서 그 참에 만날 시간을 내기로 했습니다. 그게 10월 두 번째 일요일이었죠."

이가라시의 목소리는 전화라는 매개체의 존재를 잊고 독백의 울림을 띠기 시작했다. 린타로는 질문했다.

"시부야에서 만나기로 하셨죠?"

"서로 알아볼 수 있는 표식을 정해서 109빌딩 계단에서 만나기로 했죠. 표식과는 별개로 요리코 씨의 얼굴은 보자마자 한눈에 알아봤습니다. 어머니를 빼닮았더군요. 어머니의 얼굴은 몇 년이 지나도 잊을 수 없었습니다. 사고 당시 전면유리 너머로 눈에 들어온 얼굴이 지금도 가끔 꿈에 나옵니다." 한숨을 쉰 후 목소리 톤이 조금 바뀌었다. "조금 걸어서 룸이 있는 단팥죽 가게에 들어갔습니다. 거기로 가던 중에 그 소년과 마주쳤죠."

"요리코 씨가 어떤 질문을 하던가요?"

"요리코 씨는 사고가 일어났을 순간을 상세히, 정확하게 재현해달라고 하더군요. 저는 주저했습니다. 만약에 제가 목격한 걸 여과 없이 말하면 요리코 씨가 얼마나 괴로워할지 눈에 선했기 때문입니다."

"……그렇지만 말씀하셨죠?"

"네. 만나기로 약속할 때부터 그런 질문이 날아오리라 막연하게나마 예상했었죠. 본인을 앞에 두고 말문을 닫을 수는 없었습니다."

"그 사고는 어떻게 일어나게 된 건가요?"

짧은 침묵이 흘렀다. 이가라시는 목관악기에서 새 나오는 듯한 한숨 소리를 냈다.

"……그 일은 화창한 5월 저녁에 일어났습니다. 5시를 조금 지난 즈음이라 아직 어두운 시각은 아니었습니다. 주거래처에 납품을 마치고 돌아오는 길이었고 혼자 핸들을 잡고 있었죠. 길은 편도 2차선 직선도로였고 제한속도를 지키며 왼쪽 차선을 달리고 있었습니다.

진행방향 왼편 보도에 모녀의 모습이 보였습니다. 어머니는 배가 불룩한 임산부였고 쇼핑을 마치고 돌아오는 모습 같았죠. 그 어머니 두세 걸음 뒤로 빨간 치마를 입은 세 살쯤 먹은 여자아이가 팽이처럼 빙그르르 돌며 깡충깡충 뛰어오고 있었습니다."

이가라시의 목소리가 점점 떨리는 탓에 알아듣기가 힘들어져서, 린타로는 전화기를 귀에 바짝 가져다 댔다.

"불과 한순간에 수많은 일이 일어났습니다. 여자아이가 휙 하고 등을 돌렸는데, 갑자기 차도로 튀어나온 겁니다. 제 차 바로 앞이었죠. 순간 악 하며 급브레이크를 밟았고, 거의 동시에 어머니가 여자아이를 보호하기 위해 차도로 몸을 던졌습니다.

제 눈에는 여자아이와 어머니 사이에 보이지 않는 고무줄이 달려 있어서, 그 고무줄이 순간 수축하며 어머니를 차도로 끌어당기는 것처럼 보였습니다. 여자애는 몸을 던진 어머니에게 밀려 옆 차선으로 굴렀습니다. 다행히 그쪽 차선을 달리던 경차는 급브레이크를 밟아 가까스로 여자애 앞에서 멈췄지만, 제 차는 어머니를 피할 수 없었습니다. 간격이 너무 좁았습니다. 어머니의 몸이 공중으로 떠올랐다가 등부터 지면으로 내동댕이쳐지는 모습을 전 전면유리 너머로 보고 있었습니다……."

목소리가 뚝 끊겼다. 전화 케이블 사이에 태어난 침묵의 덩

어리가 전화기째 이가라시의 몸을 집어삼킨 것 같았다. 다시 말문을 연 목소리에는 까슬까슬한 피로의 징후가 배어 있었다.

"넋을 잃은 상태로 차에서 내렸습니다. 여자아이의 울음소리밖에 귀에 들리지 않았습니다. 아이는 무릎과 뺨을 살짝 긁히기만 했을 뿐 기적적으로 무사했습니다. 주위로 사람들이 몰려오며 뭐라고들 웅성댔습니다. 저는 겁에 질려서 어머니 쪽으로 시선을 쉽사리 향할 수 없었지만, 반대편 차선에 멈춘 하얀색 사니에서 남자가 뛰쳐나와 우미에, 우미에라고 연신 울부짖던 장면은 똑똑히 기억합니다. 나중에 알았지만 그 남자가 니시무라 유지 씨, 제가 친 부인의 남편이었죠."

다시 말문이 끊겼다. 이번엔 린타로에게 질문의 바통을 넘기기 위한 침묵이었다.

"지금 이야기 그대로 전한 건가요? 사고의 원인이 요리코 씨 본인에게 있다고요?"

"네……. 물론 요리코 씨에게 책임이 있다는 뉘앙스는 되도록 피하려고 노력했지만, 요리코 씨에게는 그렇게 들렸겠죠."

"요리코 씨는 어떤 반응을 보이던가요?"

"그 사고에 있어서 자신의 역할을 그때까지 모르고 있었던 건 확실합니다. 냉정한 척하려고 애쓰긴 했지만 충격을 감추지 못하더군요." 조금 머뭇거리다가 뭔가 생각이 났다는 듯 덧붙였다. "기운 나게 하려고 위로의 말을 건네긴 했는데, 헤어질 즈음 이미 요리코 씨는 다른 생각으로 머리가 가득 찬 것처럼 보이더군요."

"다른 생각이요?"

"예. 저 같은 건 안중에 없었다고 할까요. 무슨 생각을 하는지 저로서는 전혀 짐작할 길이 없었지만요."

그때 요리코가 무슨 생각을 했는지 알 것 같았다. 아마 그 순간이 후에 일어나는 사건의 방아쇠가 됐음에 틀림없다.

"그 뒤로 또 요리코 씨와 만나셨나요?"

"아뇨. 그날 이후로 그렇게 빈번히 날아왔던 편지도 뚝 끊겼습니다."

"알겠습니다." 린타로가 말했다. "오랫동안 시간을 할애해주셔서 정말 감사합니다. 시간을 뺏은 데다가 가슴 아픈 기억까지 다시 건드려서 정말 죄송합니다."

"제가 도움이 됐나요?"

"네."

"그럼 다행이네요……." 이가라시는 먼저 전화를 끊기가 두려운 듯했다. "지금까지 일부러 숨긴 건 아닙니다. 요리코 씨가 세상을 떠났다는 걸 알았을 때 몇 번이나 니시무라 씨 댁에 전화를 걸어 조문인사를 드릴까 생각했었습니다. 하지만 그럴 수 없었어요. 전 그 가족에게 재앙이나 마찬가지니까요."

다시 한번 감사의 마음을 전하고 린타로는 전화를 끊었다. 손바닥에 흠뻑 밴 땀이 이가라시와의 통화가 불러일으킨 긴장감의 정도를 방증하고 있었다.

린타로는 얼른 외출을 준비하고 집에서 나왔다. 알파로메오를 타고 236호선을 달렸다. 시간이 아까웠다. 오히라 종합병원에 가기 전에 사이메이 여학원에 들러야만 했다.

그제와 같은 수위가 수위실에서 린타로에게 인사했다. 린타로는 차에서 내려서 수위에게 말했다.

"부탁이 하나 있습니다."

"말씀하시죠."

린타로가 어젯밤에 작성한 보고서 봉투를 꺼내 수위에게 건넸다.

"이 서류를 지금 바로 이사장님한테 전해주시겠습니까? 전 급한 일이 있어서 당장은 찾아갈 시간이 없네요. 중요한 서류니까 본인에게 확실히 건네셔야 합니다."

"알겠습니다." 수위는 받아든 서류를 훈장이라도 되는 듯 품에 안았다. "제가 직접 건네드리겠습니다."

"그리고 이 차도 좀 맡아주세요." 정문 옆에 주차한 알파로메오를 엄지손가락으로 가리켰다. "렌터카니까 렌트 회사에 연락해서 가져가라고 하면 됩니다. 전 더 이상 필요 없어서요."

수위에게 열쇠를 건네고 사이메이 여학원을 뒤로 했다. 무의미한 말씽에 휘말리는 건 더는 사양이었다. 보고서의 위력에 모든 걸 맡기며 린타로는 두 번 다시 이 학교 부지에 발을 디디지 않겠다고 결심했다. 이사장의 낯짝을 볼 일도 없으리라.

택시를 잡고 기사에게 행선지를 알렸다.

23

오히라 종합병원에 도착한 때는 11시 반에 가까웠다. 린타로는 안내데스크에 부탁해서 구내방송으로 다카다를 로비로 불렀다. 니시무라 유지의 취조를 대비해 다카다도 이곳에 와 있을 터였다.

이내 다카다가 복도에 모습을 드러냈다. 등 뒤를 찌르는 칼날에 어쩔 수 없이 질질 끌려오는 포로병을 연상시키는 발걸음이었다. 린타로와 마주하자 표정에 한층 어두운 그늘이 드리워졌다.

"니시무라 씨는 의식을 회복했나?"

"네." 마치 반대 결과를 바라기라도 한 듯한 말투였다. "일반 병동으로 옮겨서 신경과 선생님과 면담하고 있어요."

"현경의 취조는?"

"3시부터예요. 병원 선생님들이 애써주셨지만, 더는 시간을 연장할 수 없다더군요."

3시라. 그럼 아직 시간이 있다.

"어제 내 부탁을 야지마 씨에게 전했어?"

다카다가 눈을 내리깔고 입술을 깨물었다. 그리고 간신히 알아볼 정도로 고개를 끄덕였다.

"야지마 씨가 뭐래?" 린타로가 물었다.

대답 대신 외면하듯이 고개를 뒤로 돌렸다. 시선을 좇아가자, 병동으로 이어지는 복도 모서리에 몸을 반쪽만 드러낸 야지마 구니코가 시야에 들어왔다. 몸 좌측이 가려진 탓에 반으로 찢어진 마음의 나머지를 벽 너머에 두고 온 것처럼 보였다.

다카다가 가볍게 헛기침했다. 그게 신호가 됐는지 야지마 구니코가 천천히 이쪽으로 걸어왔다. 그제 집중치료실에서 만났을 때는 느끼지 못한 어색함이 그녀의 움직임에 묻어났다. 그

것은 피로와는 다른 영역의 무언가가 드리운 그늘이었다.

린타로와 마주한 야지마 구니코는 딱딱한 인사를 건네고는 입안에서 우물거리기만 할 뿐 좀처럼 말문을 열지 않았다. 린타로가 먼저 말을 꺼냈다.

"다카다 군에게 얘기를 들으셨겠지만……."

"네." 그제야 구니코가 무거운 입을 뗐다. "아까 둘이 있을 때 들었어요. 진심으로 유지 씨를 의심하시나요?"

고개를 끄덕였다.

구니코가 린타로의 눈을 들여다봤다. 적의나 의심을 섞지 않은, 마음속 깊은 곳을 들여다보는 시선이었다. 린타로는 마음을 비우고 자신을 그녀 앞에 노출했다. 야지마 구니코 내면의 무거운 체인이 브레이크가 풀리며 조용히 돌아가는 게 피부로 느껴졌다.

"로비에는 보는 눈이 있어요." 다카다가 주위를 살피며 말했다. "사람이 없는 장소로 이동하죠."

구니코와 린타로는 고개를 끄덕였다. 다카다의 제안으로 병동 옥상으로 향했다.

세 사람 모두 입을 다문 채 좁은 계단을 올라 햇살이 정방형으로 들이비치는 문을 열고 바둑판처럼 콘크리트로 구획된 옥상으로 나왔다. 테니스코트 두 면 정도의 넓이로, 하늘색으로 칠한 철책이 주위를 에워싸고 있었다. 이곳을 휴식 공간으로 이용하는 사람이 있는지 담배를 버리는 쓰레기통과 벤치가 놓여 있었다.

야지마 구니코는 벤치로 향하지 않고 옥상 끄트머리까지 가서 철책 난간에 한 손을 얹었다. 린타로도 그 뒤를 따라 철책 옆에 섰다. 다카다는 두 사람과 조금 떨어진 위치에 멈춰 섰다.

아래를 내려다보면 평소와 다를 바 없는 일상이 펼쳐지고 있다. 온 세상이 평화롭다. 린타로에겐 믿겨지지 않는 광경이었다. 병원 에어컨 배기음에 섞여 육교를 건너는 전차 소리가 윙 하고 울려 퍼졌다. 자동차 클랙슨과 내원한 아이가 지르는 새된 목소리가 한데 섞여 연신 귀청을 울렸다. 먼지 자욱한 공기가 열기를 띠며 시가지 전체에 자욱이 내리깔렸다. 아직 9월 초였고 더위는 가시지 않았다.

구니코가 린타로를 쳐다봤다.

"토요일에는 무례하게 굴어서 죄송해요." 말투까지 싹 바뀌었다. "하지만 당신을 그렇게 대한 이유가 있었어요. 당신과 대화하면서 어떤 생각에 사로잡혔어요. 하지만 그땐 너무나 터무니없다고 생각해서……."

구니코의 말을 받아 린타로가 이어 말했다.

"그 생각을 떨쳐내기 위해 절 쫓아내셨군요."

"미안하게 됐어요. 하지만 당신이 떠난 후에도 그 생각은 제 머리에서 사라지지 않았어요. 당신 말대로 원래부터 제 안에 있던 생각이었죠."

"토요일 밤에는 우미에 씨에게 저에 대해 경고하셨더군요."

비난하려는 의도는 아니었는데, 구니코는 시선을 피하듯 고개를 떨구며 말했다.

"당신이 우미에에게 무슨 말을 했는지 동태를 살펴보려고 갔었어요. 우미에에게 당신의 험담을 한 이유는, 제 머릿속에 떠오른 생각을 우미에가 알아차릴까 두려워서였어요.

하지만 부정하려고 애쓸수록 의혹이 한층 무겁게 짓눌러왔어요. 그 사람을 위해서 입을 다물어야 한다고 몇 번이나 스스로를 타일렀지만 역시 그럴 수가 없었어요."

"그 사람이라면 니시무라 씨?"

"그래요." 그게 최대의 장애물이었던 것이다. "다카하시와 만났죠?"

"네."

"당연히 유지에 대한 제 마음도 들었겠네요?"

고개를 끄덕였다.

"……병실에 잠들어 있는 그 사람 얼굴을 보다 보니 참을 수 없었어요." 구니코는 고개를 들어 말했다. "망설이고 있을 때 다카다 군이 당신 얘기를 해줬어요. 그 얘기를 듣고 겨우 고백할 결심이 생겼어요."

"그 얘기가 니시무라 씨에게 불리할 것 같으면 억지로 말씀하지 않으셔도 됩니다." 구니코에 대한 동정심에 의도치 않은 말이 나왔다. "니시무라 씨를 배신하라고까지는 저도 강요할 수 없죠."

"아뇨, 제 의지로 말하는 거예요." 구니코가 단호히 말했다. "그리고 전 그 사람을 배신할 마음이 없어요. 오히려 그 사람에게 기회를 주기 위해 고백할 생각이니까."

그러면서도 다음 말을 입에 담기 위해 구니코는 상당히 고투하는 것 같았다. 뼈가 다 드러날 것처럼 강하게 주먹을 쥐었고, 눈물이 글썽거릴 정도로 입술을 악물고 있었다.

"오늘 아침 이가라시 다미오 씨와 통화를 했습니다." 린타로는 구니코의 결심에 힘을 북돋우려고 했다. "14년 전의 사고에 대해서도 이가라시 씨한테 들었습니다."

"그랬군요." 입술 사이로 천천히 숨이 새어나왔다. "당신 생각이 맞아요. 그 사람 수기에 쓰여 있는 건 하나부터 열까지 거짓말이에요. 유지는 요리코를 사랑하지 않았으니까."

"네?"

"……증오했을지도 몰라요."

그 말은 마치 간절한 기도가 깃든 종소리처럼 울렸다. 암흑을 한없이 헤매는 이룰 길 없는 기도. 린타로는 침묵에 사로잡혔다. 린타로만이 아니라 이 세상 모두가 침묵 속으로 빠져든 것 같았다.

하지만 야지마 구니코는 모든 걸 고백할 각오가 되어있었다. 이제는 일말의 망설임도 남지 않았다. 침묵이 한 점으로 응축하자, 구니코가 봇물 터지듯 말문을 열기 시작했다.

"그렇게 된 건 모두 14년 전 사고 때문이었어요……. 그러나 그전에 유지와 우미에 두 사람에 대해 말하지 않으면 이해하지 못하겠군요.

두 사람은 고등학교 때 처음 만났어요. 저와 함께 학생회 임원이었죠. 우미에가 유지를 좋아한다고 제게 털어놓았어요. 전 우미에의 절친한 친구로서 두 사람이 맺어지도록 이것저것 거들었고……."

"당시 일에 대해서는 다카하시 씨에게 상세히 들었습니다."

"그랬군요." 구니코의 시선이 정처 없이 허공을 헤맸다. "벌써 30년도 더 된 일이네요. 그 무렵부터 두 사람은 서로가 없는 인생을 상상하지 못할 만큼 끈끈하게 연결되었죠. 옆에서 봐도 부러운 관계였고 이미 그때부터 서로를 반려자로 약속한 분위기가 풍겼어요."

구니코는 짧게 한숨을 내쉬고 고개를 살짝 저었다. 잠깐이라도 자신의 상념을 멀리 떨쳐내려는 제스처였다.

"고등학교를 졸업한 후 두 사람은 서로 다른 대학에 진학했지만 관계가 소원해지는 일은 결코 없었어요. 매일 편지를 주고받았고 일요일에는 데이트를 했죠. 얼굴을 마주할 때마다 서로에게서 새로운 면을 발견하고 몇만 번을 만나도 질리지 않는다, 그 당시 우미에에게 그런 얘기를 참 자주 들었어요. 유지가 대학에 남아 연구자의 길을 걸어가기로 결심한 것도 우미에의 격려가 있었기 때문이에요. 그 사람이 영국으로 유학 가게 됐을 때 가장 기뻐한 사람도 우미에였어요."

"하지만 두 분은 결혼에 상당히 신중했다고 들었습니다." 린타로가 말했다. "다카하시 씨는 그게 이상했다면서, 니시무라 씨가 부인의 집안 눈치를 본 것 같다고 말하더군요."

구니코가 고개를 저었다.

"그렇지 않아요. 우미에의 부모님은 유지를 매우 마음에 들어해서 눈치 같은 건 전혀 보지 않았어요. 지금 사는 집도 두 사람이 결혼하기로 결심한 후 우미에의 부모님이 축하한다며 빌려준 돈으로 지었는데, 그때도 유지는 고마워하긴 했어도 껄끄러워하거나 눈치를 보지는 않았어요."

"그럼 어째서 영국 유학 전에 식을 올리지 않았죠?"

"자신에 대한 엄격함 때문이겠죠. 유지는 연구자로서 인정받는 성과를 올리기 전까지는 배우자의 자격이 없다는 생각이 강했어요. 결혼을 중요한 의식으로 여겼기 때문에 더더욱 관계나 시간에 쫓겨서 식을 올리고 싶지 않았을 거예요. 런던에서 생활하면서 우미에에게 걸맞은 남자가 되겠다는 결의도 있었을 테고요.

그리고 2년 남짓 떨어져 지낸다고 문제가 생길 두 사람이 아니었어요. 바다를 사이에 두고 매일같이 편지가 오갔어요. 우편료도 만만찮았겠지만, 어떻게 그 많은 편지를 쓰면서 다른 일을 해냈는지 지금도 신기해요.

물론 말은 이렇게 해도 우미에는 그 당시 상당히 적적해 보였어요. 하지만 절대 약한 소리를 하진 않았죠. 본가에서 지내며 근방 아이들에게 영어를 가르치면서 오로지 유지의 귀국

만을 기다렸죠. 길다면 길고 짧다면 짧은 2년이었어요. 유지의 귀국 후 반년쯤 지나 두 사람은 드디어 결혼에 골인했죠."

"두 분이 사귄 후로 결혼에 이르기까지 10년 이상이 걸린 셈이군요."

"빠르게 타오르는 사랑만이 진정한 사랑은 아니에요." 구니코가 차분한 목소리로 말했다. "그렇게 오랜 기간 사랑을 키워 나가는 건 보통 일이 아니에요. 두 사람이 서로에게 성실했다는 증거죠."

"두 분의 결혼 생활은 어땠나요?"

"첫 몇 년간은 순풍에 돛을 단 배라는 말이 딱 어울렸어요. 결혼할 무렵부터 유지의 연구는 학계에서 높은 평가를 받아 지금의 대학에 교수로 초빙받고 강의를 시작했죠. 우미에도 이상적인 아내였고, 일 년 후에는 요리코가 태어나면서 세 사람은 행복으로 충만한 나날을 보냈어요. 그 당시만 해도 유지는 요리코를 눈에 넣어도 아프지 않을 만큼 귀여워했죠.

그로부터 2년 반이 지나 우미에가 둘째를 임신했어요. 유지가 아들을 꼭 갖고 싶다고 바라서였죠. 그 시절 가족의 행복은 영원히 지속될 것처럼 보였어요."

"니시무라 가의 접객실에서 세 사람이 함께 찍은 사진을 봤습니다."

"제가 셔터를 눌렀어요." 그 목소리에는 지금까지와는 다른 어두운 울림이 깃들어 있었다. "우미에가 사고를 당하기 불과 한 달 전에 찍은 사진이에요."

"이가라시 씨 말로는 그 사고의 원인이 어린 요리코 씨였다더군요. 도로에 튀어나온 딸을 구하려다가 부인이 차에 치였다고요."

"그래요." 구니코는 14년 전 비극의 여운에 잠겨 무거운 한숨을 내쉬었다. "하지만 진짜 불행은 마침 대학에서 돌아오던 유지의 차가 그 현장을 지나가고 있었다는 거예요. 유지는 현장을 반대편 차선에서 목격하고 말았어요."

린타로는 이가라시의 이야기를 떠올렸다. 니시무라 유지가 사고 현장에서 등장한 장면을. 구니코의 말이 이어졌다.

"그 순간부터 유지는 요리코를 미워했어요. 이건 제 상상이지만, 유지의 눈에는 어린 요리코가 아내를 차 앞으로 끌어당긴 것처럼 보이지 않았을까요. 유지에게는, 누구보다 사랑하는 아내의 몸을 그렇게 만들고 탄생을 기다리던 8개월 된 아들을 죽인 사람이 다른 누구도 아닌 요리코였던 거예요……."

격해진 목소리가 거기까지 치달았다가 뚝 끊겼다. 그 후 다소 감정을 억누른 목소리가 이어졌다.

"그로부터 14년간 그 사람은 단 한 번도 요리코를 진심으로 용서하지 못했을 거예요. 겉으로는 좋은 아빠였을지도 몰라요. 하지만 그건 아내 앞에서 연기한 모습일 뿐이에요. 그는 마음속 가장 깊은 곳에서 요리코를 완전히 거부했어요. 우미에를 너무나 깊이 사랑한 나머지 오갈 곳 없는 분노를 모두 요리코에게로 향하고 말았죠."

"요리코 씨는 아버지의 본심을 알고 있었을까요?" 린타로는 물었다. "모리무라 씨 말로는 요리코 씨가 아버지를 꽤 흠모했나 본데요."

"알았겠죠." 가슴에 사무치는 비정한 대답이었다. "요리코가 얼마나 민감한 아이였는데요. 몰랐을 리 없죠. 거부당하는 걸 알아서 오히려 훨씬 더 아버지의 사랑을 갈구했을 거예요. 하지만 유지의 마음은 모두 우미에에게 바쳐져 있었어요. 그런 상황이라면 일반적으로 어머니에게 라이벌의식을 가지겠지만, 요리코에게는 그것조차 허락되지 않았어요. 요리코의 잠재의식 속에는 분명 사고 당시 가라앉은 기억이 똬리를 틀고 있었을 거예요. 어머니에 대한 죄책감이 요리코의 퇴로를 가로막았고, 그렇게 요리코는 스스로를 점점 궁지로 몰아갔겠죠."

그것이야말로 마쓰다 다쿠야가 말한 "정체 모를 죄책감"의 정체였던 것이다. 다쿠야가 한 걸음만 더 내디뎠다면 요리코의 마음을 열 수 있었을 텐데…….

"성장하면서 요리코는 깜짝 놀랄 정도로 어머니를 닮아갔어요. 무의식중에 어머니 몫을 대신하려고 했겠죠. 우미에의 몸이 불편하니까 부족한 부분을 자신이 채우려는 것처럼요. 의식 기저에 깔린 어머니에 대한 죄책감과 아버지의 사랑을 바라는 마음이 상승작용을 일으켰다고 생각해요.

하지만 요리코가 어머니를 닮아갈수록 아버지의 미움은 더욱 커져갔어요. 난 유지에게 몇 번이나 은근슬쩍 요리코에게 그러지 말라고 충고했어요. 하지만 헛수고였죠. 그 사람은 우미에를 너무나 사랑한 나머지 완고한 마음의 벽을 무너뜨리려 하지 않았어요."

구니코는 다시 입술을 악물었다. 거부당하는 딸의 심정에, 구니코는 오랫동안 숨겨온 자신의 이루지 못한 마음을 겹쳐봤는지도 모른다.

"작년 가을쯤부터 요리코의 정신 상태가 한층 불안정해졌어요. 옛날 앨범을 꺼내서 젊은 시절의 어머니를 빤히 들여다보는 모습이 자주 눈에 띄었죠. 자신을 어머니와 동일시하는 것처럼요. 실제로 그 즈음부터 요리코는 전보다 더 어머니를 쌍둥이처럼 빼닮아갔어요. 그런 요리코를 볼 때마다 막연한 불안감을 느꼈지만, 결국 아무 행동도 취하지 못했어요……."

작년 가을이라면 요리코가 이가라시로부터 14년 전 사고의 전말을 들었을 무렵이다. 요리코의 이상행동은 그때까지 무의식 속에 숨어 있던 죄책감이 선명하게 의식의 표면으로 떠올랐음을 의미했다. 요리코는 속죄하기 위해 상실된 어머니의 육체를 자신을 통해 재현하려고 한 것이다.

"가여운 요리코." 구니코가 읊조렸다. "사고가 없었더라면, 아버지한테 거부당하지만 않았더라면 그런 경솔한 행동은 안 했을 텐데."

그러고는 말문을 닫고 기력을 소진한 듯이 지그시 고개를 떨궜다. 눈가에 눈물이 고여 있었다. 린타로는 말없이 구니코의 옆얼굴을 바라봤다.

"이제 아시겠죠." 가까스로 고개를 들고 구니코가 말했다. "제가 한 말은 모두 한 치의 거짓 없는 진실이에요. 그 정도로 아내를 사랑했고 그렇기에 더더욱 요리코를 용서할 수 없었던 사람이 그런 짓을 할 리가 없어요. 수기에 나온 감정은 모두 거짓이에요. 유지가 요리코를 위해 자신을 희생할 리가 없어요.

더군다나 우미에를 버린다니, 절대 있을 수 없는 일이에요. 모든 게 완전히 잘못됐어요." 린타로의 귀는 그 뒤에 구니코의 입에서 새어 나온 나지막한 읊조림을 놓치지 않았다.

"……가여운 유지."

멀리서 또 전차가 육교를 지나가고 있었다.

"니시무라 씨가 부인이 아닌 다른 누군가를 위해 목숨을 바칠 수 있을까요?"라고 린타로가 물었다.

"아뇨."

"그럼 부인에 대한 사랑을 관철하기 위해서라면 니시무라 씨는 어떤 비열한 행위라도 무릅썼을까요?"

"그랬겠죠."

"그게……," 린타로는 말했다. "살인일지라도?"

구니코가 고개를 끄덕였다.

린타로는 그제야 니시무라 유지라는 인간을 이해할 수 있게 되었다. 야지마 구니코의 절망과 맞바꿔 간신히 린타로의 시야가 넓어진 것이다. 그러나 린타로의 눈에 비친 것은 오싹할 정도로 황량한 폐허의 풍경이었다. 린타로는 욕지기가 났다. 그 욕지기는 사랑과 증오와 인간 존재가 지닌 죄에 대한 경외감과 다르지 않았다.

"취조가 3시부터라고 했죠." 린타로는 자리를 파하려고 말했다. "그 시각에 병실로 찾아가겠습니다. 니시무라 씨에게 꼭 확인해야 할 게 있습니다."

"잠깐만요." 그때까지 아무 말 없이 귀 기울이던 다카다가 린타로 앞을 가로막았다. "부탁입니다, 노리즈키 씨. 더 이상 이 사건을 파고들지 말아주세요."

린타로는 다카다의 눈동자에 자신이 마주친 풍경과 동일한 빛깔의 그림자가 깃들어 있음을 알아차렸다.

린타로는 고개를 저으며 다카다 옆을 지나쳤다.

24

니시무라 유지가 옮겨진 병실은 이전 병실과 같은 1호 병동 5층에 있었다. 오후 3시, 복도에서 린타로는 미도리기타 서에서 나온 형사와 잠깐 말을 나누었다. 상대는 차분한 외모에 키가 큰 경부였고 이름은 사에키라 했다. 나카하라 형사는 안 왔냐고 묻자 사에키가 고개를 저었다.

"나카하라 형사는 이번 사건에서 제외됐습니다." 그 이상 아무 설명도 하지 않았다.

린타로는 자신의 입장을 간단히 설명하고 사정청취 전에 니시무라 씨와 대화를 할 수 없냐고 물었다.

"20분이면 충분합니다."

"뭐 때문에 그러시죠?"

"복잡한 문제입니다. 딱 부러지게 설명하기가 어렵군요."

사에키가 얼굴을 찌푸렸다. 그때 병실 문이 열리며 의사와 간호사가 나왔다. 린타로는 의사와 눈인사를 나눴다. 토요일 식당에서 대화를 나눴던 요시오카 의사였다.

"들어오시죠." 요시오카 의사가 사에키에게 턱짓을 했다. "이틀이나 예정일을 앞당겼다는 사실을 잊으시면 안 됩니다. 환자가 절대 흥분하지 않도록 해야 합니다."

"부탁합니다, 형사님." 린타로가 다시 부탁했다.

병실에서 다카다가 뒤따라 얼굴을 내보였다. 린타로의 모습을 발견하자 다카다의 몸이 경직됐다. 다른 사람들의 이목 따위 아랑곳하지 않고 린타로에게 말했다.

"교수님을 만나지 말아주세요."

린타로는 고개를 저었다.

"난 니시무라 씨를 만나야 해."

"꼭 그래야만 합니까?"

"그래, 요리코를 위해서라도."

"두 사람, 대체 무슨 얘기를 하는 겁니까?"

사에키가 당혹감을 감추지 않고 둘 사이에 끼어들었다.

다카다는 자기 안의 무언가와 격렬히 다투는 것 같았다. 린타로는 입술을 꾹 다물고 다카다를 가만히 응시했다. 다카다의 눈동자 속에 당장이라도 타오를 것 같은 애처로운 빛이 존재했다. 추한 현실을 알아버린 자에게만 깃드는 절망의 빛이었다.

그러나 다카다는 내면의 갈등에 드디어 종지부를 찍었다. 간절히 호소하듯 린타로 눈에 자신의 시선을 포개었다.

"……교수님의 마음을 헤아려주세요."

린타로는 고개를 끄덕였다. 다카다가 자신에게 호소하려는 것이 무엇인지 어렴풋이 알 것 같았다. 다카다의 눈에 눈물이 고여 있었다. 너무나도 버거운 그 메시지에 과연 부응할 수 있을까, 린타로는 생각했다.

"형사님." 다카다가 사에키를 돌아보며 말했다. "노리즈키 씨와 교수님 두 분이서만 잠시 대화를 나눌 수 있을까요?"

사에키는 자신이 제삼자 취급을 받고 있다고 느낀 듯했다. 사에키는 쉽사리 결정하지 못하다가, 다카다의 절실한 요청에 압도됐는지 승낙했다.

"어쩔 수 없군요." 사에키가 말했다. "딱 20분만 특별히 인정해드리죠. 당신이니까 허락하는 겁니다, 노리즈키 씨. 그 대신 나중에 우리 수사에 협력해주셔야 합니다."

"고맙습니다." 먼저 그렇게 말한 건 다카다였다.

"야지마 씨는?" 린타로가 물었다.

다카다는 고개를 저었다.

"아까 어딘가로 나가신 후로는……." 대답이 더 이어지지 않았지만 린타로는 이해했다.

린타로와 다카다는 문 앞에서 서로를 지나쳤다. 발걸음을 멈춘 순간 눈과 눈이 부딪쳤다. 린타로는 청년의 어깨에 가볍게 손을 얹었다. 앙상하기 그지없는 어깨였다. 그 어깨가 짊어진 짐을 이제 린타로가 넘겨받은 것이었다. 고개를 슬쩍 떨구는 다카다의 뒷모습이 마지막으로 눈에 들어왔다.

린타로는 문을 닫았다.

"노리즈키 씨군요."

처음 듣는 목소리에 고개를 돌리자 홍갈색 눈동자가 린타로를 맞이했다. 니시무라 유지는 환자복 차림으로 침대 위에서 상반신을 일으키고 있었다. 린타로는 고개를 끄덕이며 그의 곁으로 걸음을 옮겼다.

"기다리고 있었습니다. 의자에 앉으시죠. 아, 그 전에 블라인드를 좀 내려주시겠습니까. 죽으려고 작정했던 주제에 바깥 햇살은 왜 이리도 눈부신지."

린타로는 그 말을 따랐다.

"상당히 젊은 분이군요." 니시무라 유지가 말했다. "실례지만 나이가?"

린타로가 대답하자 니시무라가 자신을 되돌아보며 지나간 세월을 아쉬워하는 표정을 지었다. 노스탤지어의 물결이 한순간 그의 눈동자 속을 가로질렀다. 하지만 그 물결을 무기 삼아 린타로의 우위에 서려는 의도가 슬쩍 엿보인 것도 사실이었다.

"노리즈키 씨 얘기는 방금 다카다 군에게 들었습니다." 니시무라가 정색하며 말했다. "제 이중 살인을 간파한 솜씨는 참으로 훌륭하군요. 두 손 두 발 들었습니다."

니시무라의 목소리에는 시뻘겋게 달아오른 초조함의 흔적이 섞여 있었다. 아마 자존심의 잔해이리라.

"허세는 그만 부리시죠." 린타로가 말했다. 니시무라가 움찔했다.

"이건 마지막 기회입니다." 린타로가 엄숙한 태도로 말을 이었다. "다카다 군이 당신에게 기회를 줬습니다. 전 다카다 군의 역할을 대신하는 것뿐입니다."

"……기회라." 니시무라는 아까와는 확연히 다른 기죽은 목소리로 중얼거렸다. "그럼 다카다 군도 알고 있습니까?"

"아마도. 제가 알고 있으니 다카다 군이 모를 리 없겠죠. 틀림없이 야지마 구니코 씨도 같은 결론에 이르렀을 겁니다."

"아아." 니시무라가 한숨을 내쉬었다. "모두가 날 따라잡았나. 내겐 더 살 의지조차 없었는데."

"시간이 없습니다." 린타로는 애써 감정을 억누르고 말했다. "제게도, 당신에게도."

"나한테도……."

그 말을 계기로 니시무라 안에서 무언가가 형태를 다시 갖춘 것 같았다. 린타로는 니시무라의 눈 속에서 마지막까지 쥐어짠 자성의 빛을 발견하고 드디어 본론으로 들어갔다.

"전 '페일 세이프' 작전의 진짜 목적을 알았습니다. 그 순간 이 사건의 모든 양상이 단번에 모습을 바꿨지요.

'페일 세이프' 작전의 진짜 목적은, 8월 18일에 요리코 씨가 발급받은 첫 번째 진단서와 똑같은 한 장을 손에 넣는 것이었죠. 그걸 히이라기 노부유키의 책상 서랍에 몰래 갖다 놓음으로써 히이라기 노부유키가 요리코 씨를 임신시킨 장본인임을 기정사실로 만들려고 말입니다."

니시무라는 눈을 내리깔며 말없이 인정했다.

"지문 문제는 어떻게 처리했습니까?"

"31일 밤, 전 무라카미 의사로부터 받은 봉투를 그대로 히이라기에게 건넸지요. 자연스럽게 그의 지문이 두 번째 진단서에 남도록. 물론 요리코의 지문도 남아 있어야 했지만 거기까지 신경 쓸 필요는 없다고 생각했습니다. 제 지문을 남기지만 않으면 경찰에서 의심하지 않을 거라 판단했죠. 히이라기를 죽인 후 손수건을 쥐고 책상 서랍 속 비망록 사이에 끼워놓았어요. 봉투는 물론 처분했고요."

"경찰에서는 아직도 히이라기 노부유키가 요리코 씨를 임신시켰다고 믿고 있습니다. 사이메이 여학원 관계자도 대외적으로는 부인하더라도 실제로는 그렇다고 믿고 있고요.

그런데 첫 번째 진단서는 어떻게 됐죠? 구태여 '페일 세이프' 같은 복잡한 방법을 동원할 필요 없이, 처음부터 첫 번째 진단서를 썼으면 아무 문제 없었을 텐데요?"

니시무라가 힘없이 고개를 저었다.

"그렇게 하고 싶어도 첫 번째 진단서는 그 시점에 제 손에 없었으니까요. 히이라기 노부유키에게 죄를 뒤집어씌우는 계획을 떠올린 건 한참 지난 뒤였고, 그 당시에는 이성을 잃어 찢어버리고는 곧바로 증거인멸을 위해 불태워버렸죠."

"그 당시라면 21일 밤 요리코 씨가 그 진단서를 아버지인 당신에게 내밀었을 때를 말하는 거겠군요."

"그래요." 니시무라가 고개를 떨구며 말했다.

"그렇다면 요리코 씨를 임신시킨 남자는 역시 당신입니까?"

25

얼음장 같은 침묵이 찾아들었다. 이윽고 자기연민으로 가득 찬 니시무라의 목소리가 그 침묵을 천천히 녹였다.

"……꼭 그렇다고는 할 수 없습니다."

"이런 상황까지 와서도 여전히 도망칠 궁리를 하는 겁니까?" 린타로는 분노 어린 목소리를 미처 감추지 못하고 말했다.

"아니, 그런 게 아니에요. 그런 뜻이 아닙니다. 실상은 노리즈키 씨의 생각과는 조금 다른 방식으로 전개되었다는 말이에요. 제 말을 들어주시죠."

니시무라는 자신의 허리와 침대 사이에 베개를 끼우고 등을 기댔다. 조금이라도 신체의 부담을 덜기 위해서였다. 허나 상처 입은 마음과 외부의 현실을 완충하는 쿠션은 이미 그 어디에도 없었다.

"모든 원흉은 14년 전 사고였지요. 아내의 건강과 태중의 아들을 한 번에 잃은 저는 그 후로 사고의 원인인 요리코를 내밀히 미워했습니다. 제가 그날 우연히 사고 현장을 목격하지 않았더라면 그렇게 되지 않았겠죠. 그러나 전 딸이 차도로 튀어나오는 모습을 똑똑히 보고 말았습니다…….

저라고 괴롭지 않았겠습니까. 딸을 미워하다니 말도 안 되는 감정이라고 얼마나 자신을 다그쳤는지 모릅니다. 하지만 사고의 순간은 제 눈에 각인되어 뇌리에서 요리코의 과실을 몇만 번이나 재현하곤 했습니다.

전 약한 인간이지요. 압도적인 불행을 무덤덤하게 제 삶에 받아들일 수가 없었습니다. 누군가에게 증오를 퍼붓지 않으면 제정신을 유지할 자신이 없었습니다. 거기에 요리코가 있었고요. 제게 선택지는 없었습니다. 남몰래 요리코를 증오함으로써 악몽 같은 현실과 간신히 타협했습니다."

린타로의 눈에 띤 비난의 빛을 알아차렸는지, 니시무라가 잠시 우물거렸다.

"하지만 당신은 마음속 증오를 감추고 겉으로는 자상한 아버지를 연기했습니다." 린타로가 말했다.

"그랬죠. 절 위선자라 부르고 싶다면 그렇게 해요. 하지만 아내만은 제 증오심을 모르길 바랐습니다. 추한 맨얼굴을 우미에에게 들키고 싶지 않았습니다. 그게 무서워서 사고의 기억을 마음 깊은 곳에 감추고 요리코를 사랑하는 척하며 지냈습니다.

그러나 아무리 딸을 사랑하는 아버지를 연기해도, 당사자인 요리코를 속일 수는 없었습니다. 딸은 언젠가부터 제 본심을 분명히 알아챈 것 같았습니다. 그런데도 그 아이는 제 사랑을 바라더군요.

물론 헛된 노력이었지요. 이룰 수 없는 바람이란 걸 알자 그 아이는 가장 비열한 방법으로 제 마음을 끌려고 했습니다. 요리코는 성장할수록 엄마를 닮아갔습니다. 그 사실이 저에게 미치는 효과를 눈치챈 요리코는 엄마와 더 닮으려고 어지간히도 노력했을 겁니다. 특히 지난 1년간은 처음 만났을 무렵의 아내가 환생한 것 같아서 무척 견디기 어려웠습니다. 그건 요리코의 복수였습니다."

린타로는 잠자코 있을 수 없었다.

"그건 너무나 극단적인 해석입니다."

"그럴지도 모르죠……." 니시무라는 썩은 늪에서 피어오르는 독기와 같은 한숨을 내쉬었다. "하지만 5월 초에 요리코가 제게 놓은 덫은 복수라고밖에 볼 수 없습니다."

"그게 5월 17일 밤의 일이었나요?"

니시무라는 기억의 달력을 확인하듯이 허공을 응시했다.

"그래요. 그날 밤, 동료와 한잔 걸친 저는 많이 취해서 집으로 돌아왔습니다. 전 원래 술이 그리 세지 않아요. 집에 어떻게 돌아왔는지도 가물거리는 상태로 제 방에 들어와서 넥타이조차 풀지 못하고 침대에 쓰러져 누웠죠.

그로부터 몇 시간이 지났는지 모르지만 전 인기척을 느끼고 번뜩 눈을 떴습니다. 꿈을 꾸는 듯 몽롱한 와중에 침대 옆에 서 있는 사람이 아내 우미에라는 걸 깨달았습니다. 현재의 우미에보다 훨씬 젊은, 아직 여학생 같은 모습이었지요. 물론 사지도 사고 전과 같았습니다. 저는 주저 없이 우미에를 침대로 불러들였습니다. 꿈이라고만 믿었죠.

제 기억은 거기서 끊겼습니다. 다음 날 아침 눈을 떴을 때 전 잠옷 차림이었습니다. 속옷도 갈아입은 상태였고, 지난밤에 무슨 일이 벌어졌는지 전혀 짐작이 가지 않았어요. 전 모두 꿈속 일이라 생각하기로 했지요.

그로부터 세 달이 조금 더 지난 8월 21일 밤, 전 제가 함정에 빠졌다는 걸 깨달았습니다. 그날 요리코는 해질 무렵부터 자기 방에 틀어박혀서 저녁을 먹으러 내려오지도 않았습니다. 저녁에 외출했다고 나카하라 형사에게 한 말은 물론 거짓말이었죠. 그런데 9시경, 요리코가 갑자기 할 얘기가 있다면서 자기 방으로 절 불렀습니다. 거기서 느닷없이 진단서를 제 눈앞에 들이민 겁니다. 요리코는 제게 5월 17일의 일을 일깨우며 아이 아버지가 저라고 말했습니다.

이성을 잃은 전 스스로를 제어할 수 없었고, 정신을 차렸을 땐 요리코의 목을 조르고 있더군요. 요리코가 그 일을 우미에에게 알리겠다고 협박했기 때문이었지요. 전 요리코를 용서할 수 없었습니다. 요리코가 다른 누구도 아닌 저와 우미에의 사랑을 갈라놓으려고 한다고, 그러려고 작정했다고밖에 생각할 수 없었습니다. 14년 동안 제 마음속에 깊이 눌러놓았던 증오가 그 순간 단숨에 폭발하고 말았습니다."

"그건 복수가 아니었습니다……." 절망적인 심정으로 린타로는 말했다. "요리코 씨는 당신한테 사랑받고 싶었을 겁니다.

어머니에게 향하는 애정의 몇천 분의 일이라도 좋으니 자신에게도 그 사랑을 나누어주기를 바랐던 겁니다."

"그만, 그만." 니시무라가 되뇌었다.

"아니, 어쩌면 정말로 당신의 아이를 원했을지도 모릅니다."

25일의 기술이 린타로의 뇌리에 떠오르는 동시에 마음에 걸렸던 작은 의문 하나가 해소됐다. 무라카미 의사에게 임신 소식을 듣자 "요리코는 어째서인지 안도하는 표정을 지은 모양이었다"고 니시무라는 썼다. 하지만 실제로는 딸이 "안도하는 표정"을 지은 이유를 알았을 것이다. 알면서도 인정하고 싶지 않았기 때문에 무의식적인 방어기제가 "어째서인지"라는 표현을 쓰게 한 것이다.

린타로는 강한 어조로 말을 이었다.

"요리코 씨는 더 이상 아이를 낳을 수 없는 어머니 대신 당신이 그토록 원하던 아들을 낳고 싶었는지도 모릅니다. 14년 전 사고에 대한 요리코 씨 나름의 속죄였다고 생각할 수는 없을까요?"

그러나 니시무라는 린타로의 눈을 피했다.

"요리코를 죽인 후의 일은 노리즈키 씨가 익히 아시는 바와 같습니다. 고양이 브라이언이 침대 밑에서 느닷없이 저를 공격해서, 저도 모르게 맨손으로 때려죽이고 말았습니다."

그때의 감촉이 느껴진다는 듯이 니시무라는 자신의 양손을 들어 올렸다. 딸을 죽인 것보다 고양이까지 휘말리게 만든 것이 더 가슴 아프다는 제스처로 보였다.

"수기 속 속임수를 간파하다니 정말 대단하군요. 다카다 군에게 얘기를 들었을 때 감탄했습니다. 노리즈키 씨는 제 생각을 세세한 부분까지 모조리 꿰뚫어 본 것 같더군요. 8월 26일의 기술을 나중에 가필한 것도, '페일 세이프' 작전을 세운 이유도 방금 전 노리즈키 씨가 지적한 대로 히이라기 노부유키를 아이의 친부라고 뒤집어씌우려는 첫 번째 목적 때문이었지요. 네, 전 딸의 복수라는 명목 뒤에 숨어서 모든 책임을 히이라기에게 전가할 작정이었습니다.

하지만 딱 하나 노리즈키 씨가 모르는 사실이 있습니다. 당신이 믿어준다면 좋겠습니다만……. 배 속의 아이는 제 아이가 아니었습니다. 정말로 히이라기 노부유키의 아이였습니다."

"말도 안 되는 소리를."

"당연히 그렇게 생각하겠지요. 하지만 제게는 그날 밤, 딸과 완전히 행위에 이른 기억이 없습니다. 다만 딸의 말을 곧이곧대로 받아들이고 부덕을 수치스러워했습니다. 그 후 제 대역으로 히이라기 노부유키라는 남자를 골랐다가 문득 혹시나 하는 마음이 생기더군요. 관계 없는 제삼자라고 하기에는 너무나도 많은 조건이 히이라기라는 남자와 맞아떨어졌기 때문이지요.

제 의심은 틀리지 않았습니다. 마지막 날 저는 히이라기를 제압한 후 거짓 없는 진실을 받아냈지요. 요리코는 정말로 히이라기와 관계를 가졌던 겁니다. 그건 5월 19일, 제가 학회 출석으로 집을 비운 날 밤이었습니다.

분명 요리코는 17일 밤, 저와 완전히 관계를 갖지 못했을 겁니다. 같은 방법으로 다시 시도해도 성공할 가능성이 낮다고 판단한 요리코는 대역을 쓰기로 마음먹었죠. 히이라기 노부유키는 그 시점에 무대에 등장했습니다. 그러니 제가 히이라기 노부유키를 선택한 것이 아니라, 이미 요리코가 선택했던 남자의 프로필을 다시 한번 따라간 것이었습니다."

니시무라는 자신의 말에 필사적으로 매달리고 있었다. 더는 달리 매달릴 곳이 없는 것처럼.

"저와 똑같이 B형이었다는 점, 그리고 요리코의 주변 인물 중에서 가장 문란했던 남자였다는 점 때문에 히이라기를 선택했겠죠. 요리코는 제게 충격을 주기 위해 어떻게 해서든지 아이가 필요했습니다. 저를 속이기 위해서라면 누구의 아이든 상관없었을 테죠. 저는 요리코의 계략에 어김없이 속아 넘어간 꼴이랍니다. 그 결과 이렇게 파멸하게 되었고요. 배 속의 아이가 제 핏줄이 아니었다는 점만이 지금의 저에게 유일한 구원입니다."

실제로 니시무라 말대로 이루어졌을 것이다. 아이의 아버지를 특정하기 어렵다 한들 니시무라 요리코가 히이라기 노부유키와 관계를 맺은 사실은 부정할 수 없다. 그렇지 않고서는 사이메이 여학원의 이사장이 그렇게 빨리 나카하라 형사의 수사에 압력을 가한 사실을 설명할 길이 없다. 히이라기는 찔리는 구석이 있으니 사건이 발생하자마자 자신에게 향할 비난을 없애기 위해 이사장에게 울며 매달렸을 터였다.

그러나, 그렇다고 해서 눈앞에 있는 남자의 죄가 가벼워지진 않는다.

"그런 게 구원이라니 헛소리입니다." 린타로가 말했다. "기만적인 자위에 불과합니다. 당신만 그렇게 믿을 뿐 다른 사람은 똑같다고 받아들일 겁니다."

아직 9월 초밖에 안 됐는데 니시무라는 한겨울 추위가 뼛속 깊이 파고든 표정이었다.

"그럴지도 모르지요. 최소한 아내에게는 똑같겠군요. 제가 아내를 배신한 사실은 부정할 수 없죠. 결국 저도 한순간은 요리코의 말을 믿었으니까요."

니시무라가 갑자기 두 손으로 얼굴을 가렸다. 자신의 추악함을 은폐하려는 듯이.

"어떤 이유에서건 죽어 마땅한 죄를 지었지요. 요리코를 죽인 밤, 이미 자살을 결심했습니다. 친딸과 관계를 맺은 데다가 그 딸을 죽인 저 자신을 용서할 수 없었습니다.

하지만 그 이상으로 아내가 진실을 알게 되는 사태만은 피해야 했습니다. 제가 우미에를 배신하고 어쩌면 요리코를 임신시켰을지도 모른다는 경악스러운 사실을, 어떻게든 숨겨야만 했습니다."

"당신이 무고한 제삼자를 대역으로 삼아 죽일 결심을 하고 그런 수기를 쓴 이유는 순전히 부인에게 읽히고 용서를 구하기 위해서였군요. 8월 31일 전반부 기술에 의도치 않게 본심을 드러냈고요."

"그래요." 니시무라가 고개를 들었다. "만약 아내가 진실을 안다면 절대로 용서하지 않을 겁니다. 그것만은 참을 수가 없었습니다. 아내의 사랑만큼은 절대 잃고 싶지 않았고, 그러기 위해서라면 뭐라도 할 각오였어요. 설령 세상을 적으로 돌리게 되더라도 무섭지 않았습니다. 살인자가 되는 것도 마다하지 않았습니다. 거짓말쟁이든 비겁자든 다 될 수 있었습니다."

"하지만 경찰은 요리코 사건을 성범죄자의 범행이라고 단정지었고, 게다가 임신 사실을 공표할 의사도 없었는데 왜 구태여 진실을 밝히려는 시늉을 했죠? 잠자코 지켜보기만 하면 끝났을 텐데 말입니다."

"아뇨." 니시무라가 말했다. "그럴 수는 없었습니다. 왜냐하면 아내는 요리코의 임신 사실을 알고 있었으니까요. 아내는 틀림없이 제게도 의심의 눈길을 보냈을 겁니다. 다만 내색하지 않았을 뿐이었죠. 그래서 전 소극적인 태도를 취할 수 없었습니다."

"하지만 부인은 그제 요리코 씨가 임신했다는 사실을 전혀 눈치채지 못했다고 말하던데요."

"그럴 리 없지요. 아내는 알고 있었어요. 우미에가 모를 리는 절대 없습니다. 아내는 그런 여자입니다."

확신으로 가득 찬 니시무라의 목소리에는 반론할 틈조차 없었다. 아마 니시무라의 말이 맞을 것이다.

"하나만 더 물어보겠습니다." 린타로가 말했다. "모리무라 씨와는 무슨 일이 있었습니까?"

니시무라의 눈동자가 납덩어리처럼 무겁게 침잠했다.

"……그것만은 묻지 말아주시죠." 간신히 그렇게만 대답할 뿐이었다.

린타로는 시계를 봤다. 사에키와 약속한 시간이 다 됐다. 잠깐의 동작으로 니시무라는 린타로의 생각을 빠르게 알아차린 듯했다. 각오를 굳힌 목소리로 린타로에게 물었다.

"여긴 5층이라지요?"

"네."

"창 밑은?"

린타로는 몸을 일으켜서 창가로 다가갔다. 블라인드의 슬랫을 손가락으로 내려서 밖을 내다봤다.

"콘크리트 바닥의 테라스군요."

니시무라가 중얼거리듯이 말했다.

"절 비겁한 인간이라 생각하시겠지요."

"아뇨." 고민하기 전에 대답이 먼저 나왔다.

"안 말립니까?"

"안 말립니다."

"어째서죠? 동정하는 건가요?"

"아닙니다." 린타로가 말했다. "더 이상 당신에게 동정은 느끼지 않습니다. 제가 당신을 말리지 않는 건 요리코를 위해서입니다."

"요리코를 위해?"

"한 번도 생각해본 적이 없습니까? 14년 전 요리코가 차도로 튀어나온 이유를요."

니시무라의 눈이 얼어붙었다. 그 이야기를 할 생각은 없었는데도 린타로는 입을 다물 수가 없었다.

"당신은 반대 차선에서 사고 순간을 목격했습니다. 그 말은 요리코 쪽에서도 당신의 차를 볼 수 있었다는 뜻입니다. 라이트밴을 운전했던 이가라시 씨는 요리코가 차 앞으로 튀어나오기 직전, 몸을 휙 돌렸다고 기억했습니다. 그 순간 요리코는 반대 차선에서 당신을 발견한 겁니다.

요리코는 아빠를 보고 기쁜 마음에 마중을 나가려던 게 아니었을까요? 아이다운 애정표현이 아니었을까요?"

니시무라는 눈을 뜬 채 낯선 외국어를 듣는 사람처럼 뻣뻣해졌다. 침묵만 지킬 뿐 아무 대답도 돌아오지 않았다.

"처음부터 그랬습니다. 요리코는 늘 당신의 사랑을 바랐습니다. 그러나 당신은 요리코의 마음을 완고하게 거부해왔습니다. 당신이 요리코를 빗나가게 만든 겁니다.

아시겠습니까, 니시무라 씨? 제가 당신을 말리지 않는 이유는 사랑받는다는 게 어떤 건지 배우지도 못하고 죽은 요리코를 위해서입니다."

"고맙습니다." 무슨 의미인지 니시무라는 그렇게 말했다. "아내에게 진실을 밝힐 건가요?"

"아뇨. 진실은 당신만의 것입니다."

"그럼 아내에게 대신 전해줄 수 있을까요. 첫 번째는 요리코를 위해 죽었고, 두 번째는 당신을 위해 죽는다고요."

"전하겠습니다." 린타로는 깊은 절망의 수렁에 빠져들며 그렇게 대답했다.

"그리고 마지막으로 하나만 제 부탁을 들어주시죠. 저 창을 열어주시겠습니까. 제게는 너무 무거울 것 같군요."

린타로는 부탁받은 대로 행동했다.

26

니시무라 유지가 병원 5층에서 투신해 이번에야말로 목숨을 끊는 데 성공한 뒤, 린타로는 한 시간 가까이 사에키 경부의 격렬한 비난을 참고 들어야만 했다.

"모두 자네 책임이네, 노리즈키 군." 사에키가 말했다. "각오는 했겠지?"

"책임지는 의미에서 불편한 역할을 제가 맡겠습니다."

"불편한 역할?"

"니시무라 부인에게 나쁜 소식을 전하죠."

사에키가 어안이 벙벙한 얼굴로 어깨를 으쓱했다. 물론 그것으로 끝나리라고는 생각하지 않았지만, 나중 문제를 고민할 여유는 없었다. 얼른 니시무라 우미에를 만나서 남편의 유언을 전해야 했다.

그러나 얄궂게도 로비에서 요시오카 의사와 마주쳤다.

"잘도 그런 짓을 저질렀군요." 요시오카 의사가 말했다. "당신이 배신할 줄이야. 인명을 뭘로 보는 거요? 우리의 노력이 모두 물거품이 되고 말았소. 절대 용서할 수 없소."

변명할 마음은 없었다. 요시오카 의사는 주먹을 꽉 쥐고 린타로는 뚫어져라 노려봤다. 한 대 얻어맞을 각오를 했지만 요시오카 의사는 자제했다.

"두 번 다시 내 앞에서 얼씬거리지 마." 요시오카 의사는 그 말을 남기고 휙 돌아섰다. 린타로는 병원을 뒤로 하고 니시무라 가로 향했다.

모리무라 다에코가 린타로를 맞이했다. 그녀는 현관 꽃병의 물을 갈던 참이었다.

"부인은요?"

"집필 중이세요. 오늘은 컨디션이 괜찮아서 만나실 수 있을 텐데, 일단 여쭤볼게요."

안으로 들어가려는 다에코를 불러 세웠다.

"모리무라 씨."

"왜 그러세요?"

"니시무라 씨와 관계를 가진 적이 있나요?"

다에코는 말문을 잃고 얼음 조각처럼 그 자리에 뻣뻣이 굳었다. 더 이상 질문할 필요가 없었다. 린타로의 예상이 옳았음을 방증하는 반응이었다.

"아니, 대답 안 하셔도 됩니다." 린타로는 다에코를 현관에 남기고 부인의 방으로 향하려고 했다.

여자의 목소리가 귓가를 스쳤다.

"딱 한 번……, 제가 일방적으로 유혹한 적이 있어요."

발걸음을 멈추고 돌아섰다.

"언제쯤이죠?"

"올해 봄이었어요. 3월이었을 거예요. 교수님이 너무 참고 지내는 것 같아서, 그게, 저는 안쓰러워서. 조금이라도 도움을 드리고 싶었어요. 밖에서 함께 식사를 하고 어쩌다 보니 그렇게 됐어요. 하지만 교수님은 못 하셨어요. 사모님을 배신한다는 죄책감이 너무 커서요. 가여운 분이에요."

여자의 얼굴이 빨개졌다. 그러나 그 홍조에는 비밀을 털어놓으며 무거운 짐을 내려놓았다는 해방감이 어렴풋이 섞여 있었다. 양심의 가책마저 연민으로 바꿔치기할 수 있다니. 린타로는 모리무라 다에코라는 여자를 강렬하게 의식했다.

"부인은 그 사실을 아시나요?"

"설마요. 만약 사모님이 그 일을 알았다면 교수님은 자살하셨을 걸요." 입에 담은 후에야 자신의 말이 지닌 무게를 알아차린 듯했다. "……교수님 상태는 어떠세요?"

린타로는 못 들은 척하고 다에코를 두고 갔다. 다에코는 쫓아오지 않았다. 린타로가 부인의 방 앞에 섰을 때 뒤에서 큰 소리가 났다. 꽃병이 바닥에 떨어져 깨지는 소리였다.

문을 닫자 니시무라 우미에가 워드프로세서 화면에서 고개를 들어 린타로를 쳐다봤다.

"어머, 노리즈키 씨였군요."

"남편분이 방금 세상을 떠났습니다." 린타로는 말했다. 그 말에 여자는 미동조차 하지 않았다.

"어떻게 죽었죠?"

"병실 5층 창에서 뛰어내렸습니다."

여자는 화면으로 시선을 돌렸다. 대답 대신 키보드 위에서 손가락을 튕겼다.

"남편분은 죽기 직전에 이렇게 말씀했습니다. 첫 번째는 요리코를 위해 죽었고, 두 번째는 당신을 위해 죽는다, 라고요."

"남편은 자신을 위해 죽은 거예요."

마치 승자라도 된 듯 거만한 말투라 린타로는 온몸에 긴장이 서렸다. 침대 위에 앉아 있는 반신불수의 여자는 정체를 알 수 없는 만족감에 몸을 내맡긴 것 같았다. 보이지 않는 회로를 통해 그녀의 내면이 끊임없이 충전되는 듯한 기운마저 풍겼다.

그렇다, 당신이 모를 리가 없었다. 순간 린타로는 그렇게 생각했다. 당신은 모든 걸 알고 있었다.

당신은 요리코가 임신했다는 걸 분명 알고 있었다. 남편이 딸을 죽이고 말았다는 것도 분명 알고 있었다. 그리고 남편이 당신을 위해서라면 목숨이라도 아낌없이 버리리라는 사실도 분명 알고 있었다.

당신은 알고 있었다. 모든 걸 알면서 모르는 척했다. 그리고 거짓말을 늘어놓았다. 당신은 이가라시라는 이름도 기억하고 있었다. 남편이 딸을 미워했다는 것도 알고 있었다. 그리고 지난 5월 밤에 아버지와 딸 사이에 벌어진 일도 알고 있었다.

그뿐만이 아니다.

당신은, 당신의 남편이 모리무라 다에코와 관계를 가지려 했다는 사실도 분명 알고 있었다!

그랬단 말인가. 모두 당신이 꾸민 일이었나. 린타로는 현기증을 느꼈다. 이 모든 일들을 당신이, 남편의 사랑을 시험하기 위해 꾸몄단 말인가.

육체를 잃은 여자. 당신은 스스로를 관념의 괴물이라 불렀다. 당신이라면 가능했을 것이다. 당신에겐 요리코도, 니시무라도, 꼭두각시 인형처럼 자유자재로 조종할 수 있는 등장인물에 불과했다.

당신은 요리코의 마음의 균열에 무서운 망상을 불어넣었다. 당신에게는 키보드를 두드리는 것처럼 간단한 일이었을 것이다. 그것이 잃어버린 14년 동안의 과업이었다. 그 과업은 성공을 거두어 요리코는 아버지의 손에 죽었다. 거기에 당신은 사랑이라는 말을 이용해 니시무라를 자살에까지 몰아넣었다. 오욕으로 점철된 고독한 최후. 그게 남편이 단 한 번 저지른 과오에 대한 대가란 말인가.

폐허처럼 고립된 사랑. 그게 당신이 사랑이라 부르는 것의 형태란 말인가? 그런 것에 사랑이란 이름을 붙일 수 있단 말인가.

허나 린타로는 아무 말도 할 수가 없었다. 린타로의 추리에는 아무런 증거가 없었다. 그녀의 압도적인 관념의 궁전 앞에서 자신은 너무나 보잘것없는 티끌에 불과했다.

"실례했습니다." 그 말만을 남기고 린타로는 뒤돌아섰다.

다시 리드미컬하게 키보드를 두드리는 소리가 들려왔다. 지금, 그녀의 손가락 밑에서는 사랑으로 충만한 아름다운 이야기가 직조되고 있을 것이다. 더럽혀지지 않은 아이들을 위한 이야기. 린타로는 한기를 느꼈다.

오오, 아버님 마음의 안식이여,
아아, 너무나도 빨리
사라진 환희의 빛이여, 너!

「죽은 아이를 그리는 노래」

문고판 후기

이 장편을 쓴 건 스물다섯 살 때로, 1989년이 끝나갈 무렵부터 이듬해 봄에 걸친 시기였다. 이 책은 많은 독자로부터 노리즈키 린타로의 첫 작가적 전기를 알리는 작품이라 받아들여지는 모양이지만, 실제로 집필하기 시작한 시점의 내게 그런 자각은 전혀 없었다. 왜냐하면 이 작품은 대학교 4학년 때 추리소설연구회 기관지에 발표한 200매가량의 중편을 장편화한 작품으로, 기본적인 플롯은 그때와 거의 바뀌지 않았기 때문이다. 또한 작품의 원형인 중편의 제목도 똑같이 「요리코를 위해」였다.

지금이야 공공연히 말할 수 있지만, 사실 처음에는 조금 편하게 써볼 요량으로 이 장편에 손을 댔다. 그 전작인 『다소가레誰彼』가 완전히 제로에서부터 짜 맞춘 작품이었고 거의 편집증에 가까운 방식으로 집필하면서 기력을 모조리 소진하여 다시는 그런 고달픈 작업을 하지 않겠노라 마음먹기에 이르렀다. 그래서 다음 소설은 되도록 머리를 굴리지 않고 가볍게 술술 쓸 수 있는 작품으로 해야겠다는 마음에, 먼지를 뒤집어쓰고 있던 동인지에서 비상금을 찾듯이 「요리코를 위해」를 꺼내 쓰기로 했다. 이 플롯에는 나름 공을 들였다는 자신이 있어서 앞머리의 수기와 결말의 추리 부분은 원형 그대로 이용하고 전개부의 에피소드를 보충하면 어렵지 않게 장편 한 편 분량이 되리라는 계산이었다.

그러나 이 계산은 어긋났다 — 그것도 대폭 어긋났다. 결과적으로 『다소가레』 때의 고생과는 전혀 다른 의미에서 나는 훨씬 고된 작업에 놓이고 말았다. 요컨대 다루는 주제가 마니아 출신의 스물다섯 먹은 신출 작가가 감당할 만한 물건이 아니었던 것이다. 매일 한없이 후퇴만 하는 전쟁을 벌인다는 느낌이었고, 표면적으로 허점이 드러나지 않도록 안간힘을 쓰는 게 고작이었다. 후기를 통해 투덜거려봐야 아무 소용 없기에 여기서 그만두겠지만, 확실히 이 소설을 통해 나는 어떤 전기를 맞이하고 말았다는 느낌이 든다. 단행본 면지에 자니 로튼이 한 말을 비틀어 적어놓았는데, 지금 생각해보면 그 당시의 혼란스러운 마음을 솔직하게 반영한 것이리라.*

애당초 그 전기라는 것이 내용이 구체적으로 무엇인지 도저히 말로 표현하기가 어려우며, 내가 막연히 느끼는 부분과 독자들이 받아들이는 부분은 전혀 다르리라 생각한다. 하지만 어찌 됐건 간에 이 작품을 경계로 장편 발간 페이스가 현저히 떨어졌다는 점은 분명한 데다가, 이후에 낸 책은 어떤 걸 읽어봐도 같은 얘기만 되풀이해 쓰고 있다는 마음을 지울 수가 없다. 어쩌다 이렇게 됐는지 나 자신도 알 수 없다. 잘된 일인지 나쁜 일인지조차 알 수 없다. 그저 나중에 되돌아봤더니 이 장편을 경계로 그렇게 된 것 같다, 하고 인정할 수밖에 없는 상황이다. 그러고 보면 로스 맥도널드의 터닝포인트에 해당하는 작품이라 일컬어지는 『운명The Doomsters』도 「운명의 심판 Bring the Kuler to Justice」이라는 중편을 장편화한 작품이었다. 어쩌면 이건 로스 맥도널드의 저주였을까. 만약 그렇다면 꽤나 무서운 이야기다.

그런데 이 전기라 하는 것이 최소한 이삼 년 늦게 내게 찾아왔으면 얼마나 좋았을까 하곤 생각한다. 후더닛 서커스의 극

---

* 저자는 섹스 피스톨즈의 보컬 자니 로튼이 '펑크는 죽었다'라고 한 말을 차용하여 '본격은 죽었다'라고 단행본에 썼다.

적인 기술에 매료됐던 순진한 소년 시절이 좀 더 오래갔으면 좋았을 텐데 하고 요새 진지하게 생각을 하고 만다. 솔직히 말하자면, 나는 '신본격 비판'의 한가운데 섰던 시기의 날선 분위기가 그립다.* 당시 곁눈질조차 않는 질주감, '무엇이든 용납된다'는 식의 해방감, '본격'과의 일체감에는 그 무엇과도 바꿀 수 없는 스릴이 분명히 있었다. 하지만 나는 성숙을 지향한다면서 그 무엇과도 바꿀 수 없는 스릴을 상실하고 만 것 같다. 지금은, 뭐라 꼭 집을 명확한 이유도 없으면서 그저 한없이 고단하기만 하여 견디기 쉽지 않다.

1993년 3월 3일

---

* 이른바 신본격파의 등장과 동시에 트릭에 대한 집착과 현실성 부족을 지적하며 맹렬히 비난하는 비평가들이 나타나 격론을 벌였던 시기를 말한다.

참고문헌

「죽은 아이를 그리는 노래」는 말러의 대표적인 가곡 중 하나로 가사는 프리드리히 뤼케르트(1788~1866)의 시다. 이용한 가사는 이시이 후지오石井不二雄 씨의 번역으로, 카라얀 & 크리스타 루트비히의 CD 해설에 나온 대역을 참조했다.

조이 디비전과 관련해서는 그레일 마커스 『록의 새로운 파도(ロックの新しい波)』(쇼분샤晶文社)

키워드 록 편집부 편 『록의 모험(ロックの冒険)』(요센샤洋泉社)

다카라지마 편집부 『더 록 레거시(ザ・ロック・レガシー)』(JICC출판국)

구로다 요시유키黒田義之 『스틸(スティル)』 해설 (일본 콜럼비아)

오타카 도시카즈大鷹俊一 『서브스탠스Ⅱ(サブスタンスⅡ)』 해설 (일본 콜럼비아) 등을 참조했다. 각 멤버 이름의 표기는 구로다 씨의 글에 따랐다.

신장판 부기

구판에는 임신주기 계산에 착오가 있어서(수정일로부터 출발하여 달력의 해당 월에 맞추는 프랑스 방식으로 계산했다), 이번 신장판에서는 어긋나는 부분을 없애기 위해 작중의 시간대를 일부 변경한 점에 독자의 양해를 구한다.

그 외에도 필요에 따라 최소한의 수정을 가한 부분이 몇 군데 있으나, 가능한 한 집필 당시의 문장 리듬이나 스타일이 손상되지 않도록 노력했다. 이 작품은 아직 20대 중반의 풋내기였던 내가 데뷔 때부터 가르침을 받아온, 2006년 세상을 떠난 편집자 우야마 히데오 씨과 함께 만든 추억 깊은 작품이기에.

2017년 11월

요리코를 위해

초판 1쇄 발행 2020년 3월 4일
초판 47쇄 발행 2024년 2월 22일

지은이 노리즈키 린타로
옮긴이 이기웅

편집인 이기웅
책임편집 한의진
편집 안희주, 주소림, 김혜영, 양수인, 이원지, 오윤나, 이현지
디자인 MALLYBOOK 최윤선, 오미인, 조여름
책임마케팅 김서연, 김예진, 박시온, 김지원, 류지현, 김찬빈, 김소희, 배성원, 박상은, 이서윤
마케팅 유인철
경영지원 박혜정, 최성민, 박상박
제작 제이오

펴낸이 유귀선
펴낸곳 ㈜바이포엠 스튜디오
출판등록 제2020-000145호(2020년 6월 10일)
주소 서울시 강남구 테헤란로 332, 에이치제이타워 20층
이메일 odr@studioodr.com

ISBN 979-11-968143-4-2 (03830)

모모는 ㈜바이포엠 스튜디오의 출판브랜드입니다.